프리랜서에게 자비는 없다

강지영　　　　윤자영　　　　전건우　　　　정명섭　　　　조영주

프리랜서에게
자비는 없다

MONGSIL
BOOKS

차 례

프리랜서에게 자비는 없다

전건우

지원

『저는 야행성입니다. 밤의 어둠을 벗 삼아 움직이는 한 마리 수리부엉이입니다. 모든 맹금류가 그렇듯, 그리고 모든 야행성동물이 그렇듯 저는 눈치가 빠르고 행동이 재바르며 무엇보다 강인한 힘을 지니고 있습니다.

문득, 시베리아 벌판에서 불곰과 대치하던 때가 떠오릅니다. 그때도 밤이었습니다. 꽝꽝 언 눈이 발광(發光)하여 아침보다 더 밝은 밤. 그런 밤이야말로 짐승들이 발광(發狂)하는 법. 불곰은 밤하늘이 쩌렁쩌렁 울릴 정도로 포효하며 달려들었고, 저는 단도 하나에 모든 걸 맡기고 맞섰습니다. 생사를 오가는 치열한 싸움 끝에 저는 결국 불곰의 멱을 따는 데 성공했습니다. 매섭고 날 선 바람이 불어왔지만 춥지 않았습니다. 이미 제 몸은 땀과 불곰의 피로 후끈 달아올랐기 때문입니다.

새삼 인천 앞바다에서의 일도 생각납니다. 저는 17 대 1의 불리한 상황에 놓여 있었습니다. 그 순간도 어김없이 밤이었습니다. 그믐밤, 빛나는 것이라곤 저 멀리서 어른거리는 도심의 네온사인과 제 손에 들고 있던 한 자루 단도뿐이었습니다. 인천 앞바다 사이다파의 행동대원들은 죄다 덩치가 크고 사나웠습니다. 한 사내가 족히 서넛을 상대할 힘을 지니고 있었습니다. 게다가 그들은 각종 연장으로 무장을 한 상태였습니다. 어두운 밤, 무기를 든 사내들이 맞선다면 필히 싸움으로 연결되는 법. 저는 처절한 사투를 벌였고 결국에는 승리했습니다. 그것이 이른바 '사이다파 해산 사건'의 시작이었습니다.

이렇듯 저는 밤의 어둠 속에서 치열하게 살아왔습니다. 아니, 살아남았습니다. 그렇다고 제가 마냥 비정한 것만은 아닙니다. 이 차가운 도시에서 비정하지 않으면 목숨을 부지할 수 없다고 하지만 저는 언제나 약자를 위해 움직였습니다. 그것이 제 정의이자 정(情)이었습니다.

이제 저는 외롭고 고독한 늑대 생활에서 벗어나고자 합니다. 지금껏 프리랜서로 살아왔지만, 이제는 둥지를 틀고 싶습니다. 야행성이기에 야근 역시 거뜬합니다. 눈치가 빨라 협업에 능한 것은 물론, 강인한 체력을 바탕으로 맡은 마감은 반드시 수행할 수 있습니다.

제가 귀사에 들어가게 된다면 그동안의 노하우를 바탕으로 완벽한 일 처리를 하겠습니다. 제게는 무슨 일이든 할 수 있는 이 열 손가락이 있습니다. 손가락만으로도 누군가를 죽이고 살릴 수 있는 것, 이것이야말로 프로의 재주라 생각합니다.

부디 좋은 인연이 되길 바라며 이상으로 자기소개를 마치겠습니다.

감사합니다.』

오타가 없는지, 비문은 없는지 검토한 후 파일을 닫았다. 그러고는 구직 사이트에 올라와 있는 담당자 주소를 복사해 메일을 보냈다. 제목은 간단하게 '귀사에 지원합니다.'로 했다. 이제 기다리면 될 일이었다. 예감이 좋았다. 이번에야말로 프리랜서 작가 생활을 청산하게 될 것 같았다.

나는 의자에서 일어나 굽어 있던 몸을 폈다. 우두둑. 뼈마디가 울어댔다. 그 처참한 소리를 뒤로 하고 창문으로 시선을 던졌다. 도시의 명멸하는 불빛까지는 아니었지만, 아무튼 골목의 가로등이 반짝이고 있었다. 빈틈없이 들어찬 어둠이 창문을 서울로 만들었다. 거기에 한 사내가 비쳤다. 우수에 젖은 눈동자, 그 눈동자를 살짝 가리는 앞머리, 까끌까끌 자란 수염을 자랑하는, 왠지 슬픈 표정의 사내였다. 나는 그 사내를 향해 물었다.

"슬픈 꿈을 꾸었느냐?"

사내가 대답했다.

"달콤한 꿈을…."

"야! 휴지 좀 갖다줘."

비명에 가까운 여인의 목소리에 나는 고개를 홱 돌렸다. 어딘지 추레한 표정의 사내는 금세 사라졌다. 어둠에 싸인 거실을 지나 구린내가 진동하는 화장실로 향했다. 물론, 손에는 하얗게 질린 두루마리 화장지를 들고 있었다.

"자기. 내가 작업 중일 때는 위중한 일이 아니고선 방해하지 말고…."

"똥 누는데 화장지가 없는 것보다 더 위중한 일이 어디 있어?"

여자, 그러니까 나의 자기는 늘 옳은 말만 했다. 자기의 말은 명명백백해 거짓이나 실수가 섞여들 틈이 없었다. 이를테면 나는 밤의 어둠이요, 자기는 한낮의 밝음이었다. 지나치게 밝아서 문제지.

"자, 가지고 왔어."

나는 나의 태양을 향해 화장지를 내밀었다.

"고마워."

"문 좀 닫고 볼일 보면 안 돼?"

"나는 그러면 이상하게 집중이 안 되더라."

"확실히 이상하네."

"자소서는 다 썼어?"

자기가 물었다. 뿌직. 밤의 정적을 깨는 시원한 소리와 함께.

"응. 완성해서 보냈어. 스토리 회사인데 재기발랄하고 재미있는 자소서에 가산점을 준다고 해서 솜씨 좀 발휘했지."

"그럼 이제 직장인 되는 거야? 4대 보험에 퇴직금까지?"

자기의 목소리가 한 톤 높아졌다. 4대 보험과 퇴직금은 너무나 아득한 옛날에 들어본, 화석과도 같은 단어였다.

4대 보험과 퇴직금이라….

속으로 그 단어를 발음하자 내 마음은 주윤발이 씹다 뱉은 성냥개비 끝처럼 축축해졌다. 그것은 아주 미묘한 감정이었다. 동이 트기 직전과 같은, 혹은 해가 지기 직전과 같은 감정.

"스토리 회사 들어가면 이제 밝은 이야기 좀 써. 맨날 사람 죽이는 이야기만 쓰니까 일이 잘 안 풀리는 거야. 요즘 누가 느와르 장르를 좋아한다고."

나는 자기의 말을 뒤로 하고 쓸쓸히 돌아섰다. 뿌직. 그 소리가 또 들렸다. 자기의 장은 주인의 성격만큼 언제나 맑고 쾌청했다. 만성 변비에 시달리는 데뷔 10년 차 장르 소설가와는 분명 달랐다.

세상에는 두 부류의 인간이 존재한다. 느와르를 이해하는 인간과 그렇지 못한 인간. 나의 자기는 분명 후자 쪽 인간이었다. 느와르는 장르가 아니었다. 그것은 분위기이자 태도이며, 삶의 방식이었다. 밤거리를 헤매는 거친 사내들이 외롭고 고독한 삶을 이어가는 이야기가 느와르였으며 그 사내를 향해 부나방처럼 모여드는 적과의 싸움을 전시하는 것 역시 느와르였다. 불행하게도, 이 나라에서 느와르를 완벽하게 이해하는 사람의 수는 극히 적었다. 내 신작에 달린 서평 수만 봐도 알 수 있다. 그랬기에 나는 여전히 무명 작가였고, 사랑하는 자기와의 결혼을 위해서는 프리랜서 생활을 청산하고 직장인이 되어야만 했다. 4대 보험과 퇴직금. 그것들이야말로 느와르와 가장 먼 세계의 단어였다. 반짝반짝 빛나는, 전세자금 대출을 보장해 주는, 그리하여 어엿한 사회인으로 인정받을 수 있는 단어.

― 합격하셨습니다.

합격 통지는 킬러의 나이프처럼 기습적으로 날아왔다. 여명이 밝아오기도 전, 내가 메일을 보내고 채 6시간도 지나기 전의 일이었다.

나는 잠결에 메시지를 확인하고 믿을 수가 없어 답장을 보냈다.

— 감사합니다. 그런데 이렇게 늦은 시각에도 일하십니까?

답장은 역시 칼 같았다.

— 저희도 야행성이니까요.

하긴, 작가들은 야행성인 법이지. 내가 합격의 기쁨을 만끽하는 사이 회사 주소를 알려주는 메시지가 한 통 더 왔다. 시원시원한 일 처리가 제법 마음에 들었다. 나는 다시 한번 메시지를 보냈다.

— 복장은 어떻게 하면 되겠습니까?

보통의 스토리 회사는 반바지에 슬리퍼만 아니라면 다 괜찮다. 다만 대표의 성향에 따라 셔츠를 요구하는 곳도 있어 혹시나 하는 마음에 물어봤다. 이번에도 금세 답장이 왔다.

— 당연히 짙은 색 정장입니다.

정장이라고? 스토리 회사치고는 특이하다 싶었지만, 이상한 정도는 아니었다. 오히려 좋았다. 무릇 어둠 속에서 살아가는 사내는 그 어둠과 닮은 검은색 정장을 즐겨 입는 법. 나 역시 제법 많은 돈을 주고 맞춘 정장이 있었다. 도시의 얼룩진 어둠 사이에 숨으면 그 누구도 찾아낼 수 없을 것만 같은 먹빛 정장이었다. 누군가의 장례식이 아니면 좀처럼 입을 일이 없었는데 이번 기회에 꺼내면 될 것 같았다.

"후후."

나는 조용히 웃었다. 프리랜서 생활을 청산하는데 검은색 정장은 썩 잘 어울리는 복장이라 생각하며. 내일은 불안정한 삶의 장례식, 내 지난날을 영원히 묻는 발인의 날이 되리라.

아듀. 프리랜서.

아듀. 무자비했던 내 지난 삶이여.

입사

아침 출근길. 느와르 속에서 살아가는 사내에게는 어울리지 않는 순간. 하지만 직장인이 되었다면 기꺼이 감수해야 하는 순간. 나는 실로 오랜만에 아침 햇살 아래서 움직였다. 밤의 인간인 내게 아침은 과분했다. 집에서 지하철역까지 걷는 그 짧은 시간에 이미 평소의 하루치 햇볕을 다 쬈다. 쓸데없이 찬란한 인생이 된 것만 같은 기분에 살짝 헛웃음이 나왔다.

나는 메시지의 주소로 찾아갔다. 그곳에는 높은 빌딩 한 채가 서 있었다. 이상했다. 빌딩 안내판 어디에도 스토리 회사 이름은 없었다. 메시지에는 분명 6층으로 올라오면 된다고 나와 있었는데 6층에는 '서방 유통'이라는 회사밖에 없었다. 내가 자기소개서를 보냈던 회사는 '아이 엠 스토리'였다.

혹시 서방 유통 안에 스토리 회사가 있는 건가? 그러고 보니 유통은 참으로 포괄적인 개념이었다. 스토리를 제공하는 거라면 그 역시 유통의 영역에 넣을 수 있을 것 같았다.

나는 잠시 망설이다가 엘리베이터에 올랐다. 어쨌든 직접 가서 확인해 봐야 할 일이었다.

6층을 누르고 문을 닫으려는데 자칫 곰 발바닥으로 오해하기 쉬울 두툼한 손 하나가 쑥 들어왔다. 재빨리 열림 버튼을 눌렀다.

"감사합니다."

그 말과 함께 검은색 양복이 딱 달라붙어 마치 가죽처럼 보이는 덩치 한 명과 까만 선글라스를 낀 파마머리 한 명이 엘리베이터에 올랐다. 둘은 나와 목적지가 같은 듯 가만히 서 있기만 했다. 복장으로 봐서는 둘 다 회사원인 것 같은데 분위기가 어딘지 묘했다. 특히 파마머리가 그랬다. 선글라스를 끼고 껌을 질겅질겅 씹는 회사원이라니….

"청정 형님. 오늘 경력직 신입 온다는 거 아십니까?"

덩치가 파마머리를 향해 물었다.

"경력이 화려하다며?"

"네. 그게 전설의 프리랜서라던데요?"

나는 둘의 대화에 어쩔 수 없이 귀를 기울였다. 덩치는 몸집만큼이나 목소리가 컸다. 무시하려 해도 불가능했다.

"잘 감시해. 우리 쪽 누르려고 채용한 걸 수도 있으니까."

파마머리의 말에 덩치는 꾸벅 고개를 숙였다. 둘의 말투나 몸집 역시 일반 회사원과는 분명 달랐다. 그 사이 엘리베이터가 6층에 도착했다. 프리랜서나 감시 같은 단어들이 구부러진 낚싯바늘처럼 걸려 머릿속을 쿡쿡 찔러댔다. 나는 찝찝한 마음을 억누른 채 6층 복도로 들어섰다. 안내데스크가 보였다. 먼저 나간 두 사람은 어느새 회사 안으로 사라졌다.

"무슨 일로 오셨습니까?"

안내데스크 직원이 정중한 말투로 물었다. 역시 정장을 입고 있었다.

"저… 오늘 첫 출근인데요, 혹시 여기가…."

"아! 도민혁 씨?"

직원이 반색하며 물었다.

"네. 맞습니다."

"안녕하세요? 제가 문자 드린 박 전무입니다. 오시길 기다리고 있었습니다."

밝은 목소리로 말하는 것도 모자라 허리까지 숙이는 박 전무를 보며 나는 속으로 감탄했다. 아무리 경력직이라 해도 신입 사원을 이렇게 깍듯이 대하다니. 그것도 전무나 되는 사람이! 역시 큰 회사는 뭔가가 달라도 달랐다. 시커먼 속내를 숨긴 채 어둡고 축축한 곳에 기생하며 작가를 후려치거나 작가의 아이디어만을 노리는 하이에나 같은 족속과는 근본부터 차이가 나는 것 같았다.

"환영해 주셔서 감사합니다."

나는 진심을 담아 감사를 표했다.

"저희가 감사하죠. 업계에서 최고의 실력을 자랑하시는 분이 선뜻 지원해 주셔서 솔직히 깜짝 놀랐습니다. 아무튼 이쪽으로 오시죠. 보스, 아니 대표님이 기다리십니다."

"과찬이십니다."

말 그대로 과분한 칭찬에 나는 속으로 고개를 갸우뚱했다. 일부 스릴러와 느와르 마니아들 사이에서는 내 이름이 제법 알려진 게 사실이었다. 신간에는 '국내 최고의 느와르 소설가'라는 낯간지러운 홍보 문구가 붙기도 했다. 그런데도 나는 내 주제를 잘 알고 있었다. 나는 지금껏 한 번도 2쇄를 찍지 못했고, 그렇다는 건 1,000부 넘게 팔아본 적이 없다는 뜻이자 아무리 후하게 쳐도 내 팬은 1,000명이 안 된다는 소리였다. 국내 최고의 느와르 소설가도 사실 맞는 말이 아니었다. 느와르를 쓰는 건 나밖에 없으니까. 정확히 말하자면 '국내 유일의 느와르 소설가'라고 해야 한다. 물론, 대표가 느와르

마니아이자 내 작품을 좋아하는 사람이라면 이야기는 달라진다.

"여깁니다. 들어가시죠."

박 전무가 문을 열어주었고 나는 안으로 들어갔다. 여러 개의 책상이 쭉 늘어서 있었다. 책상 앞에 앉아 있던 검은색 양복을 입은 사내들이 일제히 나를 바라봤다. 그중에는 함께 엘리베이터를 탔던 그 두 사람, 덩치와 파마머리도 있었다. 사내들의 표정은 딱 반반이었다. 구겨놓은 신문지처럼 인상을 찡그린 놈들이 있는가 하면, 잘 다린 드레스셔츠처럼 환한 얼굴로 나를 보는 놈들도 있었다. 어느 쪽이건 일반적인 회사원들의 모습은 아니었다. 스토리 회사 직원과는 더욱 거리가 멀어 보였다. 예감이 안 좋았다. 뭔가가 잘못되어 가고 있다는 느낌이, 서쪽 하늘에서부터 밀려오는 어둠처럼 슬금슬금 내 마음을 물들여 갔다. 나는 대표실이라고 적혀 있는 문 앞에서 멈춰 섰다. 그러고는 박 전무를 향해 물었다.

"그런데요, 혹시 여기가 아이 엠…."

내가 미처 질문을 끝내기도 전에 대표실 문이 벌컥 열렸다.

"오셨군요! 하하."

호탕한 웃음과 함께 모습을 드러낸 이는 진회색 스트라이프 양복을 입은 남자였다. 그리 크지는 않았지만, 어깨가 떡 벌어져 위압감을 뿜어냈다. 포마드를 발라 매끈하게 빗어 넘긴 머리카락과 잘 정돈된 콧수염이 썩 잘 어울렸다. 덕분에 남자는 날카로우면서도 강인한 인상을 풍기고 있었다.

"아…."

나는 남자를 보고 멈칫할 수밖에 없었다. 그는 한 마리 고독한 수컷 늑대처럼 보였고, 그랬기에 소설 속에서 방금 튀어나온 것 같았다. 내 소설에 계속해서 등장하는 주인공인 암흑가의 킬러이자 차가운 도시 속에서 무뚝뚝하게 살아가는 외로운 인물, 코드네임 '그레이 울프' 말이다.

"들어오세요. 정말로 만나고 싶었습니다."

남자를 따라 대표실로 들어갔다. 제일 먼저 눈에 들어 온 것은 정면 벽에 걸린 세 자루의 장검이었다. 모두 매섭게 날이 서 있었다. 나는 그 칼날과 남자의 눈빛이 매우 닮았다고 생각하며 소파에 앉았다. 남자는 능숙한 동작으로 명함을 꺼내더니 내게 내밀었다. 명함에는 '서방 유통 대표 김서방'이라 적혀 있었다.

흐음. 상당히 노골적인 이름이군.

그레이 울프와는 전혀 어울리지 않는 그 이름 앞에서 살짝 당황했지만 나는 티를 내지 않았다.

"아! 감사합니다. 대표님. 저는 명함이 없어서…."

어디에도 속하지 않은 사내였기에 명함 또한 만든 적이 없었다. 나를 증명해야 할 일이 있으면 그저 "네이버에 검색해 보시지요."라고 말할 뿐이었다. 물론, 은행에서는 그게 통하지 않았다.

"고객님 성함이 검색해서 나온다고 해도 수입을 증명하지 못한다는 사실에는 변함이 없죠."

대출 담당 직원은 깎아놓은 무같이 무뚝뚝한 표정으로 말했다. 나는 그 말을 들으며 또 한 번 느꼈다. 프리랜서를 위한 자비는 준비되어 있지 않다는 사실을.

"괜찮습니다. 이쪽 계통에서 프리랜서로 일하시면 명함 없는 게 당연하죠. 실력이 곧 명함 아니겠습니까? 하하."

이쪽 계통이라는 게 도대체 어떤 계통을 말하는지 살짝 아리송했지만, 일단은 고개를 끄덕였다. 실력이 곧 명함이라는 말이 인상적이었으므로. 내 앞에 앉은 이 사내는 진짜 중요한 게 무엇인지 아는 것만 같았다. 하긴, 회사 대표인데 김서방이라는 이름이 대수이겠는가. 이름만 보고 실소를 흘릴 뻔했던 나는 속으로 반성했다. 그것과는 별개로, 나는 묻고 싶은 게 참 많았다.

"알아주셔서 감사합니다. 그런데 대표님. 한 가지 질문이 있습니다. 서방 유통이라는 이 회사는 스토리…."

"그렇죠! 네. 역시 예리하시군요."

김서방 대표는 내 말을 다 듣기도 전에 그렇게 말했다.

"네? 예리하다니 도대체 뭐가…."

"과연 전설의 프리랜서답습니다. 모든 걸 훤히 꿰고 계시는군요. 우리 회사는 이제 막 세워진 거라 스토리가 부족합니다. 아시겠지만 이쪽 업계도 무엇보다 스토리가 중요한 시대가 되었죠. 하지만 그 부분을 완벽하게 채워 줄 분이 오셨으니 이제 걱정하지 않습니다."

"그, 그게 저라는 말씀이죠?"

"네. 도민혁 씨. 아니, 코드네임 수리부엉이라고 부르는 게 더 좋을까요? 하하."

응? 뭐지? 이 물파스를 코 밑에 바른 것 같은 싸한 느낌은….

"제가 수리부엉이를 좋아하고 아이디도 eagleowl이긴 한데 코드네임까지는 아니거든요."

"하긴 이제 프리랜서 생활을 청산하러 오셨을 테니 본명인 도민혁을 쓰시겠군요. 그래도 회사 홍보를 위해, 그러니까 그 스토리라는 걸 만들기 위해 전설의 프리랜서 킬러 수리부엉이가 저희와 함께한다는 사실은 알려도 되겠지요? 하하."

"킬러요?"

나도 모르게 목소리가 높아진 순간, 대표실 문이 벌컥 열렸다. 그러고는 여러 명의 사내가 한꺼번에 달려들어 왔다. 머리에서 피를 철철 흘리는 남자를 데리고.

"보스. 아, 아니 대표님. 철호가 당했습니다!"

"뭐?"

보스. 아니, 김서방 대표는 사람이라도 잡아먹을 듯한 표정으로 벌떡 일어났다. 사내들은 철호라는 남자를 테이블에 눕혔다. 둔기에 맞은 듯 푹 꺼진 머리에서 검붉은 피가 사정없이 쏟아졌다. 헤벌어진 입에서는 침이 흘러내렸고 흰자위만 남은 눈은 초점을 잃어가고 있었다. 이 남자를 눕힐 곳은 대표실의 테이블이 아니라 수술대로 보였지만 격양된 사내들에게 내 의견이 통할 것 같지는 않았다.

"어떤 놈들 짓이야?"

김 대표가 묻자 나를 데리고 왔던 박 전무가 대답했다.

"모르겠습니다. 복면을 쓴 놈들 둘이 오토바이를 타고 달려와서는 쇠 파이프로 때리고 도망갔다고 합니다."

"철호가 최근에 어디를 담당했지?"

"야호파 중간 보스를 작업했죠."

"그 새끼들이군! 그런데 우리가 작업했다는 정보가 어디서 새 나갔지?"

김 대표의 얼굴에 분노가 서렸다. 박 전무를 비롯한 다른 사내들은 씩씩거리기만 할 뿐 조용히 서 있었다. 철호라는 남자가 발작하듯 몸을 부르르 떨었고 그 바람에 새하얀 내 셔츠에 피가 튀었지만 아무도 신경 쓰지 않았다. 나는 무언가 한참 잘못되었다는 사실을 확실히 깨달았다. 머리가 깨져 죽어가는 남자와 그를 둘러싸고 일상인 듯 아무렇지 않게 서 있는 사내들은 내가 쓴 소설에나 존재하는 줄 알았다. 지금 내가 앉아 있는 이곳은 오직 강한 자들만 살아남는 약육강식의 현장, 유혈이 낭자하고 펄떡펄떡 뛰는 내장이 수시로 전시되는 아사리 판, 진짜 느와르의 세계였다.

그러니까, 내가 있을 곳이 아니었다.

"어떻게 하면 좋겠습니까?"

박 전무가 오랜 침묵을 깨고 조심스러운 태도로 물었다. 나는 때를 놓치지 않고 슬그머니 손을 들었다. 지금이라도 오해를 풀고 바로잡아야 하니까. 나는 당신들, 아니 여러분이 찾던 사람이 아니니 이만 자리를 뜨겠노라 말하면….

"오! 도 상무. 자네라면 어떻게 하겠나? 이제 우리 식구가 되었으니 적극적으로 의견을 내 보게."

갑자기 상무라고? 갑자기 이렇게 친근한 말투라고?

모두의 시선이 내게 쏠렸다. 박 전무를 제외하고는 죄다 험악한 인상이었다. 울컥. 철호가 피를 토하더니 축 늘어졌다. 그러거나 말거나 전부 나만 바라봤다. 이 상황에서 진실을 말할 수는 없었다. 그러니까 나는 코드네임 수리부엉이는 커녕 올빼미, 아니 그것에도 못 미치는 야행성 시궁쥐이자 무명 소설가일 뿐이요, 어둠의 세계와는 조금도 관계없는 비리비리한 인간이라는 사실을 털어놓을 수는 없었다. 그랬다가는 철호 다음으로 피를 토하는 이는 바로 내가 될 게 뻔했다.

"저…. 음…. 제 생각에는 눈에는 눈, 이에는 이가 맞지 않을까 합니다."

나는 나오는 대로 떠들었다. 지금은 그럴싸한 말로 둘러댄 후 어서 이 자리를 뜨는 게 상책 같았다.

"그렇지! 바로 그거야. 그러니까 도 상무 말은 우리도 철호를 잃었으니 저쪽 놈 중 하나를 죽이자는 거지?"

"철호 씨는 아직 숨이 붙어…."

"좋아. 바로 작업 들어간다. 우리가 아무리 신생이라지만 도 상무까지 합류한 이상 이대로 밀리는 모습을 보이면 안되지! 박 전무. 일 진행해."

김서방 대표는 아무래도 성격이 급한 모양이었다. 익히 알고 있는 듯 박 전무는 바로 고개를 숙였다.

"네. 그럼 야호파 중 한 놈을 제거하겠습니다."

"도 상무 말 들었지? 똑같이 갚아줘야 의미가 있는 거야. 불쌍하게 죽은 우리 철호처럼 그쪽도 대가리를 깨버려! 거기에 더해서 그 새끼 옥수수도 다 털어버려! 완전히 끔찍한 몰골로 만들어서 죽이란 말이야."

아직 죽지 않은 철호를 불쌍하게 내려다보며 나는 마른침만 삼켰다. 박 전무가 다시 고개를 숙이며 나가자 나머지 사내들도 그 뒤를 따랐다. 아직 죽지 않은 철호를 둘러업고. 나도 엉거주춤 일어났다. 지금이 기회였다. 다들 나갈 때 은근슬쩍 따라붙어 1층까지 내려간 후 바로 줄행랑을 놓는다면….

"도 상무."

김 대표가 나를 불러 세웠다.

"네?"

나는 멈춰 서서 뒤를 돌아봤다. 어느새 평온한 표정으로 돌아온 김서방 대표, 아니 보스는 나를 향해 두 팔을 활짝 벌렸다. 넓디넓은 품이 내게 외치고 있었다. 사나이 대 사나이로 멋진 포옹을 해 보자고. 무릇 어둠 속에서 살아가는 사내들의 인사법은 포옹이 아니냐고.

"서방 유통에 입사한 걸 축하하네."

김서방 대표는 나를 끌어안으며 말했다. 그 순간 나는 직감했다. 빠져나올 수 없는 수렁에 발을 들여놓고 말았다는 것을. 다시는, 평범했던 프리랜서로 돌아갈 수 없다는 것을….

업무

어디서부터 잘못된 걸까?

단서는 '구인·구직 사이트'와 '보낸 메일함'에서 찾을 수 있었다. '아이 엠 스토리'의 구인 담당자 메일 주소를 복사해야 하는데 '서방 유통' 담당자, 즉 박 전무 것을 복사해 메일을 보낸 것이다. 내가 두 회사의 구인 공고를 착각한 데는 다 이유가 있었다. 둘 다 '프리랜서 경험이 풍부한 능숙한 경력자'를 원했던 것이다. 게다가 서방 유통 공고에는 이렇게까지 적혀 있었다.

– 신생인 저희와 함께 새로운 '스토리'를 만들어 나갈 분을 찾습니다. 원하시는 도구(연장)는 무엇이든 제공해 드립니다.

공고에 나온 도구가 노트북이나 태블릿이 아니라 칼과 쇠파이프일 줄 알 리 없었기에 서방 유통 공고도 스크랩해 둔 것이다. 그 탓에 이런 실수를 했고. 너무나도 뼈아픈, 치명적인 실수였다.

그나저나 서방 유통은 왜 내 이력서는 꼼꼼하게 안 봤단 말인가! 거기에는 내가 그저 프리랜서 소설가라는 사실이 다 적혀 있는데. 그리고… 이력서에는 내 신상도 있었다. 주민등록번호는 물론이고 주소까지. 내일부터 당장 출근을 안 하고 잠수를 탄다면 놈들은 집으로 찾아올 게 틀림없었다. 그렇게 되면 사랑하는 자기까지 위험해질 터였다.

"회사는 어땠어?"

자기는 일몰 직전에도 철없이 놀기만 하는 아이처럼 천진한 미소와 함께 물었다. 첫 출근을 기념한다며 치킨까지 시켜놓고서. 자기는 이제 곧 해가 지고 어둠이 몰려오리라는 사실을 모르고 있었다. 자기가 방긋 웃자 치킨 무보다 새하얀 치아가 가지런히 드러났다. 자연스레 김서방 대표가 했던 말이 떠올랐다.

"그 새끼 옥수수도 다 털어버려!"

자칫 실수라도 하면 내 것은 물론이고 자기의 옥수수도 다 털릴지 모른다고 생각하니 소름이 돋았다. 안 된다. 그럴 수는 없었다. 숨어버리는 것도, 경찰에 신고하는 것도 다 좋은 방법은 아니었다.

"나 상무 됐어."

나는 애써 웃으며 말했다.

"상무? 입사 첫날에 상무가 됐다고?"

자기는 눈을 동그랗게 뜨고 물었다.

"으응. 내 경력을 높게 사서 바로 상무 달아주더라. 대표가 나를 꽤 좋아해. 하하."

"잘됐다. 진짜 잘됐어. 내가 올 초에 점쟁이한테 갔다 와서 말했잖아. 자기 하는 일마다 술술 풀리고, 하늘도 돕고 땅도 돕고 예상치 못한 행운이 막 굴러들어온다고! 진짜 그 말이 맞나봐. 연봉도 높겠네? 그럼 3개월만 다니면 전세자금 대출도 꽤 많이 받을 수 있다는 소리잖아!"

"그, 그렇지. 성과급도 빵빵해. 한 놈 해치울 때마다, 아니 프로젝트 하나 해결할 때마다 줄 거래."

"대박! 그러면 이제 빨리 날짜 잡자. 어른들한테 인사부터 드리고. 우리 엄마도 진짜 좋아하실 거야. 둘이서 착실하게 일해서 모으면 서울에서 살 수도 있을 거야. 아아! 나 정말 꿈만 같아."

자기는 흥분한 목소리로 재잘거렸다. 그 모습이 너무 예쁘고 사랑스러워 다른 말을 할 수 없었다. 그저 상무라는 직함에 어울리는 잔잔하고 부드러운 미소만 지어 보였다.

"자, 다리 두 개 다 너 먹어. 상무님, 닭 다리 드세요."

아…. 이 세상 어떤 사랑이 닭 다리를, 그것도 두 개 모두 양보할까? 나는 진정으로 위대하고 숭고한 사랑 앞에 입을 쩌억 벌릴 수밖에 없었다. 자기는 벌린 내 입으로 닭 다리를 밀어 넣었다. 그러면서 물었다.

"근데 거기선 이제 어떤 이야기 써? 큰 회사니까 진짜 대중적인 이야기겠지?"

"물론이지. 회사에서 열심히 일하는 사람들의 우정과 사랑, 뭐 그런 이야기야. 하하."

"미생 같은?"

"응. 미생 같은."

"좋다. 느와르 아니니까 이제 너도 더 밝아지겠다."

자기는 만족한 듯 환하게 웃었고, 그 미소가 너무 눈부셔서 나는 또 넋을 잃고 바라봤다. 미생은 미생인데 피 튀기는 19금 버전이야. 그 말은 속으로 삼킨 채.

아무런 대책 없이 나는 또 출근했다. 상무라는 직함에 걸맞게 내 방은 따로 있었다. 컴퓨터 한 대만 덩그러니 놓인 책상에 앉았지만 일이 손에 잡히지 않았다. 아니, 무슨 일을 해야 하는지도 알 수가 없었다. 컴퓨터를 켜봤지만, 그 흔한 문서 프로그램 하나 깔려 있지 않았다. 할 수 없이 인터넷을 열어 언제나 그렇듯 내 이름을 검색했다. 언제나 그렇듯, 어제 검색 결과와 다를 게 없었다. 내 작품으로 검색해도 결과는 그리 달라지지 않았다. 얼마간 그러고 있을 때 누가 문을 두드렸다. 나는 당황해서 인터넷 창을 끄고 목을 한 번 가다듬었다. 그러고는 암흑가의 상무에게 어울릴 법한 목소리로 말했다.

"들어오세요."

문이 열리더니 김서방 대표가 들어왔다. 오늘은 짙은 남색의 더블 버튼 양복이었다. 그것도 무척 잘 어울렸다.

"대표님."

나는 의자에서 벌떡 일어났다.

"아! 앉아. 앉아. 도 상무."

김서방 대표는 그렇게 말하며 맞은편에 앉아 다리를 꼬았
다. 나도 슬그머니 의자에 엉덩이를 댔다. 언제라도 일어날
수 있도록 반만.

"많이 바쁠 텐데 내가 시간 뺏는 건 아니지?"

"아닙니다."

도대체 무슨 일 때문에 바빠야 하는지 그 이유는 모르겠지
만 아무튼 대표가 그렇게 믿고 있어서 다행이었다.

"도 상무가 들어온 후로 내가 좀 편하게 됐어."

김서방 대표가 말했다. 아직 입사한 지 하루밖에 안 되었
지만, 그것도 뭐, 대표가 그렇게 생각한다니 다행스러운 일이
었다.

"도움이 된다니 다행입니다."

"우리 회사에 도 상무가 들어왔다는 소문도 이미 다 돌았
다고 하더군. 덕분에 오늘 아침부터 일을 의뢰하는 문의가
끊이지 않는다고 해."

"일이라면…"

"뭐, 도 상무 입장에서는 좀 시시한 것들이야. 게 중에서
고르라면 도박장 운영하는 암거미 제거하는 게 있고, 마약
쪽에 발 걸치고 있는 살모사 그놈 팔 자르는 거, 그리고 또

제주에서 올라온 돌문어 애들 손봐주는 게 있는데 이런 것들은 굳이 도 상무 손을 빌리지 않아도 해결할 수 있지. 우리 애들도 꽤 치잖아. 안 그래? 하하."

"그, 그럼요. 그래서 제가 입사하지 않습니까? 회사가 워낙 탄탄하니까."

이쪽 세계는 역시 동물의 왕국이었다. 강한 놈만이 살아남는다는 사실부터 별명까지 모두 다. 문득, 내 앞에서 만족한 듯 웃고 있는 김서방 대표의 별명이 궁금했다.

"그렇지. 역시 잘 아는군! 그래서 말인데, 도 상무. 안 그래도 내가 회사 관련해서 자네와 의논하고 싶은 게 있어."

김서방 대표는 강렬한 눈빛으로 나를 바라봤다. 마치 이렇게 묻고 있는 것 같았다.

자네를 믿어도 되겠나?

아니요. 믿지 마세요. 원래 마감 앞둔 소설가와 돈독 오른 사기꾼은 믿는 게 아닙니다. 그렇게 말하고 싶은 내 속마음도 모른 채 김서방 대표는 혼자 고개를 끄덕였다. 그러더니 또 혼자 입을 열었다.

"어제 일도 그렇고 아무래도 우리 회사에 두더지가 숨어든 것 같아."

"두더지라면?"

"잘 가꾼 정원에 두더지가 기어들어 와서 모두 망치고 있다는 말이지. 누군지 잡기만 하면….”

김서방 대표는 어금니를 꽉 깨물었다. 잘 발달한 턱 근육이 씰룩, 하고 움직였다. 두더지는 아무래도 배신자를 뜻하는 것 같았다.

“그렇다면 빨리 두더지를 소탕해야겠군요.”

나는 그럴싸한 말투로 그럴싸하게 맞장구를 쳤다. 김서방 대표는 깍지 낀 손으로 턱을 괴더니 지그시 눈을 감았다. 그러고는 혼잣말처럼 중얼거렸다.

“그래. 바로 그거야. 소탕. 내가 찾던 단어가 바로 소탕이었어.”

“하하. 단어에는 제가 또 일가견이….”

“도 상무가 맡아줬으면 하네.”

“네?”

김 대표는 나를 바라보며 다시 한번 말했다.

“두더지 소탕, 도 상무가 맡아줬으면 한다고.”

“하지만 저는….”

“물론, 바쁘다는 건 아네. 일상 업무도 해야 하니까. 하지만 지금은 내가 믿을 사람이 박 전무와 자네밖에 없어. 자네는 사람 보는 눈도 정확하고 이제 막 들어왔으니 객관적인 판단도 가능하겠지. 무엇보다 배신의 대가가 무엇인지, 수리부엉이라면 철저하고 잔인하게 보여줄 것 아닌가. 이럴 땐 주로 어떻게 하나? 사지를 절단하나, 아니면 드럼통에 넣고 바다에 빠뜨리나?"

어려운 문제였다. 내가 지금껏 만나봤던 제일 악랄한 배신자는 원고료 떼먹고 도망간 제작사 대표 정도였다. 그 정도로 팔다리를 자를 순 없지 않은가? 뒤통수를 한 대 내려치고 싶다는 생각은 해 봤어도. 그렇지만 기대하며 앉아 있는 대표에게 뒤통수를 때리라는 시시한 대답을 늘어놓을 수는 없었다. 사지 절단이나 드럼통보다 강렬한 무언가가 필요했다. 나는 머리를 굴렸다.

"일전에 의정부 쪽 조직의 배신자를 처리했던 적이 있습니다."

"의정부라면 면사리파겠군."

"네. 맞습니다. 면사리파. 그 조직을 배신한 두더지를 잡았는데 저는 이렇게 했습니다. 일단 그 두더지 눈을 가리고 동해까지 달렸습니다. 그런 뒤 이제는 망해 버린 바닷가 마을 포구에 내렸죠. 한밤중이었습니다. 그곳까지 오는 사람은 아무도 없어 들킬 염려는 하지 않았죠. 저는 두더지를 내리게 한 뒤 미리 준비한 젖은 시멘트에 발을 담그게 했습니다."

"굳이 왜 그런 수고를? 드럼통에 시멘트랑 같이 넣고 그냥 뚜껑 닫아서 버리면 그만인데."

김서방 대표가 물었다.

"그 방법도 물론 좋죠. 하지만 저는 그 두더지에게 죽음의 공포를 최대한 맛보여 주고 싶었습니다. 생각해 보십시오. 발 밑의 시멘트가 굳어가는 걸 느끼며 철썩이는 파도를 볼 때의 심정이 어떻겠습니까? 차라리 빨리 죽여줬으면 좋겠다고 생각하지 않겠습니까?"

내 말에 김서방 대표의 얼굴이 밝아졌다.

"오! 그거 기막힌 방법이군. 두더지가 그렇게 죽었다는 소문이 돌면 누구도 배신할 생각을 못 할 테고 말이야."

내가 말한 건 미국 마피아식 처형법이었다. 내 소설에 슬쩍 집어넣은 적도 있었다. 그때도 역시 조직을 배신한 자를 처단하는 어둠의 무리가 이 방법을 사용했다.

"맞습니다. 바로 그 공포심을 노리는 겁니다."

"좋아. 역시 도 상무 자네가 적임자군. 두더지 놈을 잡아낸다면 지금 말한 그 방법으로 최대한 끔찍하게 보내버려!"

잔인하고 끔찍한 이야기를 했다고 칭찬받은 건 이번이 처음이었다. 괜스레 뿌듯했다. 하지만 이내 정신을 차리고 냉정하게 사태를 파악하려 애썼다. 어떻게 보면 두더지를 찾아내는 임무가 더 쉬울지도 몰랐다. 아니, 그거라도 해야 했다. 멍하니 있다가는 온갖 사나운 동물 별명을 가진 인간들을 해치우러 나가야 할 판이었다. 내가 다룰 수 있는 연장이라고는 노트북뿐이었다. 그걸로 암흑세계의 인간들을 때려죽일 수는 없는 노릇이었다. 두더지를 잡는다는 핑계로 석 달만, 딱 그 정도만 버틴 뒤 전세자금 대출이라도 받는다면… 그 후에는 또 다른 방법이 생기지 않을까?

"네. 알겠습니다."

머릿속으로 그런 생각이 스쳐 지나가자마자 나는 힘차게 대답했다. 사실, 거절할 입장도 아니었다. 김 대표의 저 날카로운 눈빛을 보며 '안 됩니다'라는 대답을 하려면 간을 배 밖에 내놓고 다닐 정도의 배짱은 있어야 할 것 같았다. 불행히도 내 간은 뱃속에 잘 들어가 있었다.

"고맙네. 도움이 필요하면 나나 박 전무에게 언제든 말하게."

김서방 대표는 흡족한 표정을 지었다.

"저… 한 가지만 여쭙겠습니다. 혹시 두더지로 의심되는 자가 있습니까?"

내가 묻자 김서방 대표의 눈빛이 달라졌다. 방금까지 묵직한 도끼날 같았다면 눈을 가늘게 뜬 지금은 회칼처럼 변했다. 김 대표는 그 눈빛으로 허공을 노려보더니 목소리를 한 층 낮추며 말했다.

"내 입으로 말하기는 그렇지만… 아무래도 정청정 부장이 좀 마음에 걸려. 요즘 좀 삐딱하게 나온다 싶거든. 원래도 고분고분한 놈은 아니었지만."

정청정이라면 엘리베이터에서 마주쳤던 이인조 중 파마머리였다. 선글라스를 끼고 껄렁껄렁 껌을 씹던 그 인간.

"알겠습니다. 정 부장과 그 주변 인물들 쪽으로 우선 살펴보겠습니다. 맡겨주십시오."

"든든하군. 컴퓨터 폴더에 보면 우리 회사 조직도가 있으니까 참고하도록 해."

김서방 대표는 그 말을 끝으로 방에서 나갔다. 나는 곧 의자에 몸을 기댔다. 긴장하고 있던 탓에 등이 아팠다. 의자는 최고급이었지만 내 불안한 마음마저 받혀주지는 못했다. 멍하니 모니터를 보다가 폴더를 뒤졌다. 조직도는 쉽게 찾을 수 있었다. 김서방 대표 바로 밑이 박 전무였고 그 아래가 나였다. 부장은 정청정까지 포함해 셋이었다. 영업부, 경영지원부, 기획부가 있었고 정청정은 그 중 영업부 부장이었다. 조직도는 일반 회사와 다를 바 없었지만, 직원 사진 속 얼굴들은 살벌함. 그 자체였다. 특히 선글라스를 벗은 정 부장은 비록 사진이었지만 눈을 마주치기가 쉽지 않을 정도였다. 정 부장의 쭉 찢어진 눈은 살기를 뿜어내고 있었다. 선글라스를 끼는 것은 남을 위한 따뜻한 배려라는 생각이 들 정도였다.

저 눈빛이라면 배신하고도 남겠다.

막 그 생각을 하는데 벌컥 문이 열렸다. 나는 김 서방 대표가 다시 왔다고 생각해 의자에서 벌떡 일어났다.

"대표님…."

"안녕하십니까?"

불쑥 들어온 이는 정청정 부장이었다. 하필이면 선글라스를 벗고 있었고 그 탓에 나는 얼어붙을 수밖에 없었다. 역시, 사진보다 실물이 백 배는 더 끔찍했다. 사진 속 정 부장이 그냥 살인마 같다면 사무실 안으로 들어와 실실 웃어대는 정청정은 연쇄살인마처럼 보였다.

"무, 무슨 일로?"

나는 침착하려 애쓰며 물었다. 빌어먹을 목소리는 혼신의 힘을 다해 몇 번이나 눌러야 찔끔 떨어지는 다 쓴 샴푸처럼 간신히 새어 나왔다. 사랑하는 자기는 거기에 또 물을 타서 쓸 만큼 알뜰했다. 샴푸는 물론이고 린스도 펑펑 써야 유지될 것만 같은 파마머리의 소유자인 정 부장은 슬쩍 고개를 숙이며 말했다.

"새로 오신 상무님께 인사도 드리고 부탁도 드리려고 왔습니다."

말투와 표정은 인사나 부탁을 드리려는 자의 그것이 아니었다. 껌만 씹지 않는다 뿐이지 입을 우물거리는 건 똑같았고 삐딱하게 서서 나를 노려보는 눈빛에는 상사에 대한 예의 같은 건 들어있지도 않았다.

나는 상무고 저 인간은 부장이다.

나는 상무고 저 인간은….

나는 상무고….

속으로 몇 번이나 되뇌며 마른침을 삼켰다. 나는 정 부장을 정면으로 바라보는 미친 짓을 하는 대신 허공 어딘가에 시선을 두고 말했다.

"그래요. 정 부장. 말씀 많이 들었습니다. 하하."

"저도 도 상무님 소문 많이 들었습니다. 근데… 제가 생각했던 수리부엉이와는 이미지가 좀 다르네요. 흐흐."

그렇지. 다르겠지. 킬러 수리부엉이는 사람 죽이느라 밤을 새우고 소설가인 나는 작품 핑계로 시간을 죽이느라 밤을 새우니까.

"그런 이야기 자주 듣습니다. 정 부장도 듣던 것보다 미남이신데요? 하하. 특히 선글라스를 벗은 모습이…."

아뿔싸. 정 부장은 웃지 않았다. 한쪽 입꼬리를 올리고는 있었지만 그건 미소라기보다는 위협이나 협박, 아니면 분노에 가까운 표정이었다. 그걸 보자 다리에 힘이 풀려서 나도 모르게 털썩 주저앉았다. 최대한 자연스레 보이게끔 앉자마자 다리를 꼰 게 내가 할 수 있는 전부였다.

"그래서 부탁은 뭔가요?"

나는 재빨리 물었다. 정 부장은 원래 표정으로 돌아가 대답했다. 그래봐야 끔찍한 인상인 건 똑같았지만.

"골치 아픈 의뢰가 들어왔는데 손을 좀 빌려주셔야겠습니다."

"골치 아픈 의뢰라면?"

"노량진 수산시장 쪽에서 활동하는 갈치라고, 아마 들어보셨을 겁니다. 그 새끼를 잡아달라는 의뢰가 들어왔습니다. 세력은 크지 않아도 독종들이 모여 있는 데다가 저흰 죽이는 건 자신 있지만 산 채로 잡는 게 영 서툴러서…. 도 상무님은 산전수전 다 겪으셨을 테니 좀 도와주십시오."

말이 좋아 부탁이지 내게는 명령이나 다름없이 느껴졌다. 저런 눈빛으로 부탁을 하는 사람은 세상에 없다. 싫다고, 갈치라는 생선 자체를 싫어한다고 말해 버리면 정 부장은 도끼눈을 뜨고 따질 기세였다. 어쩌면 내 정체를 까발리려 할지도 몰랐다. 그렇게 되면 젖은 시멘트에 발을 담그는 첫 번째 사람이 내가 될 터였다.

"흠. 조, 좋아요. 언제 시간이 되면 내가…."

"지금."

"네?"

"바로 지금입니다. 갈치가 마침 은신처에서 나왔다는 소식이 들어왔습니다. 한 수 가르쳐 주십시오. 상무님. 흐흐."

정 부장은 허리를 90도로 숙이며 웃었다.

악귀가 있다면 바로 이 사내가 아닐까? 그리고 지옥이 있다면 바로 여기일 테고.

수산시장에는 오전부터 사람이 많았다. 펄떡펄떡 뛰는 횟감에 칼을 푹 찔러 넣는 걸 보며 나는 얼굴을 찡그렸다. 시뻘건 피가 물과 뒤섞이며 바닥으로 흘러내렸다.

"상무님은 연장 안 들고 오셨습니까?"

엘리베이터에서 마주쳤던 또 다른 사내, 덩치가 물었다. 덩치는 정 부장의 심복으로 왕 과장으로 불렸다. 우리 셋, 그러니까 나를 포함해 정 부장과 왕 과장은 수산시장 입구에 서 있었다. 곰처럼 큰 사내에 선글라스를 낀 파마머리까지, 너무나도 눈에 띄는 조합이었지만 둘은 개의치 않는 것 같았다.

"딱히 해칠 필요 없이 잡는 것으로 끝나는 의뢰니까요. 하하."

내 말이 끝나기를 기다렸다는 듯 정 부장이 입을 열었다.

"야! 맨손으로도 건달 한둘은 찢어 죽이는 분한테 무슨 실례되는 질문이야?"

"아! 죄, 죄송합니다."

왕 과장은 고개를 푹 숙였다.

"죄송할 거 없습니다. 하하."

정말로 죄송할 필요 없어요. 나는 힘이 없어, 라면 봉지 하나 제대로 못 뜯으니까요.

"놈입니다."

정 부장이 나를 툭 치며 말했다. 그러고는 수산시장 안쪽을 가리켰다. 은회색 정장을 입어 누가 봐도 갈치 같은 키 큰 남자의 뒷모습이 보였다. 갈치는 건들거리며 걷고 있었다.

"어떻게 할까요?"

정 부장이 물었다.

"혼자인 것 같으니까 빨리 따라가서 해치웁시다."

"알겠습니다. 역시 과감하시군요. 흐흐."

지금이 기회였다. 쓸데없이 몸싸움할 필요 없이 갈치를 잡을 수 있는 기회…. 나는 잰걸음으로 갈치의 뒤를 쫓았다. 갈치는 생각보다 걸음이 빨랐다. 게다가 말라서 그런지 사람들 사이를 쏙쏙 잘도 지나갔다. 갈치의 뒤통수에 시선을 고정한 채 나도 걸음을 서둘렀다. 미행하는 것뿐인데도 심장이 터질 것처럼 뛰었다. 갈치는 수산시장 밖으로 나가더니 옆쪽 골목을 향해 거침없이 들어섰다. 잘못하면 놓칠 것 같아 뛰다시피 그 골목으로 향했다.

"서두릅시다."

내가 그렇게 말한 것과 골목에 들어선 것, 그리고 기다리고 있던 갈치 패거리를 발견한 것과 내 주위에 아무도 없다는 사실을 알아챈 것은 거의 동시였다. 당황할 새도 없이 갈치가 말했다.

"혼자서 날 잡으러 와? 겁을 상실했군. 크크."

갈치를 따라서 그 부하들도 웃었다. 모두 여섯이었고 하나같이 험상궂은 인상이었다. 덩치도 다들 대물급이었다. 갈치는 땀을 뻘뻘 흘리면서도 여유로운 표정을 잃지 않았다. 답답한 듯 넥타이를 풀어 헤친 그는 곧 품에서 회칼을 꺼내 들었다.

"아, 아니. 그게 아니라…."

"오늘은 회 대신 다른 거 좀 떠볼까?"

나를 향해 회칼을 겨누며 갈치가 말했다. 갈치는 이미 우리가 올 것을 알고 단단히 준비한 모양이었다. 하지만 그가 모르는 게 하나 있었다. 노트북을 두드리느라 손가락 근육만 발달한 나를 상대로 칼 같은 건 사치라는 사실. 나는 꿀밤만으로도 쓰러질 준비가 되어 있었다.

"오해가 있는 것 같은데 전 그냥 지나가던 길이었습니다. 그러니까 가던 길 계속 가겠습니다."

"뭐라고? 가던 길이 황천길이라고? 크크."

센스 넘치는 농담과 함께 갈치가 다가왔다. 웃고는 있었지만, 화가 난 듯 얼굴이 벌겋게 달아오른 상태였고 어딘가 좀 불편해 보이기도 했다. 그러거나 말거나 갈치의 회칼은 은회색 정장보다 더 눈부시게 번쩍였다. 도망가고 싶었지만, 하체의 힘이 풀려 서 있기조차 힘들었다. 그야말로 지릴 것만 같왔다.

"잠깐!"

나는 다가오는 갈치를 향해 간절한 마음을 담아 손을 뻗었다. 바로 그 순간 믿을 수 없는 일이 일어났다.

"윽!"

갈치가 외마디 신음과 함께 가슴을 움켜쥔 것이다. 갈치의 얼굴은 터질 것처럼 붉게 달아올랐고 목과 이마에 핏대가 섰다. 갈치는 고통에 찬 눈빛으로 나를 보다가 그대로 쓰러졌다.

"아!"

앞으로 쓰러지는 갈치를 반사적으로 부축한 그때, 상황 파악을 못 한 부하들이 소리치기 시작했다.

"형님!"

"저 새끼가 살짝 손만 댔는데 형님이 쓰러졌어."

"어, 어떻게 된 거야?"

"아니, 지금 이분 심장이…."

아무도 내 말을 듣지 않았다. 나는 심장마비가 와 축 늘어진 갈치를 붙잡고 어떻게든 버티려 했지만, 힘이 모자랐다. 내가 물러서자 갈치는 기댈 곳을 잃고 옆으로 비스듬히 쓰러졌다. 그러면서 혀라도 깨물었는지 입에서는 제법 많은 양의 피가 흘러나왔다.

"갈치 형님이 한 방에 쓰러졌어!"

"저, 저거 도대체 누구야?"

갈치의 부하들은 쓰러진 형님에게는 관심도 없는 듯 주춤주춤 물러났다. 나는 갈치를 바로 눕혔다. 사람을 그냥 죽게 내버려 둘 수는 없었다. 예비군 훈련과 민방위 훈련 때 지겹도록 배웠던 CPR은 하나도 떠오르지 않았다. 심장을 자극해서 다시 뛰게 만들어야 한다는 생각만 머릿속에 가득했다.

"일어나요!"

나는 주먹으로 갈치의 가슴 쪽을 때렸다. 갈치가 이대로 죽으면 괜한 누명을 쓰게 될지도 모른다.

"일어나!"

다시, 그리고 또다시, 주먹이 아플 때까지 갈치의 가슴을 때렸다. 다음 순간 울컥 피를 토하며 갈치가 다시 숨을 몰아쉬었다.

"컥! 컥!"

"됐다!"

기쁜 마음에 주위를 둘러봤지만, 갈치의 부하들은 이미 다 도망치고 없었다. 대신에 뒤에서 소리가 들렸고 나는 고개를 돌렸다. 그곳에는 정 부장과 왕 과장이 경악한 표정으로 서 있었다.

회식

"와! 나 진짜 지릴 뻔했다니까! 천하의 갈치를 땀 한 방울 안 흘리고 쓰러뜨린 뒤에 피를 토할 때까지 때리는데 이건 뭐 악귀도 그런 악귀가 없었어. 내가 안 말렸으면 아마 그대로 때려죽였을 거야. 더 소름 돋는 게 뭔지 알아? 상무님은 그때 이미 갈치 부하들을 다 처리한 뒤였다는 거야. 다들 미친 듯이 도망치더라고. 어휴. 같은 편인 나도 섬뜩했는데 놈들은 오죽했겠어."

왕 과장 목소리는 휴게실 밖까지 똑똑히 들렸다. 나는 잠시 망설이다가 휴게실 문을 열고 들어갔다. 시간에 맞춰 위염약을 먹어야 하는데 마침 물을 다 마신 상황이었다. 프리랜서 작가 생활하며 얻은 것이라고는 위염과 불면증, 그리고 변비와 치질뿐이었다. 아! 하나 더 있다. 거북목.

"사, 상무님!"

왕 과장이 나를 보고는 화들짝 놀라며 일어났다. 다른 조직원, 아니 직원들도 마찬가지였다.

"아이고. 쉬는 데 방해해서 미안합니다. 얼른 물만 받아서…."

"어제는 잘 들어가셨습니까?"

왕 과장이 허리까지 푹 숙이며 인사를 했다. 어제 나는 두 사람에게 갈치를 넘긴 뒤 그 길로 곧장 퇴근했다. 온몸에 힘이 빠져 도저히 버틸 수가 없었다. 박 전무는 내가 갈치를 잡았다고 보고하자 다른 말은 듣지도 않고 푹 쉬라고만 했다. 나는 겨우 정신을 차려 택시를 잡아탔다. 너무 긴장했던 탓에 손발이 떨렸다. 집으로 가는 택시 안에서도 계속 걱정만 했다. 우여곡절 끝에 임무는 수행했지만 정 부장이 어떻게 나올지 알 수가 없었기 때문이었다. 하지만 내 걱정과 달리 별다른 일은 없었고 과장과 착각과 오해가 더해진 소문만 떠돌게 되었다. 그 소문의 진원지라 할 수 있는 왕 과장을 향해 나는 웃으며 말했다.

"덕분에 잘 들어갔어요. 하하. 그럼 이만."

내게 쏟아지는 눈길이 부담스러워 나는 물도 반만 받고 휴게실에서 나왔다. 직원들은 일제히 90도로 인사를 했다.

김서방 대표가 연락해 온 건 퇴근 무렵이었다. 나는 또 누가 부탁이라도 할까 봐 노심초사하며 시간을 보내고 있었다. 눈이 빠지라고 조직도를 들여다보면서. 직원 중 누군가가 분명 두더지일 텐데 아무리 봐도 하나같이 다 배신자처럼 생겨 더 골라내기가 힘들었다. 그런 식으로 하나하나 뜯어보고 있을 때 전화가 왔고 받아보니 김서방 대표였다.

"도 상무. 오늘 퇴근하고 한잔하지."

"아! 회식입니까?"

"우리 둘만 마시는 거지만 뭐, 회식이라면 회식이라 할 수 있지. 퇴근하고 내 방으로 와."

김서방 대표와 단둘이 술을 마신다니, 생각만 해도 속이 불편하고 머리가 지끈거렸지만 거절할 수는 없었다. 애초에 내 의사를 물은 것도 아니고 거의 통보나 다름없었으니.

"네. 알겠습니다."

"좋아. 조용히 마시면서 이야기할 만한 곳이 있으니 거기로 가지."

"네."

나는 전화를 끊자마자 머리를 감쌌다. 오늘은 조용히 넘어가나 싶었더니···. 그래도 험악한 상황을 연출할 일은 없으니 그나마 다행이었다. 적당히 비위를 맞추며 그럴싸한 이야기 몇 마디 던져주면 될 것이다. 그런 생각을 하며 주섬주섬 퇴근 준비를 하고 있을 때 노크 소리가 났다.

"들어오세요."

심장이 철렁했지만, 다행히 목소리가 떨리지는 않았다.

"도 상무님."

문을 열고 들어온 이는 박 전무였다. 박 전무는 언제나 깔끔하고 차분한 인상 그대로였다. 아마존 정글 같은 이곳에서 유일하게 인간에 근접한 존재가 또 바로 그였다.

"전무님. 시키실 거라도 있습니까?"

의자에서 일어나며 물었다. 박 전무는 친근한 미소를 지어 보이더니 내게 다가왔다.

"어휴. 제가 도 상무님께 뭘 시킵니까? 오늘은 조언을 좀 들으러 왔습니다. 잠시 시간 괜찮으세요?"

"아…. 퇴근하고 대표님과 술을 한 잔 마시기로 했는데…."

"그렇군요. 시간이 얼마 없으니 저도 짧게 말씀드리겠습니다. 앉으시죠."

나와 박 전무는 마주 보고 앉았다. 박 전무 역시 가까이서 보니 눈빛이 예사롭지 않았다. 얼굴은 배우처럼 잘 생겼지만 절대 약해 보이지는 않았다. 김 대표가 늑대라면 박 전무는 한 마리 매 같았다. 하긴, 그러니 조직의 2인자가 되었겠지.

"무슨 고민이라도 있습니까?"

내가 묻자 박 전무는 바짝 다가와 앉았다. 비밀 이야기라도 하려는 것 같았다. 나도 박 전무를 향해 상체를 숙였다.

"그게… 직장을 그만두고 프리랜서가 되면 어떨까 고민 중이거든요."

"네?"

"도 상무님이 와 주신 덕분에 회사 걱정은 없으니 저도 이제 좀 자유를 누리고 싶어서요."

"대표님께서 허락하실까요?"

"그건 걱정 없습니다. 보스는 언제나 제 선택을 존중해 주시거든요. 다만 전 프리랜서의 삶이 힘들거나 어렵지는 않은지 그게 좀 불안해서…."

웃고는 있었지만, 박 전무는 진지해 보였다. 그런 얼굴에 대고 헛된 희망을 심어 줄 수는 없었다. 한 명이라도 더 프리랜서가 되는 비극만은 막아야 했다.

"전무님. 이 세상에 프리랜서를 위한 나라는 없습니다. 제가 프리랜서 작가, 아니 킬러로 살아오면서 느낀 건 정규직이 최고라는 겁니다. 그것도 4대 보험이 꼭 되는 곳. 통장에 일정한 액수가 꼬박꼬박 꽂히는 것보다 좋은 게 없어요. 프리랜서로 먹고살려면 매일 전쟁이고 매번 다음 달 걱정을 해야 합니다. 워라밸? 그딴 거 없습니다. 일하고 싶을 때 일하고 쉬고 싶을 때 쉰다? 그딴 것도 없습니다. 남들 쉴 때도 일해야 겨우 입에 풀칠하는 게 프리랜서입니다. 근데 더 억울한 건 뭔지 아십니까? 열심히 일해도 남들 눈에는 백수로 보인다는 겁니다. 대출도 안 돼, 경력 인정도 못 받아, 사람들 시선도 별로고 나라에서 지원해 주는 것도 쥐꼬리만 합니다. 어떻게 된 게 신용카드 하나 만들기도 힘들어요! 절대 반대입니다. 직장을 옮기는 한이 있더라도 프리랜서는 안 하시길 바랍니다."

나도 모르게 말을 쏟아내고는 아차 싶었다. 흥분한 나머지 주먹까지 꼭 쥐고 있었다. 박 전무는 살짝 질린 표정으로 나를 보고 있었다.

"프리랜서라는 게 그, 그 정도로 힘든 건가요?"

"무엇을 상상하시든 그 이상으로 힘듭니다. 그러니 절대, 무슨 일이 있어도, 하늘이 두 쪽이 난다고 해도 하시면 안 됩니다!"

목소리를 조금 낮췄지만 강하게 말하는 건 잊지 않았다.

"하하. 그만하십시오. 많이 먹었습니다. 천하의 수리부엉이 도민혁이 이렇게 배부를 정도로 충고해 주시는 거라면 정말 로 어렵겠군요. 알겠습니다. 다른 방법을 고려해 봐야겠네요."

박 전무가 웃기는 했지만, 생각이 많아 보이는 표정으로 일어났다.

"정말로 신중하게 생각해 보세요."

내 말에 박 전무는 고개를 끄덕였다.

"알겠습니다. 대표님과 즐거운 시간 보내세요."

어깨를 축 늘어뜨리고 나가는 박 전무의 뒷모습을 보자 씁 쓸했다. 직장인이라면, 그게 조폭이건 대기업 사원이건 다 똑 같구나 싶었다. 언제나 자신이 머무는 곳이 제일 어둡고 암 울해 보이는 법이다. 진정한 어둠은 그 자리에서 나왔을 때 찾아온다. 대부분 그걸 모르지. 물론 나도 그렇고.

그나저나 궁금하긴 했다. 수리부엉이라는 코드네임을 쓰는, 나와 같은 이름의 킬러가 진짜 존재하는지.

"나는 자네에게 무자비함을 배우고 싶네."

김서방 대표가 술을 따라주며 말했다. 우리는 고층빌딩 제일 꼭대기에 자리한 아담한 일식집에 마주 앉았다. 다른 손님이나 직원은 없었다. 요리사 한 명뿐이었다. 잘 숙성된 회는 입안에서 사르르 녹았다. 술도 달았다. 사랑하는 자기와 함께라면 더없이 좋으련만 내 앞에는 김서방 대표가 있었다. 넥타이를 푼 그는 부드럽고 느슨하게 변한 표정으로 나를 봤다.

"무자비함은 말입니다, 대표님. 절박함에서 나옵니다. 절박함."

오랜만에 마시는 좋은 술이라 그런지 취기가 빨리 올라왔다. 헛소리하면 안 된다는 걸 알면서도 자꾸 말이 흘러나왔다. 내 주사는 하나였다. 말이 많아지는 것. 그것도 세상 쓸데없는 허풍 섞인 말이 많아지는 것.

"절박함이라…. 재미있는 말이군."

"제가 회사에 들어갈 거라니까 누가 그러더라고요. 후배들 앞길 막지 말라고. 그래서 제가 그랬습니다. 네가 절박함을 알아? 배고픔을 알아? 집 없고 돈 없는 설움을 아느냐고! 솔직히 이 바닥에서는 다 경쟁자 아닙니까? 후배라서 봐주고, 동료라서 봐주는 게 어디 있습니까? 절박하면, 자비가 없어집니다. 자비를 베풀 여유가 없는 거죠. 하하."

"그렇지. 자네 말이 맞아. 나도 절박했을 때는 지금보다 훨씬 더 무섭다는 소리를 들었는데 이제 배에 기름이 끼었는지 무뎌졌단 말이야."

"대표님."

나는 조용히 김서방 대표를 불렀다. 몇 잔 마신 것 같지 않은데 알딸딸했다. 며칠 전까지 다음 달 생활비를 걱정하던 내가 고급 일식집에서 암흑가의 사나이와 그것도 일대일로 술을 마시다니 기분이 이상했다. 터무니없는 오해가 만들어 낸 상황이기는 했지만 지금, 이 순간만큼은 마음껏 즐기고 싶었다.

"왜 그러나?"

"제가 부산에서 일본 야쿠자 조직 보스의 목을 땄을 때가 문득 떠오릅니다."

"오! 그런 일도 있었나?"

부산에는 딱 한 번 가봤다. 야쿠자 보스를 처치하기는커녕 부산 택시 기사의 난폭 운전에 멀미를 해서 이틀 내내 고생했던 기억만 있다.

"부산에 신종마약을 푼 야쿠자 조직 보스를 제거해 달라는 의뢰가 있었거든요. 그 보스 취미가…."

"잠깐. 밖이 너무 조용한데?"

김 대표가 다시 날카로운 표정으로 돌아와 내 말을 막았다.

"대표님. 잠깐이 아니고 여기서부터 진짜 재미있거든요. 그러니까 말 끊지 마시고…."

"문 잠가!"

요리사를 향해 김서방 대표가 외친 순간 음식점의 불이 꺼졌다. 동시에 복도를 달려오는 여러 개의 발소리가 들렸다. 나는 당황해서 김 대표에게 물었다.

"뭐, 뭡니까?"

"습격이야!"

김서방 대표는 그렇게 외치며 확 일어났다. 깜깜한 어둠 속에서 빛나는 거라고는 전골냄비를 데우던 미니 화로의 불그스름한 불꽃뿐이었다.

문이 열렸다. 곧 커다란 실루엣의 사내들이 안으로 달려들어 왔다. 모두 길고, 날카롭고, 번득이는 뭔가를 들고 있었다. 너무 무섭고 놀라 비명조차 나오지 않았다. 김서방 대표가 옆으로 다가왔다. 그러고는 비장한 목소리로 속삭였다.

"들개와 수리부엉이를 건드리면 어떻게 되는지 똑똑히 보여주자고."

들개, 아니 김서방 대표는 어느새 칼을 들고 있었다. 군용 나이프였다. 나만 빈손이었다. 할 수 없이 테이블로 손을 뻗어 젓가락 한 짝을 쥐었다. 빌어먹을 나무젓가락이었다.

"가자!"

누군가가 외치자 쳐들어온 사내들이 함성과 함께 달려왔다. 김서방 대표가 놈들을 향해 의자를 발로 찼다. 쭉 미끄러진 의자가 앞서 달려오던 사내들을 잠깐 가로막은 사이 나는 미니 화로를 전골냄비가 올라간 채로 들고서는 냅다 던졌다. 뜨거운 것도 느끼지 못했다. 살아야 한다는 생각뿐이었다. 그러려면 완전히 깜깜한 상황에서 몰래 도망가야 했다.

　"으악!"

　전골을 얼굴에 뒤집어쓴 사내가 비명을 질렀다. 화로의 불이 꺼졌다. 이제는 짙은 어둠만 남았다. 바로 옆의 김 대표도 보이지 않았다. 나는 바닥에 납작 엎드려 테이블 밑으로 기어들어 갔다. 위쪽에서는 뭔가가 깨지고 넘어지는 소리와 함께 신음과 비명이 쉴 새 없이 들리기 시작했다.

　"잡아!"

　"죽여!"

　그런 소리도 계속 들렸다. 나는 입구를 향해 엉금엉금 기었다. 그때 테이블이 뒤집히며 누군가가 바로 앞에 쓰러졌다. 어둠 속에서도 그자의 부릅뜬 눈은 확실히 보였다. 급격히 생명의 빛을 잃어가는 그 사내의 목에서는 엄청난 양의 피가 쏟아졌다. 피는 내 얼굴은 물론이고 옷도 다 적셨다.

　"으으으!"

　나는 반사적으로 벌떡 일어났다. 그 순간이었다. 어깨에 뭔가가 세게 부딪쳤다. 놀라서 잡고 보니 누군가의 팔이었다. 그것도 회칼을 들고 있는 팔.

"뭐야?"

그자가 짧게 외친 찰나 뒤에서 목소리가 들렸다.

"역시 자네가 도와줬군."

김서방 대표였다. 그자는 김서방 대표의 등에 칼을 꽂으려던 참이었다. 그러거나 말거나 내가 살고 볼 일이었다. 팔을 놓으면 칼날이 내게로 향할 게 뻔했다. 힘에서는 상대가 안 됐다. 잡고 늘어지는 게 한계였다. 나는 놈이 뿌리치는 대로 낙엽처럼 휘날릴 뿐이었다. 그때였다. 놈이 고여 있는 핏물을 밟고 홱 미끄러졌다.

"어어."

나도 놈과 같이 쓰러졌다. 쿵! 제법 큰 소리와 함께 뒤통수부터 떨어진 그자는 발작하듯 몇 번 꿈틀대다가 그대로 뻗어버렸다. 나는 정신없는 상황에서 일단 일어섰다. 어둠에 적응하자 주변이 보였다. 덩치들이 수두룩하게 쓰러져 있었다. 제대로 서 있는 놈은 몇 없었다. 그마저도 겁에 질린 듯 주춤거리고 있었다. 그중 한 명이 나를 가리키며 외쳤다.

"젓가락으로!"

그제야 나는 여태 젓가락을 들고 있다는 걸 깨달았다. 그 젓가락 끝에는 방금 넘어진 사내의 한쪽 눈알이 꽂혀 있었다.

"으아아!"

놀라서 젓가락을 휘두르자마자 눈알이 쏙 빠졌다. 바닥에 떨어진 눈알은 '통'하고 튕기더니 사내들을 향해 굴러갔다. 놈들은 겁먹은 표정으로 물러나기 시작했다.

"더 해 볼 거냐?"

김서방 대표가 비틀거리며 내 옆에 섰다. 피가 뚝뚝 떨어지는 나이프를 앞으로 내밀며. 그 모습이야말로 목숨 걸고 싸운 들개 그 자체였다. 아니, 역시 들개 따위가 아니었다. 늑대였다. 가장 사납고 가장 거대한 회색 늑대.

"가. 가! 빨리 도망가!"

덩치들은 들이닥쳤을 때처럼 순식간에 사라졌다. 나는 맥이 풀려 거의 쓰러질 것 같았다. 하지만 쓰러질 수는 없었다. 바닥에는 피가 낭자했고 상처 입은 사내들이 그 위에서 꿈틀거리고 있었다. 내가 쓰러질 자리 같은 건 보이지도 않았고, 무엇보다 토하는 게 더 급했다. 방금 먹었던 고급 생선들이 속에서 살아 움직이는 듯했다.

"명불허전이군. 젓가락 하나로 저것들을 상대했다니."

김서방 대표가 씩 웃으며 나를 봤다. 아니요. 대부분 대표님이 쓰러뜨렸을 거고 나머지는 자기들끼리 찌르고 때리고 했을 거예요. 그러니 제발 이상한 오해 그만하고….

"자네가 내 편이라 다행이야."

그 말과 함께 김서방 대표가 내게 기대듯 쓰러졌다.

"괜찮으세요?"

나는 김서방 대표를 간신히 부축했다.

"하아. 어설프게 좀 찔렸어. 크크."

김서방 대표의 배에서 피가 뚝뚝 떨어지고 있었다. 상처가 꽤 깊은 것 같았다. 당장 병원에 가지 않으면 위험한 상황이었다.

"병원에 가시죠."

"그래. 부탁하네. 우선 빨리 여길 뜬 후에 박 전무에게 연락해서…."

김서방 대표의 목소리에서 힘이 빠지고 있었다. 그때 머릿속으로 어떤 생각 하나가 스치고 지나갔다. 나는 상처 입은 들개를 부축해 밖으로 향하며 조용히 속삭였다.

"지금부터 제 계획대로 움직여 주십시오."

야근

"응. 야근이야. 야근. 이미 저녁도 든든하게 먹었어. 틈틈이 스트레칭도 하면서 일하고 있으니까 너무 걱정하지 마. 상무니까 더 솔선수범해야지. 그리고 내가 없으면 안 돌아가요.

하하. 최대한 빨리 마무리하고 갈게. 사랑해."

왠지 목이 멨지만, 다행히 자기는 알아채지 못한 것 같았다. 자기와의 통화를 끝내고 돌아가니 박 전무와 정 부장까지 포함해 직원 전원이 도착해 있었다. 수술실 앞에 검은 양복을 입은 사내들이 도열한 모습은 한편으로는 장관이었고, 한편으로는 혐오스러웠다. 그 사이로 내가 지나가자 일제히 고개를 숙이며 길을 터주었다.

"대표님은?"

박 전무가 물었다.

"응급 수술 중인데 솔직히 힘들어 보입니다."

내 말에 박 전무는 한숨을 쉬었고 정 부장은 파마머리를 벅벅 긁으며 화를 냈다.

"상무님은 괜찮습니까?"

정 부장 옆에 서 있던 왕 과장이 조심스레 물었다. 피를 흠뻑 뒤집어쓴 내 몰골은 말이 아니었지만, 다행히 다친 곳은 없었다. 나는 천천히 고개를 끄덕이며 말했다.

"난 멀쩡해. 어둠 속에서 정신없이 싸우다가 돌아보니 대표님이 당하셨던 거지. 내 실수야. 그놈들 눈알을 빼느라 한 눈을 잠깐 팔았거든. 빌어먹을."

"누, 눈알이요?"

"그래. 바로 이거."

나는 그렇게 말하며 주머니에서 눈알을 꺼내 툭 던졌다.

"으헉!"

왕 과장과 직원들은 펄쩍 뛰며 뒤로 물러났다. 나는 구둣발로 그 눈알을 밟아 으깼다. 그러고는 직원들을 향해 인상을 팍 쓰며 말했다.

"우리 중에 두더지가 있다. 그 두더지가 나와 대표님을 담그려고 한 거야. 누군지 찾아내기만 하면 내가 그 새끼 눈알도 뽑는다."

직원들은 당황한 표정으로 서로를 바라봤다. 동요하는 게 느껴졌다. 간부들도 놀라기는 마찬가지였다. 특히 정정정 부장의 얼굴이 딱딱하게 굳는 걸 나는 놓치지 않았다.

"앉아서 좀 쉬시죠."

박 전무가 내게 말했다. 나는 의자에 앉아 잠시 눈을 감았다. 피로가 몰려왔지만, 정신은 말짱했다. 내가 무엇을 해야 하는지 명확하게 떠올랐다. 뭘 하지 말아야 하는지도. 조금이라도 실수하면 나는 이 아수라장에서 살아나갈 수 없었다.

얼마나 시간이 지났을까, 수술실 문이 열리는 것과 동시에 간호사들이 김서방 대표가 누운 침대를 끌고 나타났다. 의사도 마스크를 벗으며 따라 나왔다. 나와 박 전무, 그리고 부장들은 일제히 김서방 대표에게 다가갔다. 중상을 입은 들개는 눈을 꼭 감은 채, 마치 죽은 듯 누워 있었다.

"수술은 어떻게 됐습니까?"

내가 묻자 의사는 고개를 가로저었다.

"죄송합니다. 최선을 다했지만 이미 손 쓸 수가 없었습니다. 잠시 회복실로 옮겨드릴 테니 마지막을 준비하세요. 환자분 의식은 곧 돌아올 겁니다."

"뭐라고? 대표님 살려내!"

정 부장이 의사의 멱살을 잡으며 삼류 조폭 영화에나 나올 법한 대사를 날렸다. 그 사이 간호사들은 김 대표를 회복실로 데리고 들어갔다. 나는 그 모습을 눈으로 좇았다. 심장이 두근거리기 시작했다. 입술이 말랐다. 혀는 숫제 사포로 문지른 듯 까끌까끌하기만 했다. 입사 사흘 만에 닥쳐온 절체절명의 위기였다. 주먹을 꽉 쥐었다. 정신을 차리자고 속으로 되뇌며.

"이렇게 된 이상 사태를 수습해야지. 회복실로 갑시다."

박 전무가 말했다. 간부들은 회복실로 움직였다. 직원 중에는 눈물을 훔치는 이도 있었다. 그중 한 명인 왕 과장을 붙잡고 나는 가만히 속삭였다.

"내가 부르면 서너 명 데리고 안으로 들어와. 알았지?"

"아, 알겠습니다."

왕 과장도 심상치 않은 기운을 느꼈는지 이번에는 목소리를 낮췄다. 나는 박 전무를 따라 마지막으로 회복실에 들어갔다. 그러고는 문을 닫았다. 김서방 대표는 산소 호흡기를 낀 채 침대에 누워 있었다. 나, 박 전무, 정 부장, 그리고 나머지 부장 둘은 침대를 바라보며 거리를 둔 채 섰다. 침묵이 흘렀다. 회복실 안에는 김서방 대표가 숨을 몰아쉬는 소리밖에 들리지 않았다.

"이제 어떻게 합니까?"

정 부장이 물었다.

"서방 유통의 새 대표를 정해야지. 이대로 공백이 생긴다면 다른 조직에서 바로 쳐들어올 테니까."

박 전무가 말했다.

"동의합니다. 혹시 대표님께서 평소에 점 찍어둔 후계자가 있습니까?"

내가 묻자 박 전무는 고개를 저었다.

"딱히 없습니다. 지금 그 이야기를 들을 수 있다면 좋겠는데."

"돌아가시기 전에 잠시 의식을 회복한다면 그때 여쭤볼 수 있지 않을까요?"

기획부 부장이 말했다.

"그럴 수 있기를 바라야지."

나는 박 전무의 말을 들으며 한마디를 던졌다.

"그 진에 먼저 해결해야 할 문제가 있습니다."

모두 나를 바라봤다. 나 역시 넷의 얼굴을 찬찬히 보며 한 명씩 눈을 마주쳤다. 눈빛이 아무리 매섭고 험해도 피하지 않았다. 마지막으로 정 부장과 눈빛을 교환한 후 다시 입을 열었다.

"그건 바로 두더지를 잡는 겁니다. 우리 쪽 정보가 흘러나가고 있다고 대표님은 생각하셨습니다. 그게 두더지의 짓이라는 거죠. 불행하게도, 그 생각은 맞았습니다. 이런 일이 벌어졌으니까요. 두더지 문제를 해결하지 못하면 다시 같은 일이 반복될 겁니다. 그러니 배신자를 잡아야 하는 거죠."

"하지만 무슨 수로?"

경영지원부 부장이 물었다. 나는 정장 상의 안주머니에서 피 묻은 핸드폰을 꺼내 사람들에게 보여줬다.

"이건…."

정 부장이 짧은 목을 최대한 길게 빼며 핸드폰을 들여다봤다.

"대표님과 저를 습격한 무리를 이끌던 놈에게서 뺏은 겁니다. 그놈은 지금 전골냄비 안에서 끓고 있습니다. 시간이 있었다면 냄비째로 들고 왔을 텐데 아쉽군요."

내가 말하자 정 부장까지도 얼굴이 하얗게 질렸다. 나는 사람들의 표정 변화를 놓치지 않으며 다음 말을 이어갔다.

"여기엔 저장된 번호가 하나도 없고 누군가와 통화를 한 목록만 남아 있습니다. 저는 이 통화 목록 속 주인공이 두더지라 확신합니다. 지금 전화를 걸어보겠습니다. 만약 이 자리에 있는 우리 중 누군가의 핸드폰이 울리거나, 아니면 저 밖에 있는 직원 중 전화를 받는 놈이 있다면 그자가 바로 두더지입니다. 아시겠죠?"

네 명은 말이 없었다. 긴장한 표정으로 내가 들고 있는 핸드폰을 바라볼 뿐이었다. 나는 숨을 한 번 고른 후 핸드폰에 손가락을 가져다 댔다. 그 순간 박 전무가 소리쳤다.

"잠깐!"

박 전무는 김서방 대표를 향해 고개를 돌리고 있었다. 나도, 그리고 부장 셋도 김서방 대표를 바라봤다.

"의식을 회복하신 것 같은데."

정 부장이 중얼거린 대로 김서방 대표는 우리를 보며 가늘게 눈을 떴다가 다시 감았다가를 반복했다. 그러면서 천천히 오른손을 들어 박 전무를 향해 손짓했다.

"네."

박 전무는 짧게 대답한 후 김서방 대표에게 다가갔다. 허리를 숙인 박 전무에게 김 대표가 몇 마디를 하는 것 같았다. 나는 초조한 마음을 애써 누르며 그 모습을 지켜봤다.

"무슨 말씀을 하시는 걸까요?"

기획부 부상이 걱정스러운 표정으로 물었다. 나는 말없이 정면만 바라봤다. 핸드폰을 움켜쥐고서. 잠시 후 박 전무가 우리를 향해 돌아섰다. 그는 어두운 표정으로 고개를 젓더니 어깨를 으쓱했다. 세련된 얼굴과 무척 잘 어울리는 몸짓이었다.

"대표님이 뭐라고 하셨습니까?"

정 부장이 떨리는 목소리로 물었다.

"대표님께서 서방 유통, 아니 우리 서방파의 후계자를 지목하셨습니다."

"누굽니까?"

경영지원부 부장이 박 전무에게 물었다.

"바로 접니다."

박 전무는 나를 보며 말했다.

"축하합니다."

내가 말했다.

"저는 최대한 빨리 지금 상황을 수습하겠습니다. 동시에 대표님의 느슨했던 운영과는 달리 더 공격적으로 회사를 이끌어 성장시키겠습니다. 사실 여러분 중에도 대표님의 주먹구구식 회사 경영에 의문을 표했던 사람이 있는 것으로 압니다. 저는 다를 겁니다. 제가 추구하는 것은…."

지이잉.

지이잉.

박 전무의 일장 연설 사이로 핸드폰 진동 소리가 들렸다. 부장 셋은 나를 한 번 본 뒤 다시 박 전무에게로 고개를 돌렸다. 사시나무처럼 떨어대는 건 박 전무의 핸드폰이었다. 상의 안주머니에서 진동 소리가 울려 퍼졌다. 순간 박 전무의 얼굴에 당황한 표정이 서렸다.

"전화, 받으시죠?"

쥐고 있던 핸드폰을 들어 보이며 박 전무에게 말했다.

"도 상무님. 뭐 하는 겁니까?"

박 전무의 목소리가 딱딱하게 굳었다.

"제가 묻고 싶습니다. 이 핸드폰 통화 목록의 번호를 눌렀는데 왜 전무님께 전화가 가는 거죠?"

"무슨 말 같지도 않은 소리야?"

그렇게 외치는 박 전무를 향해 나는 조용히 물었다.

"당신, 두더지지?"

무서워 죽을 것 같았다. 애써 무표정을 유지하려다 보니 얼굴에 경련이 올 지경이었다. 손이 떨리는 걸 감추려고 핸드폰을 너무 세게 쥐어 손가락이 아팠다. 어제에 이어 오늘도 어김없이 지릴 것 같았다.

당신, 두더지지?

소설에서라면 아주 멋들어진 대사가 되겠지만 막상 입 밖으로 뽑고 보니 어색하기 짝이 없었다. 목소리마저 살며시 떨리니 더 그랬다. 글렀다. 어둠 속의 사나이로 살아가기에는 어울리지 않는다. 나는 그냥 프리랜서 작가나 할 운명이었다. 그것도 다 이 자리에서 살아나가야 가능한 것이지만.

"두더지?"

박 전무가 인상을 그으며 물었다. 역시 표정이 바뀌니 단번에 무서운 얼굴로 변했다. 자비라고는 조금도 없는 육식동물의 얼굴이었다. 초식동물은커녕 그냥 음지식물 그 자체인 나는 심장이 미친 듯이 뛰는 걸 들킬까 봐 일부러 큰 소리로 웃었다.

"하하하. 왜 들켜서 뜨끔했나?"

"상무님. 박 전무님이 두더지라니. 그게 무슨 말입니까?"

기획부 부장이 놀란 표정을 감추지 않고 물었다.

"지금 울리는 핸드폰 진동이 말해주고 있지 않습니까? 저 자가 두더지라고."

나는 그렇게 말하며 전화를 끊었다. 동시에 지이잉, 하는 진동 소리도 사라졌다. 부장들은 당혹스러운 얼굴로 나와 박 전무를 번갈아 봤다.

"함정이라는 생각은 안 해 봤나?"

박 전무가 물었다.

"다른 건 모르겠지만 오늘 대표님과 내가 술자리를 갖는다

는 사실을 아는 사람은 당신뿐이었지. 뭐, 내가 이렇게 살아
나오리라고는 예상 못 했을 테니 완전 범죄를 꿈꿨을 것이
고."

"정말입니까?"

내 말을 듣던 정 부장이 품에 손을 넣으며 외쳤다. 뭔가를
꺼낼 기세였다. 좋아. 정 부장이 내 편이 되어준다면 이 사태
를 조금은 더 쉽게 해결할 수 있다. 나는 박 전무를 가리키
며 더 큰 소리로 말했다.

"또 하나, 결정적인 증거는…."

"어이. 가짜 수리부엉이가 그런 말을 하면 안 되지."

박 전무가 씩 웃으며 말했다. 순간 뜨끔한 나는 다음 말을
잇지 못한 채 멍하니 박 전무만 바라봤다.

"아무래도 이상해서 말이야, 내가 도 상무, 아니 당신 이력
서를 한 번 찾아봤거든. 그랬더니…."

"개수작하지 마!"

정 부장이 버럭 소리를 지르며 칼을 꺼내 들었다. 이번에
말을 멈춘 이는 박 전무였다. 그사이 다른 두 부장도 각각
무기를 꺼냈다. 그 두 개의 칼은 겨눌 방향을 정하지 못한
채 허공에서 이리저리 흔들렸다.

"정 부장. 무슨 짓이지?"

박 전부가 말했지만 정 부장은 듣지 않았다.

"나도 짚이는 게 있어. 그저께 갈치 잡으러 갔을 때, 내가 보고한 사람은 당신 한 명뿐이었지. 그런데 도 상무님 이야기론 갈치가 마치 모든 걸 알고 있었다는 듯 준비해 놓은 상태였다더군. 이상하지 않아? 응? 그리고…."

정 부장이 나를 힐끔 보며 말을 이었다.

"애초에 도 상무님을 갈치에게 보내라고 지시한 것도 박 전무였습니다."

나는 박 전무를 노려봤다. 이것으로 확실해졌다. 이제는 망설일 필요가 없었다. 밖을 향해 큰 소리로 외쳤다.

"왕 과장!"

"네!"

우렁찬 대답과 함께 왕 과장이 직원 다섯을 이끌고 회복실 안으로 들이닥쳤다.

"들어와! 들어와!"

정청정 부장이 다행이라는 표정으로 말했다. 그때였다. 왕 과장 뒤를 이어 한 무리의 직원들이 또 밀고 들어왔다. 놈들은 박 전무 쪽 패거리였다. 좁은 회복실 안이 졸지에 사람들로 가득 찼다. 모두 흉기를 빼 들고 번득이는 눈빛으로 서로를 노려보며 대치하는 중이었다. 정 부장과 왕 과장은 나를 보호하듯 앞에 버티고 섰고, 박 전무 쪽 직원들은 문을 막은 채 우리를 노려보고 있었다. 누가 숨이라도 크게 쉰다면 바로 싸움이 벌어질 태세였다. 그 순간 박 전무의 날카로운 목소리가 들렸다.

"움직이지 마."

박 전무는 언제 빼 들었는지 권총을 들고 나를 겨누고 있었다. 기세등등하던 정 부장과 왕 과장이 딱 굳었다. 박 전무 얼굴에는 차가운 미소가 퍼져나갔다.

"전무님. 이게 도대체 무슨 일입니까?"

경영지원부 부장이 잠긴 목소리로 물었다.

"사실이야."

박 전무는 아무렇지도 않게 대답한 후 씩 웃었다.

"네?"

"내가 두더지였다고. 크크."

"왜?"

그렇게 물은 사람은 나였다. 총구가 나를 향하고 있어 오금이 저렸지만, 작가의 호기심이 입을 열게 했다. 세상 부러운 것 없어 보이는 박 전무가 왜 배신을 한 걸까?

"왜? 이유야 뭐, 많지. 아니 적은가? 크크. 나도 잘 모르겠어. 그냥 저 고지식한 놈 밑에서 일하는 게 지겨워졌거든. 이렇게 질척질척 몸싸움하는 것도 지겹고 말이야. 난 비즈니스를 하고 싶었어. 그래서 서방파를 야호파에 넘긴 뒤에 서방유통 대표 자리는 내가 이어가는 조건으로 야호파 보스와 거

래했지."

"개새끼."

왕 과장이 나지막이 중얼거렸다.

"크크. 더 떠들어 봐. 최후의 승자는 나니까. 나는 이 자리를 접수하고 정리한 후 야호파에게 전화를 걸 생각이야. 그러면 그쪽 애들이 들이닥칠 거고. 그때 도 상무와 정 부장 너희 패거리는 모두 물고기 밥이 될 거니까 그렇게 알라고. 다른 두 부장님은 어떻게 할 겁니까? 나와 같이 가겠어요, 아니면 그 잘난 의리라는 걸 지키겠어요?"

기획부와 경영지원부 부장은 잠시 고민하더니 이내 입을 열었다.

"전무님 뜻을 따르겠습니다."

"어차피 의리 같은 거 버린 지 오래입니다."

"좋아요, 좋아. 두 분은 합리적으로 나올 줄 알았죠. 문제는 도 상무인데…. 지금 이 자리에서 도 상무 비밀을 까발리는 것도 재미있겠네. 크크."

"내가 프리랜서로 있었을 때 이야기 하나 해 줄까?"

나는 한껏 여유를 부리며 말했다. 턱이 덜덜 떨려 죽을 지경인 걸 아무도 눈치채지 못하기를 바라며. 조금 더, 조금만 더 시간이 필요했다. 박 전무가 완전히 딴 곳으로 정신을 팔 시간. 그리고 다른 놈들 역시 한눈을 팔게 만들어야 했다.

"혓바닥이 길군. 어디 한 번 더 떠들어 보시지."

박 전무는 여전히 내게 총을 겨누고 있었다. 나는 떨리는 걸 보여주지 않으려고 손을 바지 주머니에 찔러 넣은 다음 이야기를 시작했다.

"내게 일을 의뢰한 김 대표라는 인물이 있었지. 그 의뢰는 다름 아닌 두더지를 잡는 거였어. 그런데 그 회사에서 누가 두더지인지 아무리 살펴봐도 모르겠더라고. 그래서 작전을 하나 짰지. 김 대표와 나만 아는 작전. 김 대표는 죽어가는 사람 연기를 했어. 그러고는 두더지로 의심되는 놈에게 후계자를 발표하겠노라고 했지. 김 대표가 후계자로 지목한 이는 바로 나였어. 하지만 그 멍청한 두더지는 후계자가 자기였다고 거짓말을 한 거야. 그 말을 듣는 순간 나는 그자가 두더지라는 걸 확신했지. 김 대표도 마찬가지고. 그래서 난 김 대표에게 이렇게 말한 거야. 대표님. 지금입니다!"

"뭐?"

내가 외친 순간 침대에 누워 있던 김서방 대표가 벌떡 일어났다. 그는 번개 같은 동작으로 박 전무의 머리를 젖힌 후 숨겨놓았던 수술용 메스를 휘둘렀다.

획.

메스가 번득인 것은 한 차례, 하지만 박 전무의 목을 긋기에는 충분했다.

"어어?"

박 전무는 당황한 듯 버둥거렸고 다음 순간 그의 목에서 뜨거운 피가 분수처럼 쏟아져 나왔다.

"크윽."

그제야 고통을 느낀 것처럼 박 전무는 얼굴을 찡그리며 목을 막았지만 이미 늦었다. 김서방 대표가 잡고 있던 머리채를 놓자 박 전무는 그 자리에 풀썩 주저앉았다. 회복실 바닥은 피로 물들어갔고 누구 하나 입을 열지 못한 채 멍하니 보고만 있었다. 침묵을 깬 것은 김서방 대표였다. 그는 메스를 쥔 채 박 전무를 내려다보며 중얼거렸다.

"넌 나에게 모욕감을 줬어."

나는 그 순간을 놓치지 않고 외쳤다.

"모두 무릎 꿇어!"

이후 상황은 깔끔하게 정리됐다. 김서방 대표가 건재한 것을 알게 된 이상 박 전무 쪽 직원들도 반기를 들 수 없었다. 기획부와 경영지원부 부장은 제발 살려달라고 흐느꼈지만, 시멘트 신발을 신는 첫 번째 놈들이 되었다는 사실은 변하지 않았다.

나는 김서방 대표에게 양해를 구하고 먼저 집으로 향하려 했다. 그도 조금 지쳤는지 내일 이야기를 나누자며 나를 보내줬다. 지옥 같은 회복실에서 나와 엘리베이터를 기다리고 있는데 뒤에서 목소리가 들렸다.

"도 상무님."

돌아보니 정 부장이 서 있었다.

"아! 네."

"그 모습으로 밖에 나가면 당장 잡혀갈 겁니다."

정 부장의 말을 듣고서야 지금 내 꼴이 어떤지 자각했다. 군데군데 찢어진 옷, 피로 물든 셔츠…. 누가 봐도 경찰에 신고할 게 틀림없는 몰골이었다.

"그러네요. 이것 참."

"왕 과장이 여분의 옷을 가지고 왔으니 화장실에서 갈아입으시죠."

"알겠습니다."

나로서는 거절할 이유가 없었다. 정 부장이 생긴 것과는 달리 꽤 의리가 있고 섬세하다고 생각하며 나는 화장실로 들어갔다. 곧 정 부장이 옷이 든 쇼핑백을 들고 들어왔다.

"여기 있습니다."

"고맙습니다."

나는 변기 칸 안으로 들어가 옷을 갈아입었다.

"도 상무님."

정 부장이 나가지 않고 내게 말을 걸어왔다. 다행히 화장실에는 다른 사람은 아무도 없었다.

"네."

"전화는 어떻게 된 겁니까? 상무님이 챙긴 그 핸드폰에 정말로 박 전무 번호만 있었던 겁니까?"

"아! 그거요? 당연히 아니죠. 핸드폰 챙긴 일도 없습니다. 이거 제 핸드폰이고 일부러 박 전무에게 전화를 걸었던 겁니다. 그때는 이미 박 전무가 거짓말을 한다는 걸 알았으니까요."

그랬다. 박 전무가 김서방 대표의 말을 다르게 전한 순간 나는 계획대로 그에게 전화를 걸었다.

"역시 그랬군요. 기막힌 작전이었습니다. 흐흐. 덕분에 저도 살았네요."

"네?"

"상무님, 아니 도민혁 씨 덕분에 저도 살았다고요."

가벼운 말투였지만 정 부장의 목소리는 진지하게 바뀌었다. 나는 무슨 의미인지 몰라 바지를 입다 말고 가만히 서 있었다. 싸한 기운이 발끝에서부터 천천히 올라왔다. 뭔가, 더 극적인 일이 나를 기다리고 있는 것만 같았다. 아니나 다를까 정 부장의 한마디는 내 머리를 강타했다.

"저도 두더지입니다. 정확히 말하면 경찰이죠. 언더커버."

"설마…"

"맞습니다. 서방파를 일망타진하는 건 물론, 그들에게 의뢰하는 인간들도 잡기 위해 잠입했습니다. 그런데 이런 사건이 터졌고 전 순간 제 정체가 탄로 나는 줄 알고 꽤 긴장했습니다. 하하."

"잠깐! 그 말을 어떻게 믿죠? 무슨 꿍꿍이가 있는지…."

"도민혁. 42세. 프리랜서 작가. 주로 느와르 소설을 즐겨 쓰지만, 인기와 인지도는 그다지 없음. 현재 애인과 동거 중이며 결혼을 준비하는 가운데 서방 유통에 입사하게 됨. 전과 없음. 범칙금 낸 적 없음. 지금껏 쓴 작품으로는…."

"그만!"

나는 소리쳤다. 이번에야말로 완전히 힘이 빠져 변기에 주저앉았다. 고개를 숙였다. 정청정 부장이 경찰인 건 사실이었다. 그렇지 않고서야 나에 대해 저 정도로 잘 알고 있을 수는 없었다. 이젠 정말 끝이라는 생각에 한숨도 나오지 않았다. 경찰이 보는 앞에서 조폭 두목을 도왔으니 그것만으로도 돌이킬 수 없는 상황이었다. 프리랜서 생활을 청산했다고 기뻐한 지 채 일주일도 지나지 않아 나라에서 주는 밥을 먹는 신세가 되고 말다니.

"도민혁 씨. 너무 걱정하지 마세요. 이 정보는 저만 알고 있으니. 아마 박 전무도 알고 있었겠지만, 지금은 입을 열 수 없게 되었잖아요? 하하. 그리고 제가 체포하는 일은 없을 겁니다.”

정 부장의 말에 나는 고개를 들었다.

“도민혁 씨가 도대체 어떻게 여기 말려든 건지는 모르겠지만 의도했던 일은 아니라고 생각합니다. 게다가 절 돕기도 했으니 이번에는 제가 당신을 돕겠습니다. 오늘 일, 없었던 걸로 생각하고 다시는 이 근처에 기웃거리지 마세요. 그럼 뒷일은 제가 해결하겠습니다. 물론 그 입도 닫아야 합니다. 할 수 있겠습니까?”

“네네. 할 수 있습니다!”

바지를 다 입지 않은 채로 벌떡 일어났다가 넘어질 뻔했다. 그래도 좋았다. 한 줄기 희망이 보이는 것 같았다.

“그럼 빨리 옷을 갈아입고 이 길로 뒤도 돌아보지 말고 집으로 가세요. 가서, 다시는 돌아오지 마세요.”

정 부장의 말이 끝나는 것과 동시에 화장실 문 열리는 소리가 들렸다. 나는 서둘러 바지를 올리고 셔츠까지 새것으로 갈아입었다. 바지며 셔츠 모두 내게 많이 컸지만 그런 걸 따질 때가 아니었다. 다시 프리랜서가 된다는 건 두려운 일이었지만 이곳에서 살아가는 것보다는 덜 무서웠다. 아니, 이제 프리랜서 생활이 아무리 힘들다고 해도 견딜 수 있을 것 같았다. 열심히 글 써야지. 마감도 잘 지키고 느와르 소설 말고 명랑한 코지 미스터리 써서 돈도 많이 벌어야지!

나는 힘차게 변기 칸 문을 열었다. 그러고는 냅다 계단으로 달려 숨도 쉬지 않고 1층까지 내려갔다. 병원 밖으로 나가자 어둠을 밝히는 도심의 불빛이 환하게 반짝이고 있었다. 나는 그 불빛을 보며 중얼거렸다.

"이제 새롭게 시작하는 거야."

퇴사

"자, 그럼 느와르 소설 『더운 피』를 쓰신 도민혁 작가님을 모시겠습니다."

나는 박수 소리와 함께 무대로 나갔다. 족히 수십 명은 될 것 같은 사람들이 객석에 앉아 있었다. 기자들이 왔는지 카메라 플래시도 터졌다. 무대 한쪽 옆에는 내가 강연을 한 후 사인해 줄 책이 탑처럼 쌓여 있었다. 밝은 조명 아래 내게 시선을 고정한 독자들의 표정이 똑똑히 보였다. 나는 그 표정 속에서 동경과 애정을 어렵지 않게 읽어낼 수 있었다.

"안녕하십니까? 『더운 피』로 미국은 물론이고 프랑스에도 진출해 세계적인 작가로 불리게 된, 행운의 남자 도민혁입니다. 하하."

내 썰렁한 농담에도 독자들은 박장대소를 했다. 서방 유통에서 나온 후 일 년, 나는 절치부심한 끝에 『더운 피』 라는 느와르 소설을 완성했다. 내게는 마지막 느와르 작품이었다. 적어도 이 책이 대박 나기 전까지는 그렇게 생각했다. 『더운 피』 는 장르 소설로는 이례적으로 베스트셀러가 되었으며 미국과 프랑스에도 번역이 돼 큰 인기를 끌었다. 영화 판권이 팔린 것은 물론이고 지금은 후속작에 대해 출판사와 논의하는 중이었다.

"독자 여러분께 가끔 질문을 받습니다. 『더운 피』 속에 등장하는 킬러 회사가 너무 생생하게 묘사되어 있는데 어떤 식으로 취재했느냐고, 혹시 직접 그런 회사에서 일해 본 건 아니냐고. 하하. 웃기죠? 그만큼 현실적으로 봐주셨다는 건데, 제가 드리는 대답은 항상 똑같습니다. 그건 바로 제 머릿속에서 나왔다는 것입니다. 『더운 피』 는 백 퍼센트 창작입니다. 상상력의 산물이라는 거죠. 그래서 오히려 더 제약 없는 이야기가 나왔고 여러분이 만족해하시는 지금의 소설이 된 게 아닐까 생각합니다."

독자들은 내 말 한마디, 한마디에 집중하며 바로 반응을 보였다. 그걸 보자 서방 유통에서의 그 짧았던, 그러나 정말로 처절했던 며칠이 머릿속을 스치고 지나갔다. 나는 운이 좋아 퇴사할 수 있었다. 그리고 다시 프리랜서 생활을 시작했고, 이렇게 성공했다.

강연이 끝나고 사인회 시간이 되었다. 나는 자리에 앉아 독자들을 기다렸다. 사인을 받기 위해 길게 늘어선 줄이 강연장 끝까지 이어져 있었다. 다음 달에는 프랑스와 미국에서도 각각 사인회를 하게 된다. 나는 이미 새로운 정장을 몇 벌 맞췄다. 김서방 대표가 입었던 것처럼 멋진 정장을.

"작가님. 안녕하세요?"

정신없이 사인하고 또 사진 찍기를 반복하고 있을 때 또 다른 독자가 내 앞에 섰다. 점잖아 보이는 인상의 남자였다. 정장을 입고 있었지만 잘 가꾼 몸매는 숨겨지지 않았다. 한마디로 건장한 체격이었다.

"안녕하세요? 멋진 분이 읽어주셔서 더 영광입니다."

내가 말하자 남자는 부드럽게 웃었다.

"작가님이야말로 정말 멋지죠. 그거 아세요? 제가 작가님 데뷔 때부터 팬이라는 거. 전 느와르를 정말로 좋아하는데 우리나라엔 작가님만이 유일하게 그걸 써주셔서 얼마나 감사했던지. 하하."

"그러세요? 이거 감사합니다."

나는 반가운 마음에 남자를 향해 손을 내밀었다. 남자는 나와 악수하며 말했다.

"제가 어느 정도로 작가님을 좋아하는가 하면 직업상 가명을 쓸 일이 있는데 작가님 성함을 가명으로 했다니까요."

"네? 제 이름을요?"

내가 당황한 사이 남자는 손을 놓고 내 앞에 『더운 피』를 내려놓았다. 그러고는 표지를 넘겨 속지 한가운데를 가리켰다.

"여기 사인해 주세요."

"아. 네."

나는 책을 끌어당긴 후 펜을 들었다. 왠지 손이 떨렸다. 남자의 쏘는 듯한 시선이 정수리에 그대로 느껴졌다.

"이 소설도 정말 재미있었습니다. 업계의 현실을 참 잘 보여주고 있더군요. 특히 주인공이 프리랜서가 힘들다고 외칠 때 저도 무릎을 '탁' 쳤습니다. 프리랜서에게는 자비가 없잖아요."

"그, 그렇죠. 근데 성함이…."

"아! 그냥 수리부엉이에게라고 써 주세요. 하하."

나는 남자를 올려다봤다. 남자가 나를 보고 웃었다. 어둠에 스며든 사내들이 깔끔하게 일을 처리한 후 나누는 짧은 미소처럼 보였으면 좋겠다고 생각하며, 나도 웃었다.

작가의 말

느와르 장르의 소설을 써달라는 의뢰를 받았을 때 저는 뛸 듯이 기뻤습니다. 주윤발의 롱코트와 쌍권총을 아는 세대에게 느와르는 언제나 가슴 뛰는 단어이니까요. 그동안 느와르 장르를 찾는 곳이 없었기에 저는 제 마음속에 깃든 어둠의 본성을 숨기고 살아가야만 했습니다. 그러던 것을 이 작품에 마음껏 풀어놓았습니다.

느와르는 장르가 아닙니다. 그것은 하나의 형식이고 태도이며 분위기입니다. 그런데도 느와르와 어울리는 이야기 구조는 존재합니다. 어둠의 세계에서 살아남으려는 연약한 사내의 이야기, 그러다가 끝내 비극을 맞이하게 되는 불쌍한 남자의 이야기가 바로 느와르죠. 이 작품, <프리랜서에게 자비는 없다>에도 그런 인물이 등장합니다. 그가 어떻게 이 비정하고 메마른 세상에서 살아남는지 지켜보시는 것도 꽤 재미있는 일이 될 겁니다.

이 작품에는 자칫 너무 현실감이 넘쳐서 작가 자신이 아닌가 오해하기 쉬운 주인공이 등장합니다. 하지만 소설은 어디까지나 소설일 뿐이라는 사실을 알아주셨으면 합니다. 혹 비슷하다 할지라도 그것은 아주 기막힌 우연이겠죠.

재미있게 읽어주시기를 바라며, 감사의 인사를 전합니다.

전건우

네고시에이터 최보람

강지영

어떤 사람들은 식물이 되길 원한다. 포근한 잠자리나 식사보다 온도와 습도에 더 민감하고, 가능한 타인과 거리를 두고 싶어 한다. 화분 같은 방 안에 단단히 뿌리를 박고 이따금 꽃을 피우되, 열매를 맺는 일은 없는 사람들. 보람도 그중 하나였다.

가족의 이민으로 홀씨처럼 홀로 한국 땅에 남은 그녀는 결혼도 아이도 원치 않았다. 보람의 유일한 바람은 조용하고 안락한 공간에서 아무에게도 방해받지 않은 채 성장을 이어가는 것이었다. 보람의 통장 잔고로는 한강이 내려다보이는 아파트를 구할 수도 있었다. 하지만 그녀는 서울에서도 가장 숲이 가깝고 해가 잘 드는 오피스텔을 선택해 방음 공사를 했다. 마치 작은 식물원처럼 꾸민 고요의 공간에 머물 때, 보람은 비로소 일로 바짝 긴장된 마음이 녹아내리곤 했다. 그녀의 소망은 마흔 살까지 돈을 모아 영원히 정착할 수 있는 곳으로 떠나는 일이었다. 이제 고작 4년이 남았을 뿐이었다.

그녀는 매일 일정 시간 이상 볕을 쬐고 입술의 각질을 혀로 더듬어 필요한 만큼의 물을 챙겨 마셔야 생동했다. 식사는 단백질 셰이크와 손안에 들어오는 크기의 과일, 드레싱 없는 샐러드 두 끼가 전부였으며 퇴근 후엔 달빛 아래에서 느릿느릿 스트레칭을 했다. 밤이 되면 잎을 도로로 말아 접듯 몸을 웅크리고 누워 아마존 열대우림의 발사나무로 태어나는 꿈을 꿨다. 그리고 눈을 뜨는 아침마다 조금 울었다. 어째서 식물처럼 살고 싶은 자신이 동물의 세계에 뛰어들었는지 모를 운명 탓이었다.

1월의 첫 케이스는 보람의 대학 선배이자 교수인 기준의 딸 연아였다. 기준의 아내 주경의 말에 따르면 아이는 피아노학원 수업이 끝난 직후 누군가에게 납치되었다. 수업이 끝난 뒤 쿠킹 클래스에 가기로 한 주경은 늘 그렇듯 차 안에서 아이를 기다렸다. 하지만 예상한 시간이 훌쩍 지난 후에도 연아는 주차장으로 내려오질 않았다.

"보람 씨, 그냥 경찰에 신고하는 게 맞지 않아요?"

아이의 엄마 주경이 소파 위에 무릎을 세우고 앉아 울먹거렸다. 그 곁에 풍성한 반백의 단발머리인 연아의 할머니가 자수가 곱게 놓인 손수건으로 코를 풀었다. 일흔에 가까운 나이였지만 안면 거상 수술로 끌어올린 피부는 팽팽하고 잡티 없이 맑았다.

"유괴범 검거율은 거의 백 퍼센트에 가까워요. 미제인 경우는 아주 드물죠. 결국에 범인은 잡힌단 겁니다. 그런데 상대가 전과자라면 문제가 달라요. 우린 살아 있는 연아를 만나야 합니다."

범인이 유괴전과자이거나 성범죄자, 혹은 부채가 많은 사이코패스 성향 자라면 적극적으로 대응해야 했다. 대화가 불가능하다면 최대한 은신처의 위치를 좁혀 현장대응팀의 파견을 도와야 했다. 사실상 실패한 작전이었다. 거기까지 가면 부모가 지급해야 할 보수가 커지는 데다 몇몇 굵직한 범법행위가 추가되는 탓이었다. 여기서 범법이란 보람이 좀처럼 입밖으로 꺼내기 싫은 단어, 살인을 의미한다. 그녀가 협상에 실패하면 현장대응팀은 유괴범을 찾아가 직접 사살한다. 그리고 부모에게 범인의 마지막 모습을 사진으로 찍어 보내고 약속한 금액을 받는다.

"보람 씨, 어떻게든 우리 연아 목소리라도 듣게 해줘요, 네?"

주경은 살구색 젤 네일 바른 손톱을 말아 쥐며 울음을 게워냈다. 보람에겐 익숙한 광경이었다. 직무교육에서 납치 아동의 부모를 안심시키는 기법도 필수코스였다. 하지만 현장에 나와 만나본 부모들은 전문가의 몇 마디 말에 쉽게 마음을 진정시키지 못했다. 가장 최선은 1분이라도 빨리 아이를 제자리에 돌려놓는 것뿐이었다.

"에미야, 전문가 선생이 어련히 알아서 하시겠지. 그만 울어, 골 아프겠다."

할머니는 침착하게 주경의 등을 도닥거려 달랬다. 아내의 곁에 서 있던 기준이 메마른 한숨을 내쉬었다.

"연아 데려간 놈, 신상이 어떻게 돼? 우리도 알고는 있어야지."

보람은 태블릿을 열어 영상 하나를 재생시켰다. 건물 내 CCTV였다. 6세 치고는 조숙해 보이는 소녀가 반들거리는 검은 패딩에 메신저 백을 메고 학원을 나섰다. 아이는 엘리베이터 앞에 멈춰 섰고, 먼저 서 있던 단발머리 여자와 잠시 대화를 나눴다.

"보시다시피 용의자는 어머님의 체구와 연령이 비슷합니다. 엄마의 친구라거나 친구의 엄마라는 식으로 친근하게 유인했을 겁니다. 엘리베이터 안 CCTV를 보시죠."

보람이 다음 영상을 재생시켰다. 연아가 주차장이 있는 지하 3층 버튼을 눌렀다. 단발머리는 자신의 숄더백에서 납작한 물티슈 팩을 꺼내 한 장 뽑고는 마치 코를 닦아주듯 연아의 얼굴에 들이댔다. 이윽고 연아가 짧게 바동거리더니 몸을 축 늘어뜨렸다. 단발머리는 연아를 등에 업고 1층 버튼을 눌렀다. 보람은 아이를 업은 단발머리가 엘리베이터에서 내리기 직전 고개 든 얼굴을 확대했다.

"이름은 정윤지, 나이는 32세예요. 저희가 구축한 아동 납치 데이터베이스에 따르면 정윤지는 2012년에 범행을 저지르고 작년에 출소했습니다. 주범이 따로 있다는 결론을 내리고 종범인 정윤지는 2013년 10년 형을 받았고, 2018년부터 가석방 심사 대상자가 됐어요. 당시 아이를 살해한 이유로 분석된 게 경찰의 개입이었죠."

보람은 경제학과 출신으로 대학원에서 심리학 학위를 받고 데이터베이스 전문가를 거쳐 아동 납치 사설 기업의 네고시에이터가 되었다. 그녀가 하는 일은 범죄자 체포가 아닌, 아이를 무사 귀환시키는 일이었다. 부모 대부분은 아이가 실종된 직후 경찰서를 찾아가 신고부터 하기 마련이었다. 하지만 일부 강력범죄 전과자의 경우 경찰이 개입된 걸 깨달은 즉시 납치 아동을 살해하고 도주하는 습성이 있었다. 경찰도 가족도 아닌 누군가가 엉킨 실타래를 풀어야 할 때도 있는 법이었다.

"선배랑 아내 분, 재산조회 시작할게요. 그걸 기반으로 적절한 협상액을 산출한 다음에 접촉을 시도할 예정인데 괜찮으시죠?"

보람의 말에 기준이 마른세수하며 씀벅하게 눈을 떴다.

"집사람 명의의 재산은 따로 없어. 계좌도 함께 쓰고. 내 것만 조회해도 돼. 근데 범인이 우리 재산을 안다고 금액을 조정해줄까?"

"자료에 근거한 사실을 고지하고 협상에 들어가는 게 좋아요. 리미트를 정해놓으면 상대도 허황한 액수를 부르지 않거든요."

보람이 손목시계를 확인했다. 저녁 여섯 시 십 분. 연아가 유괴된 지 두 시간 이십 분 째였다. 생존확률은 팔십 퍼센트였다.

차명으로 은닉한 재산만 없다면 기준의 전 재산은 당장 인출할 수 있는 현금 2억 원과 3억 가량의 유가증권, 대출을 잔뜩 낀 아파트 한 채와 구형 외제 차가 전부였다. 변동성 자산의 비율이 높은 데다 상환기일이 며칠 남지 않은 부채를 떼어놓고 계산하자면 대략 3억 원 내에서 협상이 타결되어야 했다. 만약 그 이상을 요구한다면 내일이나 되어 대출받아야 할 테지만 그 담보물이 연아의 생명이라는 건 자명했다. 협상은 되도록 오늘 안에 끝내야 했다. 최대 72시간 안에 구하지 못한 아이는 대개 돌아오지 않으니까.

"애, 청심환 하나씩 먹자."

할머니가 손바닥에 청심환 세 개를 꺼내 아들과 며느리에게 권하고 자신도 어금니 사이에 넣고 깨물었다.

"어떻게 아버지는 손녀가 유괴됐다는 데 전화 한 통 없으세요? 아무리 자식 취급을 안 한다고 해도."

기준의 목소리에 노기가 어렸다. 기실 그는 주경을 만나기 전 한 차례 이혼 경험이 있었다. 상대는 대학 총장이었던 아버지가 총애하던 제자였다. 이혼에 이르기까지 그는 지금의 아내 주경과 오랜 내연관계였고, 혼외로 연아를 임신했다. 이혼과 재혼의 과정을 낱낱이 지켜본 아버지는 아들 내외를 가족으로 인정하지 않게 되었다.

"핏줄이 당기는데 느이 아버지라고 속이 편하겠니. 얼굴이 된장 색이 돼서는 서재로 들어가 버리시더라."

할머니는 고요하게 눈을 감고 손목에 걸어놓은 염주를 한 알씩 굴리며 자그맣게 반야심경을 외웠다.

보람은 상황실을 통해 정윤지에 대한 과거 사건의 추가정보를 확인했다. 고등학교 졸업 후 5개월가량 마트 캐서로 일한 게 경력의 전부인 윤지는 당시 인터넷 채팅으로 만난 남성과 범죄를 모의했다고 주장했다. 유인책은 윤지였으며, 은신처는 철거가 시작된 재개발 촌이었다. 윤지가 유기징역 처분받을 수 있었던 건 납치 감금 상태에서 충분한 물과 음식을 제공하는 등 살해의 의도가 없었던 것이 인정되었고, 주범이 따로 있으며 살해에 가담하지 않았다는 주장을 굽히지 않은 덕이다. 경찰은 끝내 주범 검거에 실패했지만, 윤지의 단독범행을 증명할 수도 없었다.

"동선 CCTV는 확보됐나요?"

보람의 물음에 상황실 직원이 잠시 무언가를 타이핑하고 대답했다.

"CCTV 위치를 알고 있는 것처럼 빠져나갔어요. 사각지대로만 움직였고, 이동 수단 또한 파악이 안 됩니다."

보람은 지난 유괴사건도 윤지의 단독범행일 거라 짐작했다.

"해킹 프로그램 구동했으면 정윤지 연락처 저한테 쏴주세요. 5분 후 접촉 시도합니다."

통화를 마친 보람의 휴대폰 메신저로 11자리 휴대폰 번호가 전송됐다. 만약 윤지의 단독범행이라면 또다시 살해 후 시신을 은닉할 가능성이 컸다. 보람의 마음이 급해졌다.

"세 분 모두 조용히 듣기만 해주세요. 상황은 제가 통제합니다. 협상이 결렬되더라도 대응 시나리오가 준비돼 있으니 걱정하지 마세요. 가능하면 이번 통화에서 연아 목소리 들을 수 있게 노력해 볼게요."

보람의 말에 기준과 주경이 고개를 주억거렸다. 신호음이 울리기 시작했다. 한 번, 두 번, 세 번, 네 번, 다섯 번, 여섯 번. 더 이상 받지 않으면 금품 갈취를 목적으로 한 유괴가 아닐 수도 있었다. 만약 원한에 의한 유괴라면 아이를 돌려

받기 힘들다는 생각에 보람의 마음이 조급했다. 기준은 학벌과 직업에 비해 모아놓은 재산도 많지 않았다. 전업주부인 주경 또한 마찬가지였다. 이런 경우 원한이 있는 자가 개입했을 가능성도 있었다. 여차하면 작전을 변경하고 현장대응팀을 파견시켜야 했다.

"뭐야, 왜 전화를 안 받아?"

기준이 타들어 가는 목소리로 물었다. 보람 또한 바짝 깎은 자기 손톱을 바라보며 마른침을 삼켰다. 음성안내로 넘어가기 직전 달칵, 하는 소리와 함께 통화가 연결되었다.

"여보세요."

윤지의 목소리에 짜증이 배어났다. 보람이 엄지와 검지를 동그랗게 이어 부부에게 통화 성공을 알렸다.

"정윤지 씨, 저는 네고시에이터 최보람이라고 합니다."

"텔레마케터요? 뭘 팔아먹으려는지 몰라도 나 안 사요. 뭐야…? 전화가 왜 안 끊어져."

상황실에선 이미 윤지의 휴대폰에 법무부 안내 문자를 보냈다. 그녀가 문자메시지에 포함된 링크를 누르자 불과 수 초 만에 휴대폰은 해킹되었다. 이제 윤지는 통화종료뿐 아니라 전원 버튼조차 누를 수 없는 처지였다.

"정윤지 씨, 전 협상전문가입니다. 지금 황연아 데리고 게시죠?"

윤지가 가볍게 숨을 머금었다 뱉었다.

"연아 부모가 사람 샀나 보네. 댁 같은 직업이 있다고 교도소에서 수군거리는 거 듣긴 했는데, 그래도 황당하긴 하다. 저기요, 최보람 씨! 나 애 부모랑 잠깐 통화하고 싶은데, 안 될까?"

역시 보람이 예상했던 대답 중 하나였다.

"죄송합니다. 연아 부모님과는 통화하실 수 없습니다. 요구 사항이 있으시면 저를 통해 말씀해 주셔야 해요. 정윤지 씨에게 불리한 것 없습니다."

"다 뻥이고, 너 경찰이지? 맞지? 쌍년아, 대답해라!"

윤지가 거센 콧바람을 불며 보람을 몰아붙였다.

"아닙니다. 경찰은 이 정도로 치밀하지 않거든요. 신고했다면 내일쯤 정윤지 씨의 인상착의 정도는 찾을 수 있을 거예요. 물론 요구사항도 들어주지 않겠죠. 가석방 중에 벌인 일이니 이번에 구속되면 다시는 못 나올 거예요."

보람은 태블릿에 띄워놓은 윤지의 사진을 물끄러미 바라보았다. 큰 눈, 작은 코, 얇은 입술과 숱 없는 머리카락. 범죄자가 아니었다면 범죄 희생자가 되기 쉬워 보이는 얼굴이었다. 보람 또한 누군가에겐 그런 인상을 풍길 만한 외모였다. 다른 게 있다면 윤지는 음지식물처럼 볕 대신 어둡고 습한 곳을 좋아할 뿐일지도 몰랐다.

"알아, 안다고. 괜히 영화에서처럼 승질 한번 부려보고 싶었어. 자, 이제 어떡하면 되는데?"

윤지가 큼큼, 목소리를 가다듬고 물었다.

"사안이 시급한 만큼 구체적으로 제안하겠습니다. 얼마를 언제 어떻게 전해드리면 연아를 보내주실 건가요."

보람의 말에 윤지는 배시시 미소 지었다.

*

윤지는 끊어지지 않는 전화를 들고 욕실에서 나왔다. 그녀는 거실 겸 주방 한 귀퉁이에 교자상을 펴 놓고 앉아 있는 현수에게 다가갔다. 그는 말끔한 슈트에 빗어 넘긴 머리, 무테안경을 쓴 마치 은행원 같은 사내로 자신보다 나이 많은 이 변두리 빌라와는 어울리지 않는 사람이었다.

"협상가라는 사람인데… 얼마 받고 싶은지 말하래요."

윤지가 현수의 귀에 소곤거리자 그가 부드럽게 미소 지으며 전화를 넘겨받았다.

"네, 전화 바꿨습니다."

현수가 노트북에 띄워놓은 재산조회 페이지를 빠르게 훑었다.

"누구시죠?"

보람이 의아한 목소리로 물었다. 그도 그럴 것이 전화를 넘겨받은 현수의 목소리에서 긴장과 두려움, 분노와 열등감 따위를 조금도 느낄 수 없었기 때문이었다. 다산콜센터 안내원처럼 사무적인 친절함이 배어 있을 뿐이었다.

"분쟁 조정매니저 김현수라고 합니다. 호칭은 뭐라고 하셔도 상관없습니다."

보람에겐 처음 벌어진 일이었다. 분쟁 조정매니저라는 직업이 존재하는 줄도 몰랐거니와 이토록 밝고 차분하게 자신을 응대하리라곤 상상조차 하지 못했다.

"매니저님은 정윤지 씨가 고용한 분이신가요?"

보람은 자신의 질문이 이 상황에 꼭 필요한 것인지 확신할 수 없었지만 치미는 의구심을 누를 수 없었다.

"네, 그렇습니다. 수임 과정까지 말씀드릴 필요는 없을 것 같고, 황연아 어린이 부모님도 전문가를 고용하셨으니 대화가 쉽겠네요. 그럼 저희 요구사항을 바로 말씀드리도록 할게요."

현수가 계산기를 두드리고는 메모지에 숫자를 적어나갔다.

"소수점 이하 절삭하고, 40억 원이 적절해 보이네요."

현수가 입아귀를 가볍게 말아 올리며 대답했다. 보람은 아찔했다. 어떻게 산출된 금액인지 도무지 감이 오질 않았다.

"매니저님, 불가능한 액수입니다. 당장 인출할 수 있는 건 2억 원이에요. 대출을 받는다 해도 예상되는 한도는 1억 원 가량. 저흰 3억 원이 마지노선입니다."

보람은 고개를 갸웃했다. 얼마 지나지 않아 협상가가 염두에 두지 않은 초보적인 실수 한 가지를 떠올렸다. 부모의 거짓말이었다. 아내 몰래 은닉한 재산이 있을지도 모른단 생각에 보람의 시선이 기준에게 꽂혔다.

"그건 아니죠. 협상자님께서 마음이 급하셨나 보네요. 우선 황기준 씨 유동자산은 2억 가량이 맞는 걸로 확인이 됐습니다. 하지만 연아의 조부께서 상당한 재력가시더군요. 예금 33억 2천만 원, 광주에 저택과 상가 두 채, 고급승용차와 맨션, 제주도엔 말도 두 마리나 소유하고 계시네요. 연금도 받으시고 인세도 상당하고. 이주경 씨 부모님 재산을 따로 합산하지 않아도 대략 100억 가량 움직일 수 있다고 봅니다. 어떤가요, 저희의 요구가 과하지는 않죠?"

보람은 이 일을 시작한 후 처음으로 당혹감에 말을 잇지 못했다. 분쟁 조정매니저라는 직업도 처음인데다 그의 정보력과 민첩함에 열패감마저 느꼈다.

"저도 확인해 보겠습니다. 매니저님 말씀이 옳다고 해도 할아버지의 선택 여부가 중요합니다."

무작정 받아들일 수만은 없었다.

"저흰 과정이 아니라 결과만 수용합니다."

현수가 자리에서 일어나 욕실 옆, 건넌방 문을 열었다. 원목무늬 장판에 플라스틱 옷장이 전부인 방 안에 연아가 만세 하듯 누워 잠들어 있었다.

"정윤지 님과 저희의 계약은 내일 오전 10시에 종료됩니다. 제가 연아의 생명을 보장해 드릴 수 있는 시간이죠. 서두르시는 게 좋을 거예요. 그리고 지금 아이가 잠들어서 목소리를 들려드릴 수 없으니, 통화 종료하시면 영상으로 전송하겠습니다."

통화종료 버튼은 보람만이 누를 수 있었다. 이대로 전화를 끊어버리면 다음 통화를 받을지 미지수였다. 하지만 연아의 가족들을 안심시키기 위해선 아이의 현재 상황을 눈으로 직접 보여주는 수밖에 없었다.

"알겠습니다."

그녀는 무기력하게 손가락을 들어 올려 종료 버튼을 누르고 심호흡했다. 현기증과 갈증이 동시에 밀려왔다. 이윽고 5초짜리 동영상이 첨부된 메시지가 도착했다. 쌔액쌔액 가벼운 콧바람 소리와 함께 아이의 배가 오르락내리락하는 모습이 담겨 있었다. 현수는 프로답게 연아 옆에 휴대폰을 놓아두어 현재 시각임을 증명했다.

"연아가 저기 있어. 여보, 우리 연아 살리려면 내일 10시까지래. 들었지?"

주경이 몇 번이고 동영상을 재생하며 어깨를 떨었다. 할머니는 두 손을 모으고 나무관세음보살이라고 나직이 읊었다.

"조부모의 재산까지 합산해서 금액 산정을 한 경우는 처음이라 뭐라 드릴 말씀이…."

건조하고 팁팁한 공기가 그녀의 목을 옥죄었다.

"보람아, 잠깐 얘기 좀 할까."

곁에서 통화를 들은 기준이 거실이 아닌 연아의 방으로 걸음을 옮기며 보람을 불렀다. 창문 너머로 찰랑거리는 한강이 내다보이는 방이었다.

"말씀하세요."

보람이 방문을 닫고 기준과 마주 섰다. 그는 웨지 컬러의 책상에 한쪽 골반을 기댄 채 팔짱을 끼었다.

"적은 금액이 아니라서 아버지를 설득하는 게 쉽지 않을 거야."

"제안가격을 무조건 수용할 필요 없어요. 선배는 남매니까 부모님께 상속받을 금액은 현재 자산의 절반이고, 거기서도 상속세를 제외한 나머지 액수를 초과할 수 없다는 입장을 내세우면 돼요. 대략 20억 내외로 관철해 볼게요."

보람과 그녀의 회사는 소위 몸값이라 불리는 협상금을 스무 개의 자금 세탁용 통장에 분산 송금하고, 아이를 돌려받는 순간 범인에게 인출 비밀번호를 건네는 방식을 취했다. 그들의 마케팅은 이용자들의 평가와 입소문이었으므로 보람은 최대한 협상금을 낮추기 위해 애썼다.

"아냐, 그럴 필요 없어. 상대도 전문가를 고용한 만큼 조심스럽게 접근하는 게 좋을 것 같다. 금액조정은 됐고 나 대신 네가 우리 아버지를 상대해 줬으면 해."

"협상금 조정을 안 한다고요?"

"심기를 건드리고 싶지 않아. 우리 연아 목숨값 안 깎을 거야. 최대한 빨리 되찾아서 털끝 하나라도 다치게 하고 싶지 않아."

기준은 침착하게 대답했다. 보람에겐 오랜만에 만나는 상식적인 부모 중 하나였다. 자식의 목숨이 담보 잡힌 상황에서도 얕은수를 쓰려는 사람이 종종 있었다. 그녀가 최근 응대한 어느 사업가는 범인을 직접 만나 위조지폐로 협상하려다 눈앞에서 늦둥이 막내아들을 잃었다.

볕조차 들지 않는 산골짝 삼나무 숲이었다. 범인은 자식이 큰 빚을 진 노인 부부였다. 사업가는 작은 우체국 택배 상자에 현금을 채웠다며 부부에게 아이와 맞교환할 것을 요구했다. 하지만 부부는 오래 산 만큼 노련했다. 부부 중 남편이 겨우 5세인 아이의 얼굴에 젖은 한지를 덮어 놓고 상자를 열어 돈을 훑었다. 만약 약속한 대로 현금을 준비했다면, 남편의 턱짓 한 번에 아이 얼굴을 덮은 한지는 벗겨졌으리라. 하지만 맨 윗줄을 제외한 나머지 금액이 조야하게 인쇄된 위조지폐라는 사실을 알아차렸을 때, 부부는 동시에 실소를 터트렸다.

먼발치에 현장대응팀이 잠복 중이었지만, 이미 기력이 쇠한 아이는 무릎을 꿇은 채 고개를 떨어뜨렸다. 부부는 얻을 것도, 잃을 것도 없는 이들이었다. 현장대응팀에서 발사된 총격으로 사건은 마무리되었다. 물론 계약을 이행하지 않고 단독행동을 한 사업가 또한 총격을 피할 수 없었다. 그때 현장대응팀장의 총구가 보람에게로 향하는 걸 바라봤다. 그가 실패의 책임을 묻기 위해 방아쇠를 당길지도 모른다는 생각에 보람은 눈을 질끈 감았다.

순간 숲이 휘파람처럼 울었다. 총구에서 튀어나온 총알의 소리일지도 모른다고 생각했지만, 그녀는 여전히 삼나무 숲 한가운데 서 있었다. 현장대응팀이 개미 떼처럼 몰려들어 시신을 수습한 뒤에도 소리는 여전했다. 1개월간의 정직 기간에도 그녀의 귀에 이명처럼 울려댔다. 대피를 알리는 사이렌처럼.

삼나무 숲 사건은 보람에겐 최초의 실패였고, 경력에 매우 큰 흠집이었다. 겨우 살아남았지만 황연아 유괴사건마저 실패한다면 정말 실업자가 될지 모른다고 생각했다. 4년만 더 채우면 동물들의 야비한 세계와 영원히 작별할 수 있다는 생각에 보람은 마음을 다잡았다.

"그나저나 김현수 출세했네. 크게 땡겨서 정윤지와 나눠 먹을 셈인 모양이지?"

기준의 말에 보람의 귀에서 숲이 우는 소리가 들렸다.

"선배, 김현수를 아세요?"

"기억하는 줄 알았는데, 몰라? 목소리 익숙하잖아. 01학번 네 동기 김현수."

기준은 불 수능으로 불리는 97년도 수능시험에서 368점을 맞고 경제학과에 수석 입학한 수재였다. 그가 가진 능력 중 하나는 만나는 사람들의 얼굴과 목소리, 때로는 사소한 습관까지 수십 년간 잊지 않는 기억력이었다.

"제 동기…. 김현수?"

"걔랑 너 몇 개월 사귀기까지 했는데 목소리를 못 알아듣는다고?"

보람은 그제야 낮게 탄성을 지르며 기연미연한 현수의 얼굴을 기억하려 애썼다. 첫 연애이긴 했지만 감전되듯 사랑에 빠진 것도 아니었고, 원수처럼 싸우다 헤어진 사이도 아니었다. 아마도 술자리에서 말을 튼 뒤 몇 번의 데이트를 즐기다 자연스럽게 멀어진, 요즘으로 치면 썸 타는 사이로 기억했다.

"매니저가 그 김현수라 하더라도 일과는 전혀 상관이 없습니다. 잘 타결해 낼게요."

"인연인지 악연인지 모를 일이다. 우린 너만 믿어."

기준의 말에 보람은 평정심 잃은 눈빛을 감추느라 스타킹 신은 자신의 발등을 내려다봤다. 왜 그 오랜 시간 김현수를 잊고 지낸 걸까, 놀라울 따름이었다.

"내부에서 이미 김현수에 대한 정보를 팔로우 업 할 거예요. 확인되는 대로 다시 얘기 나누죠."

미치겠다며 마른세수하는 기준을 등 뒤로 보람은 방을 나섰다. 아파트 현관문을 나서 소화전 앞에 쪼그려 앉았다. 여느 날 같았으면 달빛 아래서 스트레칭을 할 시간이었다. 가죽구두 안에 묶인 발등이 소복이 부어있었다.

"보돌, 괜찮은겨?"

문득 누군가의 목소리가 들린 것만 같았다. 보람은 어둠 속에서 고개를 들어 주변을 훑었다. 보이는 건 나선형의 계단뿐이었다. 그리고 잠시 멍하니 계단을 응시하다 퍼뜩 놀랐다. 보람을 보돌이라고 바꿔 부르던 단 사람, 현수의 목소리가 떠올랐다.

＊

현수의 대학 시절 별명은 모나미였다. 그는 모르몬교 신자
처럼 사철 흰 셔츠와 검정 바지를 입고 머리를 곱게 빗어 넘
긴 샌님이었다. 보람의 기억과 달리 현수가 그녀와 사귀게
된 계기는 술자리가 아닌 강의실이었다. 합리적 기대 이론
수업 중 교수는 둘을 콕 집어 백화점에 커플 티셔츠를 사러
간 남녀로 역할극을 만들었다. 실외 주차, 실내 주차, 엘리베
이터 사용, 에스컬레이터 사용, 각자의 주머니에 든 쿠폰 등
의 사용 여부를 주고받게 했다.

그때 보람과 현수의 선택은 정반대였다. 실외 주차하고 에
스컬레이터를 이용한 뒤 가격이 높지만, 쿠폰 할인율이 좋은
티셔츠를 선택한 보람. 실내 주차 후 엘리베이터를 이용하고
중저가 브랜드를 골라 낮은 할인율의 쿠폰을 사용하기로 한
현수.

교수는 수업 뒤에 두 사람이 사귀는 건 경제학자 로버트
루카스도 말릴 거라며 너털웃음을 지었다. 현수는 노벨상 수
상자가 말리는 연애를 해보자며 보람에게 말을 붙였다. 한
학기가량 사귀었을 즈음, 둘은 프라이드치킨 냄새가 고소하
게 풍기는 미니스톱 한 귀퉁이에서 이별했다.

"보돌, 나 기말 망해서 다음 학기 성적장학금 물 건너갔어.

그래서 말인데…."

보람은 냅킨으로 닭 껍질을 벗겨내며 현수의 머뭇거리는 입술을 바라보았다.

"자퇴할까 해."

"무슨 소리야, 자퇴라니. 휴학해서 과외 알바라도 하면 되잖아."

"그냥 조그맣게 창업해 볼까 해."

현수의 말에 보람은 피식 헛웃음을 터트렸다.

"실리콘밸리의 신화가 또 한 사람을 망쳤구나. 한 학기 등록금이 없어 명문대 학적을 포기하는 자퇴생이 사업은 무슨." 그런 말을 주절거리며 보람은 돌아섰다.

"최보람! 너도 아무것도 아니잖아. 서로가 시시해서 끌린 거였잖아. 영재들 사이에서 열등아끼리 뭉친 거로 생각했어. 난 쭉정이가 아니라 씨앗이 되려는 거야. 보돌, 내 말 듣고 있는겨?"

그게 마지막이었다. 한 번도 자신이 아무것도 아닌 존재, 시시하고 별 볼 일 없는 사람이란 생각을 해 본 적 없었던 보람은 현수가 남긴 마지막 말에 무언가를 잉태한 듯 앓아누웠다. 그리고 얼마 지나지 않아 흔해빠진 이름인 김현수를 곧 잊었다. 하지만 그녀 몸에 잉태된 무언가는 사라지지 않은 채 십수 년째 발아를 미루고 있었다. 그것은 장염이나 생리통처럼 뜨문뜨문 보람의 신경을 긁었고, 그때마다 네고시에이터를 그만두고 싶었다.

휴대폰 벨 소리에 보람은 접은 무릎을 펴고 일어섰다. 상황실이었다.

"최보람입니다."

"김현수라는 인물에 대해선 기밀입니다."

"정보가 없는 게 아니라 기밀이라고요?"

보람의 질문에 상황실 직원은 호로록 음료 한 모금을 마시고 대답했다.

"동종업계의 불문율 같은 거죠. 우리도 최보람 네고시에이터에 대한 개인 정보를 누출하지 않을 거고요. 미안합니다."

허망한 전화는 일방적으로 끊어졌다. 보람이 어깨를 늘어뜨리고 현관문을 바라봤다. 기준에겐 뭐라고 말해야 할지 암담했다. 집 안으로 들어가려면 벨을 눌러 울고 있을 가족 중 누군가를 일으켜 세워야 했다. 그녀는 피곤한 눈꺼풀을 길게 감았다 뜨고 초인종을 눌렀다. 연아의 할머니가 문을 열며 입가에 검지를 세워 조용히 하라고 표시했다.

"아범이 연아 할아비랑 통화했는데 잘 안 풀린 모양이야. 나랑 본가 들어가서 협상 좀 도와줘. 그이가 아니면 해결이 안 될 일이니까."

연아 할머니는 그 길로 보람의 손을 끌고 지하 주차장으로 내려갔다. 아름다운 아이보리색 캐딜락의 시동을 켜고 손수 보람의 안전벨트를 매어주었다. 연아 할머니는 레몬 사탕 하나를 입에 까 넣고 운전을 시작했다. 비록 유괴범과의 협상은 아니지만, 자금을 융통하게끔 돕는 것도 네고시에이터가 할 일 중 하나였다. 그러려면 기준의 아버지에 대한 정보가 필요했다.

"연아 할아버지는 어떤 분이세요? 정확히, 어떤 부분에 마음이 잘 동요되시나요? 좋아하는 신문이나 잡지, 브랜드 같은 것도 알려주세요."

톨게이트를 빠져나갈 즈음 보람이 물었다.

"자기 자신에게 한없이 약하지. 그래서 흠결이 있는 아들을 받아들일 수 없는 거야. 너그럽게 품을 그릇이 안 되니까. 이미 자기 제자들과 동료 사이에 퍼진 소문을 귀 막고 있는 것만으로도 괴로울 테지. 중도성향의 신문을 읽지만, 사실은 보수주의자고 뭐든 국산이 제일 좋다고 떠들면서 이태리제 명품만 사 모읍디다. 세상 고고한 척은 다 하는데 뒤로 호박씨 까는 타입. 정말이지 혼자 잘났어. 박사학위 3개에 명문대 총장, 정치도 어쭙잖게 하며 부와 명예를 이뤘는데 다 자기혼자 이룬 일인 줄 알지. 아, 그걸 나르시시스트라고 하나?"

나르시시스트가 사는 집은 경기도 광주에 필드 하우스라 이름 붙은 저택이었다. 보람이 그곳에 도착했을 때 연아의 할아버지이자 물리학 박사인 황 박사는 2층 테라스에서 땅콩을 까먹고 있었다. 그는 아들과의 언쟁으로 몹시 화가 나 있었고 온 집안을 다 뒤졌지만, 담배를 찾지 못해 땅콩을 씹는 중이었다. 그는 아내의 차가 차고로 들어가는 걸 보곤 얼른 남은 땅콩을 호주머니에 넣었다. 조수석에 앉은 검정 슈트 차림의 보람이 황 박사의 눈에 들어왔다. 그는 휴대폰 액정에 자기 얼굴을 비춰보곤 흐트러진 머리와 풀어진 단추를 채웠다. 이윽고 아내와 손님인 보람이 집안으로 들어섰을 때, 거실에 나와 다기에 뜨거운 보이차를 담아 홀짝거리며 창밖을 내다보고 있었다.

"얘기 나눠 봐요. 난 저 양반하고 1분 이상 마주 보면 두드러기 나는 병이 있거든."

연아의 할머니는 눈으로 황 박사를 흘기곤 안방으로 걸음을 틀었다. 보람의 귓가에 다시 한번 숲이 우는 소리가 이명처럼 울렸다. 손녀가 납치된 긴급상황에서조차 대화가 불가능할 정도로 파탄 난 가족관계를 중재하는 일은 쉽지 않을 터였다.

"처음 뵙겠습니다."

보람이 황 박사 맞은편에 앉았다. 소파 대신 방석이 놓여 있었지만, 좌식에 익숙하지 않은 그녀는 다리를 모아야 할지 가부좌를 틀어야 할지 잠시 우왕좌왕했다.

"편하게 앉아요. 난 저 여편네와 아들 내외만 아니라면 누구든 참고 기다릴 수 있는 사람이니까."

황 박사가 빈 잔에 보이차를 따라 주곤 지그시 보람의 얼굴을 바라보았다. 그는 제자와 정·재계 인사, 연예인에 이르기까지 수없이 많은 사람을 만나며 어울릴만한 사람과 그렇지 않은 사람을 구분하는 나름의 관상법이 있었다. 비록 해쓱한 얼굴에 낯빛이 어둡고 코와 입술이 빈약한 보람이었지만 눈빛만큼은 형형했다.

"협상가라고 하던데, 나한테 40억을 받아낼 자신이 있소?"

보람은 텁텁한 구취가 나는 70대 옹고집 노인을 이길 자신이 없었다. 하지만 다른 길이 없었다.

"실패하면 연아를 되찾을 수 없으니까, 해 봐야죠."

보람은 보이차를 입에 머금고 농도가 조금씩 다른 창밖 어둠을 바라봤다.

"그럼 설득해 봐요."

황 박사는 다탁 아래에서 제임스 러브록의 원서 한 권을 꺼내곤 콧등에 돋보기를 얹었다.

"상대는 이미 한 명의 아이를 유괴해 살인한 전과가 있는 범죄자입니다. 유괴범들은 아이가 울거나 떼쓰거나 비명을 지를 상황이 되었을 때 소동을 진압하기 위해 살인을 택하고요. 상대는 내일 아침 10시를 데드라인으로 정했어요. 앞으로 열 시간이 남았습니다. 손녀를 구해주시죠."

황 박사가 돋보기 너머로 빠끔 보람의 얼굴을 바라봤다.

"내 장담하지만, 연아는 울거나 떼쓰거나 비명을 지르지 않을 거요. 어디 캠프라도 간 기분일지도 모르지. 그 앤 일찌감치 자신의 역할을 잘 알고 있는 영리한 애니까 말이오."

"그게 무슨 말씀이신지요?"

"댁이 아는 것과 사실은 다르단 말이오. 기준이는 단순히 혼외자가 생겨 이혼한 게 아니었지. 지금 사는 주경이와 난임 시술까지 받아 어렵게 연아를 임신했다오. 왜 그런 줄 아시오?"

뜻밖의 정보에 보람은 입만 벙긋대고 대답하지 못했다.

"내가 전처와 이혼하면 전 재산을 사회에 환원하겠다고 선언했거든. 핏줄이 생기면 뭐가 달라질 줄 알았겠지. 하지만 내 생각은 그때부터 지금까지 변함이 없어요. 상대가 왜 40억이라고 말한 줄 아시오?"

"황 박사님의 재산을 추적했더군요."

"그걸 본인 허락 없이 어떻게 알아냈겠소? 그것도 졸혼 선언한 내 아내와 기준이가 증여를 요구한 액수하고 절묘하게 일치하는데 알고는 있었소?"

보람은 찻잔을 내려놓고 자리에서 일어섰다.

"당신도 한패여서 물러서는 거요?"

황 박사가 돋보기를 다탁에 내려놓고 물었다. 보람은 그가 과대망상이나 치매, 혹은 지독히도 자린고비라 억지스러운 이야기를 풀어낸다고 확신했다. 아버지에게 재산을 뜯어내기 위해 가족과 기업을 속이고 딸을 유괴전과자에게 맡길 만큼 기준이 썩어빠진 인물이라고 믿어지지 않았다. 논리 없이 덤비는 황 박사를 녹다운시킬 만한 것이 필요했다.

"저도… 추가적인 정보가 필요합니다. 잠시 통화 좀 하고 오겠습니다."

보람은 도망치듯 거실을 빠져나와 현관 밖으로 나갔다. 안개비가 내려 어둠과 섞이는 중이었다. 뭐가 진실이고 거짓인지 분간할 수 없었다.

*

현수는 잠든 연아를 물끄러미 바라보았다. 작게 내는 코골이 소리마저 사랑스러운 아이였다. 그의 기억에 보람도 어른과 아이, 소녀와 어른 그 중간쯤에 있었다. 뺨을 덮은 고운 솜털과 이마 가장자리에서 소용돌이치는 잔머리가 그를 사로잡았다. 현수 자신도 남들 눈엔 그런 청년이었다. 늘 교복 같은 옷을 걸치고 낯가림이 심한 데다 경쟁에서 늘 조금 뒤처지는 맹탕이었다.

현수의 집은 가난했다. 수도권이긴 했지만, 여전히 읍 단위의 작은 마을에 사는 탓에 남보다 한 시간 일찍 등굣길에 나서야 했다. 농어촌 특례가 남아 있는 지역 덕분에 성적보다 과분한 대학에 합격한 것이 천운이라고 여겼다. 성적장학금을 받을 만큼 뛰어난 머리도 아니었고, 그가 군대를 전역하고 돌아왔을 땐 빚이 많아 부모님이 이혼한 뒤였다.

동기들 사이에서 그가 모나미라고 불린 건 한 가지 옷을 진짜 교복 삼아 입고 다닌 탓이었다. 옷값이라도 아끼지 않으면 차비가 부족할 지경인 그는 당연히 보람과의 데이트에서도 주눅이 들 수밖에 없었다. 현수와 보람은 마치 약속이라도 한 듯 그가 아르바이트하는 미니스톱에서 만나 끼니를 때우고 공부했다.

"보돌, 넌 뭐가 되고 싶어? 졸업하면⋯."

현수가 물걸레로 바닥을 밀며 테이블에서 과제 중인 보람에게 물었다.

"몰라, 생각 안 해봤어. 뭐가 됐든 직장이 생기고 나면 부모님 곁을 떠날 거야. 같이 있으면 숨이 콱 막혀. 내게 바라는 게 너무 많거든. 명문대에 다니니까 엄청난 미래가 보장된 거처럼 굴어. 그래봐야 월급쟁인데."

보람 또한 성적이 특출하게 좋은 것도 아니고, 집이 번듯하게 잘 사는 것도 아니었다. 변두리 자영업자 가정의 유일한 희망인 그녀는 뻔하디뻔한 미래와 개천의 미꾸라지 같은 남자친구가 권태로웠다.

"대기업 같은 데 원서 쓸 거지?"

현수가 다시 물었다.

"지금 학점으로 될까? 남들은 유학도 다녀오고 듣도 보도 못한 자격증까지 따며 준비하잖아. 난 인도로 치면 수드라 계급이라 틀렸어. 아마 취업이 안 되면 계속 공부하겠지. 대학원 들어가서 석박사 따고 시간강사 뛰고. 이게 뭐람. 점점 가난해지겠네. 그냥 돈이나 많았으면 좋겠는데. 로또 번호 조합이나 연구할까?"

현수는 보람의 꿈을 이뤄주고 싶었다. 그녀가 안 될 거라고 단정 지은 일들이 저절로 마술처럼 풀려날 수 있기를, 뜻하지 않은 장소와 사람에게서 기회를 얻길. 그러려면 자신이 먼저 앞서 나가야 했다.

"보돌, 치킨 먹을래? 내가 처음 튀긴 건데."

현수의 말에 보람이 콧등에 자잘한 주름을 지으며 다가왔다. 그녀는 냅킨에 싼 치킨을 한입 베어 물고는 꿈꾸는 듯한 표정을 지었다.

"올해 중에 지금, 이 순간이 제일 좋다."

"그렇게 맛있어?"

현수가 보람의 뺨에 늘어진 머리카락을 손가락으로 걷어 올리며 물었다.

"아니, 너랑 같이 있어서 좋다고."

울컥한 마음이 든 현수는 잠시 등을 돌려 빨개진 코끝을 감췄다. 아무리 생각해도 보람의 꿈을 이뤄주려면 평범한 월급쟁이로는 불가능했다.

"보돌, 나 기말 망해서 다음 학기 성적장학금 물 건너갔어. 그래서 말인데…."

한참 만에야 보람을 바라본 현수가 꾹 눌러두었던 마음을 꺼내놓기 시작했다.

*

보람은 이번엔 상황실이 아닌, 입사 동기이자 정보보안팀 소속 윤에게 전화를 걸었다. 그와 보람은 단 한 번도 만난 적이 없는 사이였다. 처음 입사했을 때 윤은 상황실 신입이었고, 그녀는 현장 네고시에이터였다. 둘은 종종 한 팀으로 일하며 서로에게 믿음을 갖게 되었다. 보람이 알기로는 윤은 30대 후반의 이혼남이었다. 해외 명문대를 졸업한 뒤 월스트리트에서 큰돈을 만졌지만 결혼 직후 투자 실패로 빈털터리

116

가 되었다. 그가 재기할 수 있는 밑천은 오로지 여전히 총기 넘치는 두뇌뿐이었다. 윤 또한 보람의 출신대학과 예전 직장, 그리고 변두리에서 다이소를 운영하다 어느 날 갑자기 이민을 떠나버렸다는 부모에 대해서만 알고 있다. 둘은 식성이나 취미, 좋아하는 와인과 싫어하는 향수 따위는 몰랐지만 지금 정도의 거리도 나쁘지 않다고 생각했다.

"윤, 자는데 깨운 거 아냐?"

"아냐, 방금 웨이트 끝내고 들어왔어. 너 현장 투입됐다며?"

보람이 터덜터덜 정원으로 나와 구두를 벗고 잔디 위에 섰다. 시원하고 여린 풀잎을 디디자 비로소 머리가 맑아지는 기분이었다.

"황연아 가족 정보가 더 필요한데 상황실에서 시원시원하게 일 처리를 안 해주고 있어. 용의자 옆에 분쟁 조정매니저라는 사람이 한 명 붙었길래 신원 파악 좀 해달라니까 기밀이라고 알려주질 않아. 게다가 황연아 가족은 숨기는 게 너무 많고. 윤, 너라면 열람할 수 있을 만한데."

보람이 말끝을 흐렸다. 있을 만한데, 해주라는 말이 선뜻 나오지 않았다. 윤이 받아주면 고마운 일이지만 거절한다 해도 서운한 것은 없었다.

"누굴 열람해주면 돼?"

"고마워. 우선 애 할아버지, 황재철 박사. 박사의 돈주머니를 열려면 약점이 필요해."

윤은 분쟁 조정매니저가 무엇인지 왜 상황실에서 신원을 밝히지 않는지 궁금했지만, 보람이 원하는 것부터 해결해 주기로 마음먹었다.

"재작년까지 금산대 총장이었구나. 새희망당 정책위원장도 맡았고 후보 사퇴했지만, 국회의원 출마 선언도 했네. 약점이 있긴 해. 보도 금지 가처분 소송으로 기사화되진 않았지만, 황 박사 이 사람 여자 스토킹 전력이 있어. 그것도 자기 비서를 말이지. 그 바람에 정책위원장 자리에서도 물러났고 후보 사퇴까지 흘러간 모양이야."

"부인은 그런 언급이 없었어. 어떻게 쥐도 새도 모르게 막은 거지?"

이 사실을 연아의 할머니나 기준이 알고 있었다면, 미리 언급했을 터였다. 그런데도 입을 다문 건 가족들에게조차 누설되지 않게 일 처리가 마무리되었다는 의미였다.

"돈의 힘이지. 입에 금화를 잔뜩 문 사람은 좀처럼 입술을 벌릴 수 없거든. 비싼 변호사와 권력 카르텔이 구원한 거겠지. 이런, 피해자는 만신창이로 살고 있네."

윤은 피해자의 최근 진료기록과 전출입기록 등을 살피며 짧게 한숨을 내쉬었다.

"고마워, 역시 윤 너뿐이야. 정보 보급 계속 부탁할게."

무기가 생겼으니 이제 황 박사를 압박할 일만 남았다.

"저기, 보람아…!"

"응?"

"이번 일 끝나면 같이 저녁 먹을래?"

느닷없는 윤의 제안이었다.

"직접 만나자고?"

보람은 그의 제안에 적잖이 당황했다. 서로에게 친구나 동료 이상의 호감을 느끼고 있는 건 확실했지만 사적인 모임이 금지된 회사 규정을 어길 정도는 아니었다.

"난 그러고 싶은데, 넌?"

윤의 말에 보람이 씨익 미소를 지었다.

"뭐 먹을래?"

누군가 둘을 미행하는 것만 아니라면 이따금 식사나 커피 정도를 함께해도 괜찮지 않을까, 보람은 그의 제안을 받아들였다.

"메뉴는 고민해 볼게. 참, 아까부터 궁금했는데 분쟁 조정 매니저는 또 뭐야?"

윤이 물었다.

"글쎄, 나도 잘 모르겠어. 우리처럼 틈새시장에 파고든 먹물 중 하나인 거 같긴 해."

보잘것없다고 외치던 김현수의 목소리가 머릿속에 우퍼처럼 들썩였다.

"누군지 안다는 거야?"

"대략 짐작은 가는데 왜 회사에서 기밀로 부친 건진 모르겠다."

"이거 나도 좀 궁금해지네. 일단 넌 급한 불 끄고 와."

통화를 끝낸 보람은 한결 가벼운 걸음으로 다시 황 박사에게 돌아갔다. 그는 식은 차를 버리고 뜨거운 물을 붓고 있었다. 치통이라도 앓는 것처럼 부루퉁한 표정으로 보람을 올려다보았다.

"황 박사님, 저흴 흥신소 정도로 생각하시나요?"

보람의 말에 황 박사가 어깨를 들썩이며 웃었다.

"그보다 나을 것도 없지. 거간꾼이잖소. 흥정 붙여서 떨어지는 고물 받아먹는 사람들. 난 아들, 며느리의 계략에 넘어가지 않을 테니 그만 돌아가시게."

보람의 휴대폰으로 윤이 스토킹 당한 비서의 사진과 소송 기록을 보내왔다. 그녀는 황 박사에게 휴대폰 액정을 들이밀었다. 긴 생머리에 동그란 얼굴형, 겁 많아 보이는 큰 눈을 가진 피해자의 사진이 담겨 있었다.

"흥신소보다 정보력이 월등하죠. 이 친구 지금도 정신과 치료받고 있어요. 황 박사님이 자취방 욕실에 몰카 설치한 걸 안 뒤론 심각한 공황장애가 생겼거든요. 그땐 정계 힘을 빌려 보도를 막으셨지만, 이제 자연인이신데 몸 사리시는 게 좋지 않을까요?"

저명한 석학이자 교육인, 그리고 명망 높은 정치가였던 황 박사가 고개를 외로 틀고 한쪽 눈꺼풀을 바르르 떨었다.

"협박인가? 당사자와는 이미 원만하게 합의가 된 일일세."

윤은 이번엔 황 박사가 설립을 주도하고 있는 장학재단에 대한 이슈를 보내왔다.

"전 재산 사회 환원을 선언하고 장학재단을 만들고 계시지만 상임, 비상임 이사진이 모두 정·재계 인사들의 자녀네요. 스토킹 사건을 도운 인맥들이죠. 아직 권력에 대한 욕구는 정정하신가 봅니다?"

황 박사가 다탁을 잡고 몸을 일으켰다.

"협박할 거라면 아직 많습니다. 제자들 박사논문에 왜 이렇게 표절이 많은지 참 궁금하네요. 금산대 영문과 학과장이 황 박사님 사촌 동생이죠? 채용 비리 의혹을 제기하는 교수들이 있고요."

보람은 그렇게 협상 주도권을 쥐었다. 황 박사는 불과 십여 분만에 저승사자라도 만난 노인처럼 얼굴에 핏기가 가셨다.

"아들의 치부도 잘 덮고 넘어가시는 게 황 박사님 명예를 지키는 길일 겁니다. 연아가 납치된 게 연극이 아니라면 황 박사님은 손녀의 살해를 공모하는 거나 다를 바 없어요."

"지랄…, 뭐 이런 지랄 같은 일이. 아주 제대로 걸려들었네."

황 박사는 자기 머리를 흐트러뜨리며 백기를 들었다. 그는 치부를 숨기기 위해 자신의 전 재산의 절반을 포기하기로 마음먹었다. 그리고 보람이 황 박사의 집을 떠나기 직전까지 아내와 아들 부부에 대한 의심과 비난을 퍼부었다. 누군가는 속고 있을 테지만 보람은 이번 일을 잘 마무리 지은 걸로 만족했다.

집 밖엔 포슬포슬 안개비가 내렸다. 늦었지만 퇴근을 할 수 있겠다는 생각에 보람은 가슴이 벅차올랐다. 남은 업무는 재무팀에 맡기고 그녀는 콜택시를 불렀다. 재무팀에선 스무 개의 가상 계좌를 안내하고, 분산 입금하면 상대편 대리인이 연아를 데려올 터였다. 부윰한 안개비 속에 서서 택시를 기다리던 보람에게 윤의 전화가 걸려 왔다.

"윤, 덕분에 잘 해결했어. 상황실 보다 네가 낫다. 그래서 메뉴는 골랐어?"

보람의 치사에 윤은 솜씨 좋은 오마카세 식당 이름이나 특제 양념을 발라 구워낸 장어구이 집 이름을 내놓지 않았다. 그의 숨소리가 거칠어지는 게 보람의 귀에 느껴졌다.

"왜 그래?"

"보람아, 이런 일 하는 업체…. 우리가 유일하다는 거 알지?"

윤은 보람이 황 박사를 설득하는 동안 업계 정보를 수집했다. 하지만 여전히 이 시장은 비밀에 꽁꽁 싸여 있었고, 개인정보 데이터베이스에 접근권한을 가진 것도 윤과 보람의 회사 보안 계정뿐이었다.

"뭐 이상한 거 찾았어?"

보람이 조심스럽게 물었다. 이토록 평정심을 잃은 윤의 목소리는 그녀에게 처음이었다. 윤은 노트북 앞에 앉아 4개의 보안인증을 하고 데이터베이스에 접근했다.

"내 권한을 벗어난 일이지만 아무리 생각해도 수상해서 말이야. 혹시 분쟁 조정매니저란 사람 이름 알아?"

윤의 질문에 보람은 뱃속 깊은 곳에서 알 수 없는 허기를 느꼈다. 희미한 달빛과 시원한 안개비가 그녀의 씨앗에 닿은 것처럼 무언가 뱃가죽 아래서 몸을 뒤채며 양분을 조르는 느낌이었다. 마치 발아를 멈춘 씨앗이 움트기라도 하려는 듯.

"김현수."

윤은 타이핑하려던 손을 멈췄다.

"너 정말 몰랐어?"

윤이 나직이 물었다.

"뭘?"

"상대가 김현수라면 당연히 신상에 대해선 기밀이지."

"그게 무슨 말이야?"

보람만 모르는 무언가가 있었다.

"루이스가 김현수잖아. 면접 볼 때 만났을 거 아냐?"

보람은 풀썩 주저앉고 말았다. 젖은 잔디가 그녀의 엉덩이와 종아리를 적시자 섬뜩한 소름이 돋았다. 4년 전 보람은 헤드헌터로부터 스카우트 제안을 받았다. 회사는 경제학과 심리학 학위를 가지고 있는 데다 때마침 가족이 모두 미국으로 이민 가서 기밀 유지가 비교적 쉬운 보람을 선택한 터였다.

비록 내놓고 자랑할 만한 직업은 아니었지만, 비윤리적이지도 않을뿐더러 학자가 성취하기 힘든 레벨의 연봉 덕에 보람은 제안을 받아들였다. 그녀의 면접관은 중년의 여성이었고 중역들 모두가 영문명을 사용한다는 사실은 입사 후에야 알게 되었다. 대표의 닉네임이 루이스였다. 모든 결재 서류엔 루이스의 서명이 들어갔고 단 한 번도 그게 김현수일 거라는 생각을 해본 적이 없는 보람이었다.

"그럼 대표가 유괴범을 돕고 있단 얘기야? 그래서 정보가 기밀에 부쳐진 거고?"

보람이 잔디 위에서 몸을 웅크렸다.

"보람아, 아무래도 내가 실수한 거 같아. 네가 몰라야 하는 걸 일깨운 거 같다고."

보람은 처참했다. 오래전 비웃으며 헤어진 연인에게 월급을 받아왔단 사실이, 그가 던진 난해한 시험문제에 휘둘리는 자신이 참으로 우습다 느껴졌기 때문이었다.

"실수가 아냐. 네가 아니었다면 난 계속 휘둘리고 있었겠지. 유괴 소동도 루이스가 만든 연극일 테니까."

윤은 대답하지 않았다. 보람이 한 달 전 인사사고가 있던 터라 가상의 상황을 시뮬레이션하며 인사평가를 하고 있는지도 몰랐다. 아니 확정적이었다. 거기서 자신이 변수가 되었다는 사실을 깨달았다. 장해 요인인 분쟁 조정매니저의 정체를 드러내느라 내부 보안규정을 어겼다. 운이 좋으면 문책, 그러나 그런 과분한 처벌로 끝나지 않을 거란 예감이 들었다. 가장 최악은 권고사직이었다. 하지만 너무 많은 비밀을 알고 있는 그들을 회사가 무사히 내보내 주리란 보장이 없었다.

윤은 왜 이제야 보람에게 데이트를 제안할 용기를 냈는지 후회했다. 진즉 보람을 만나 자신이 알고 있는 비밀, 그러니까 그녀가 입사 무렵 이민을 떠났다는 가족들이 사실은 현장 대응팀에 의해 처리되었다는 얘길 털어놓을걸. 그랬다면 이 정나미 떨어지는 회사를 때려치웠을지도 몰랐다.

"보람아, 우리 통화… 감청되고 있을지 몰라. 당장 유심 빼서 버리고, 회사가 찾지 못할 곳으로 움직여."

황 박사의 짐작이 들어맞았다. 연아의 가족들과 회사는 보람을 상대로 기괴한 연극을 벌이는 중이었다. 기준과 연아의 할머니는 목석같은 황 박사의 재산을 세금 없이 증여받아야 했다. 그리고 회사는 보람의 업무역량을 테스트할 기회가 필요했다. 보람은 내내 평온했던 연아 할머니의 얼굴을 떠올렸다. 청심환을 먹고 불경을 외긴 했지만, 눈빛이나 목소리는 흔들림이 없었다. 주경 또한 오열하는 얼굴에 눈물이 맺혀 있지 않았다. 보람은 현수가 지금 이 상황을 모두 보고받고 있을 거란 생각에 이르자 현기증이 일었다.

"윤아, 넌? 네가 나를 도운 걸 그들도 알 거 아니냐."

보람의 말에 윤은 대답하지 못했다. 때마침 현장대응팀이 윤의 오피스텔로 들이닥쳤고, 마치 대추 씨를 뱉어내듯 소음기를 단 권총에서 아음속탄이 튀어나와 그의 관자놀이를 파고들었다. 보람은 휴대폰 너머에서 들리는 작은 소음이 뭘 의미하는지 알고 있었다. 입사자는 있지만 퇴사자가 없는 직장, 고액 연봉과 국가 전산망까지 드나들 수 있는 권한 뒤엔 각자의 생명이 담보 잡혀 있었다. 그들은 모두 이 기괴한 유괴에 합의하고 제 손으로 근로계약서를 쓴 직장인들이었다.

비는 거세지고, 그녀 안에 있는 씨앗은 이제 막 움트기 시작했다. 아무에게도 감정이 남아 있지 않았다. 자신이 사랑을 갈구했던 이들은 모두 떠났고, 이제 삶이 어디에서 정지해도 서글플 것 같지 않았다. 오랜 불안과 후회에 바짝 마른 보람의 마음이 젖어 들기 시작했다. 그녀는 고개를 돌려 필드 하우스를 바라보았다. 삼나무 숲이 둘러싼 거대한 저택은 하나의 커다란 구멍처럼 검기만 했다. 가늘고 긴 가지와 잎을 더듬고 지난 바람이 기묘한 화음을 만들었다. 보람은 유심을 분리해 구두 굽으로 꼭꼭 밟아 짓이기고는 구두를 벗고 걷기 시작했다. 그때 보람 앞에 택시 한 대가 멈춰 섰다. 마치 장의차처럼 검고 긴 리무진이었다.

"보돌, 오랜만이다."

운전석에서 내린 현수가 보람에게 다가섰다. 그는 보람을 스카우트하며 자신의 성공을 증명했다. 그리고 그녀가 자신을 시시한 인간이라고 인정하는 날을 기다려왔다. 그녀의 실패가 그 증명이었다.

"여전히 시시하네. 몇 년을 기다려 복수하는 거야?"

보람의 말에 현수가 고개를 가로저었다. 대학 시절의 어수룩하고 말갛던 얼굴은 겨우 흔적만 남아 있었다.

"복수가 아냐. 네가 쭉정이가 되지 않게 지키려고 했어. 처음엔…, 처음엔 말이지."

물론 복수심도 있었다고, 현수는 말하고 싶었다. 하지만 더 큰 명분은 보람에 대한 애정과 집착이었다. 그녀의 생장점을 철사로 묶어서라도, 분재처럼 곁에 두고 싶은 욕심이었다. 보람에게서 가족을 빼앗은 것도, 그녀의 최면 심리검사서에서 오래 묵은 상처에 대한 정보를 얻은 것도, 삼나무 숲 사건에서 목숨을 구한 것도 그 일환이었다. 하지만 현수가 창업해 이끌어온 회사도 자본이 뒤섞이며 이제 그 혼자 인사결정권을 휘두를 수 없었다. 이사진은 테스트를 통해 무능하거나 부패한 직원들을 제거하기를 강력히 권고했다. 한때 의기양양했던 루이스는 다시 쭉정이가 된 것만 같았다. 자신이 건재하다는 걸 이사진 앞에 증명해야 했다. 그러기 위해선 아끼던 무언가를 내놓아야 할 때였다.

"넌 쭉정이야. 김현수."

보람이 머뭇거리는 현수의 손을 바라보며 나직이 말했다. 그가 고개를 주억거렸다. 예나 지금이나 자신은 보잘것없는 놈이었다. 그리고 첫사랑에 끝내 실패한 어리석은 사내였다.

*

여느 날과 다름없는 밤이었다. 보람은 빗물에 씻은 몸으로 달빛 아래서 스트레칭 하듯 몸을 늘어뜨렸다. 그녀의 명치에 난 동그란 총상에서 한 번도 세상을 만난 적 없던 붉은 잎이 비어져 나왔다. 보람은 뭔가 후련해 보이는 표정을 짓고 입술을 달싹이다 후, 긴 숨을 뱉어냈다. 현수는 보람의 사진을 찍어 이사진 중 핵심 멤버에게 전송했다. 손뼉 치는 손 모양의 이모티콘이 답장으로 돌아왔다. 얼마 지나지 않아 현장대응팀이 도착했다.

　회사가 처음 기반을 잡았을 때 현수는 김포에 있는 애완동물 장례식장 하나를 인수했다. 현장대응팀에서 처리한 사람들을 안전하고 깨끗하게 소각하기 위해서였다. 마치 트로피처럼 현수는 사람들의 분골을 압축해 만든 스톤을 모았다. 자신의 사무실 한편에 놓은 거대한 어항 아래 깔린 파스텔톤의 돌들이 바로 그것이었다. 그리고 사망자들의 이민이나 파견, 실종 처리를 할 수 있게 서류 위조전문가를 고용했다. 현수의 고갯짓 한 번이면 모두 가능한 일들이었다.

　"대표님, 최보람 요원 해외 파견으로 신변 처리를 할 예정인데 어디로 하면 될까요?"

　현장대응팀장의 질문에 현수가 주머니에 손을 꽂고 잠시 서성거렸다. 그는 보람의 최면 심리검사에서 읽은 아마존 숲 얘기를 떠올렸다. 한 번도 가 본 적 없는 곳을 고향처럼 그리워하는 이유는 끝내 알 수 없었다.

　"브라질 리우데자네이루로 합시다. 그쪽 협력사 파견으로."

　차에 올라탄 현수의 셔츠 앞섶에 동그란 핏자국이 튀어 있었다. 물티슈로 닦아보았지만, 자국은 조금 옅어지는 대신 넓게 번져갔다. 현장대응팀이 떠나고 홀로 남은 현수는 그녀가 남긴 마지막 말인 쭉정이를 소리 없이 혀로 발음했다. 꽤 자신에게 잘 어울리는 별명이라 생각하며, 현수는 보람을 대신해 조금 울었다.

이튿날 연아는 부모와 상봉했고 아무렇지 않게 피아노학원과 요리 학원을 다녀왔다. 지난밤 자신을 데려가 하룻밤 재워준 엄마의 친구가 화장실에서 몰래 담배를 피워 짜증이 났다는 말을 엄마에게 조잘거렸다. 그런 말 하면 못쓴다며 눈에 심지를 켠 주경은 요즘 눈만 감으면 아른거리는 로로피아나 로퍼를 오늘은 기필코 사야겠다고 마음먹었다. 기준은 3시간짜리 연강 두 개를 마친 뒤 동료들과 주꾸미볶음을 먹었다. 술도 한 잔 곁들이고 싶었지만 요즘 혈압과 혈당이 꾸준히 상승 중인 터라 겨우 참아냈다. 현수가 지급한 수수료에 한껏 들뜬 윤지는 감방 동기에게 이 사실을 누설하고 그날 밤 현장대응팀과 맞닥뜨렸다. 황 박사는 화병으로 몇 날 며칠을 앓아누웠다가 불현듯 건강검진을 받으러 병원에 가는 길에 교통사고로 즉사했다. 그의 아내는 나무관세음보살이라 속삭이며 저도 모르게 피식피식 웃었다.

보람의 분골을 압축해 만든 샴페인 빛깔의 스톤은 현수의 어항 아래 깔리는 대신 소포에 담겨 리오데자네이루의 물류 창고에 도착했지만, 리우스라는 이름의 청년의 실수로 레일 아래로 떨어졌다. 보람은 아마존 열대우림의 발사나무를 꿈 꿨다. 하지만 끝내 이뤄지진 않았다. 이제 남은 건 겹겹의 비밀과 거짓말을 품은 그녀의 스톤 위로 성실하게 먼지가 쌓여 가는 시간뿐이었다.

작가의 말

누구나 그랬겠지만, 지난 몇 년간은 콧바람을 쐴 일이 드물었다. 어차피 의자와 한 몸으로 살아가는 내 인생에선 그리 큰 변화는 아니었다. 내향적인 인간이 대개 그렇듯 나는 당일에 엎어지는 약속이 내심 반가웠고, 밥과 커피를 나누어 마시며 근황을 나눈 뒤에야 본론을 꺼내는 비즈니스가 이메일로 전환된 것이 기뻤다. 마치 몬스테라처럼 적당한 햇볕과 물만 있으면 그럭저럭 불만 없이 살 수도 있겠다는 생각까지 들었다.

그러던 어느 날 손목이 고장 났다. 이유를 찾지 못해 진통제와 물리치료를 받던 내게 문득 스치는 생각이 있었다. 바닥에 앉거나 누웠을 때 손을 짚고 일어나는 습관이 마음에 걸렸다. 이제 중년이 된 내 몸은 햇볕과 물만으로 버티기엔 성분이 너무 불량스러웠다.

운동을 시작했다. 조심스러운 시국에 거창하게 PT 받을 생각은 엄두도 내지 못했다. 이른 새벽 집과 산책로를 달렸고, 매일 책상에 앉기 전 시간을 정해 맨몸운동을 했다. 1년 동안 쌓아온 습관 덕에 몸은 피곤했지만, 정신은 맑아졌다. 손목이 아팠던 사실도 이 글을 쓰면서 겨우 떠올릴 만큼 희미해졌다.

　나는 여전히 식물 같은 삶을 꿈꾼다. 우아하고 꼿꼿하게 줄기를 뻗기 위해선 코어가 중요하다는 걸 깨달았을 뿐이다. 그리고 최보람이 꿈꾸던 삶도 그와 비슷하리라 생각한다. 그리고 당신에게도 권하고 싶다. 뿌리 깊은 식물의 삶을.

강지영

중고차 파는 여자

윤자영

1

동쪽 하늘에 보름달이 보인다. 날씨는 맑은 것 같은데, 보름달이 불투명 유리 뒤로 보는 것처럼 뿌옇다. 상층운 때문인가? 그때 스마트폰이 울렸다. 만나기로 한 남자가 매매단지에 도착한 것 같았다. 약속 시간에서 5분이 지났다.

"김현철 씨, 왜 안 올라오시나요?"

남자의 이름은 김현철, 사무실 위치를 잘 모르겠다고 말했다. 여기 중고차 매매단지에만 수십 개의 상사가 존재하니 왔었다 하더라도 한두 번 방문으로 길을 익히기란 쉽지 않다.

"중앙계단으로 올라와서 2층 오른쪽으로 끝까지 오시면 왕카왕카 상사 간판이 보일 겁니다."

나는 냉장고에서 콜라 한 캔을 꺼내고 손님 접대용 의자에 앉았다. 책상 아래로 스마트폰을 만지작거리는 덕준이 보였다. 왕카왕카 상사의 유일한 직원이다.

"덕준아."

내가 부르자 덕준은 놀란 듯 스마트폰을 끄고 벌떡 일어났다.

"네, 누님."

"넌 김현철 씨 오시면 인사하고 퇴근해라."

"네, 그렇게 하겠습니다. 누님."

잠시 후 김현철이 문을 열고 사무실 안으로 들어왔다. 말없이 고개를 끄덕여 인사한 김현철이 덕준을 보고는 눈이 휘둥그레졌다. 덕준을 보고 놀라지 않을 수 없을 것이다. 덕준은 두 달 전에 김현철에게 중고차 사기를 친 장본인이기 때문이었다. 나는 김현철에게 말했다.

"안 앉으실 거예요?"

"아, 네네. 죄송합니다."

나는 사무실 한쪽에 있는 구형 냉장고를 가리켰다. 처음에는 하얀색이었지만, 세월의 때로 지금은 누렇게 변해있었다.

"거, 앉으시기 전에 냉장고에서 드실 거 하나 꺼내 오세요."

"아, 괘, 괜찮습니다."

김현철은 자리에 앉아 나와 덕준 사이를 빠르게 시선이 오갔다.

"덕준아, 김현철 씨께 생수 하나 내오고 퇴근해라."

"네, 누님."

덕준이 뒤뚱거리며 냉장고로 뛰어가서 생수를 하나 꺼내왔다. 덕준은 180cm가 넘는 키에 몸무게가 120kg이나 나가서 걸을 때 뒤뚱거렸다.

"여깄습니다. 그럼 퇴근하겠습니다. 누님."

"그래. 김현철 씨께 다시 한번 사과하고."

덕준은 김현철에게 몸을 돌려 허리를 90도로 굽혔다.

"그때는 정말 죄송했습니다."

"괘, 괜찮습니다."

의자에서 엉거주춤 일어선 김현철이 같이 고개를 숙였다. 덕준이 자기 가방을 가지고 사무실에서 나가자 김현철은 목이 말랐는지 생수를 따서는 급하게 마셨다. 검은색 바지에 쥐색 바람막이를 걸친 김현철은 대한민국 어디에나 있는 평범한 남자다. 흰 머리가 반쯤 있는 짧은 머리의 남자. 아마 먹자골목을 한 시간만 걸어도 이런 남자를 열 명은 만날 수 있을 것이다. 두 달 새 흰머리가 조금 늘어난 것 같았다.

나는 콜라 캔을 따고는 시원하게 마셨다. 목에서 느껴지는 탄산의 자극이 좋았다.

"딕준이는 제가 거뒀어요. 스무 살짜리가 거기 있다가는 사기만 배우고 결국 쇠고랑 차겠죠."

"아, 그렇군요."

김현철은 고개를 끄덕이고는 생수 뚜껑을 열어 물을 마셨다. 물은 바닥이 거의 보였다.

"왕지혜 딜러님께 배운다면 확실하겠죠."

김현철은 쓸데없는 소리를 하며 살림이라곤 거의 없는 사무실을 둘러봤다.

"저도 퇴근할 시간이 지났습니다. 김현철 씨."

"아, 죄송합니다. 저…, 제가 어려운 문제에 빠졌어요."

나는 손을 올려 계속 말하라고 손짓한 후 탁자 위 콜라 캔을 가져다 마셨다.

"제게 스무 살짜리 아들이 있다고 말했었나요?"

이렇게 시작한 이야기를 듣다가는 한 시간은 훌쩍 지나가 버린다.

"핵심, 핵심을 먼저 말씀해 주세요."

"딜러님께 일을 부탁하고 싶습니다." 김현철은 침을 꼴깍 삼키고는 이어서 말했다.

"아들이 뺑소니 교통사고를 냈는데 피해자라는 사람이 돈을 요구했어요."

나는 순간 머리가 혼란스러웠다.

"경찰을 찾아가야지. 잘못 찾아오신 것 같네요."

"아니요. 맞아요. 피해자가 합의하자고 했어요. 전 돈을 건
넬 겁니다. 왕지혜 씨가 그 자리에 같이 좀 가 주세요."

"돈을 건넬 거면 그냥 건네세요. 중고차 딜러가 있을 필요
도 없는 일이잖아요."

김현철은 작은 한숨을 내쉬었다.

"이번이 두 번째예요. 어제 만나서 천만 원을 줬어요. 하지
만 마음이 바뀌었다고 밤에 연락이 왔어요. 천만 원을 더 달
래요."

"그것이 더 경찰을 찾아가야 하는 이유네요."

"그럼 아들은 뺑소니범이 되는 거예요."

아들을 사랑하는 부모의 마음은 이해하지만, 이런 방법은
아니다. 나는 슬슬 화가 올랐다. 손에 든 콜라 캔을 바닥에
다소 거칠게 내려놓았다. 캔 입구에서 콜라가 몇 방울 튀어
나왔다.

"아들은 범죄를 저질렀어요. 죄를 지었으면 벌을 받아야지
요!"

김현철은 고개를 푹 숙이고는 중얼거렸다.

"술도 마셨단 말이에요."

음주운전에 뺑소니라면 위험하다. 뉴스에서는 연일 음주운
전에 관한 강화된 윤창호법 이야기가 나오고 있다.

"그 남자가 그랬습니다. 경찰에 가도 벌금형이 이천만 원

을 넘을 거라고요. 그 돈을 합의금으로 자기한테 주면 그냥 없던 일로 해준다고 했습니다."

그럼 돈을 주고 끝낼 일이지 여기까지 왜 찾아왔을까? 김현철은 선선한 날씨에도 땀을 흠뻑 흘리며 호소했다.

"두 달 전 조폭 같은 남자들에게 굴하지 않고 중고차 환불 받아내는 모습에 감동했습니다. 제발 이번 한 번만 더 도와주십시오. 딜러님께 산 중고차가 이상한 일에 엮이는 것 또한 싫지 않습니까?"

마음 한구석이 울렁거렸다. 말도 안 되는 소리지만 내가 판 중고차가 이상한 일에 엮였다고 생각하면 찜찜한 것도 사실이었다.

나는 고민에 빠졌다. 내 직업은 중고차를 파는 딜러지 해결사가 아니다. 중고차 환불은 상대방이 불법을 저질렀기 때문에 가능했다. 하지만 이번엔 다르다. 두 번째 합의금을 달라는 사람들은 세 번도 가능했다. 아니 애초에 두 번째 합의금을 달라는 것 자체가 조금 이상하긴 하다.

"그러니까 그 사람들이 세 번째 찾아오는 일이 없도록 해 달라는 거예요?"

"그렇지요."

김현철의 직업은 중학교 수학 선생이라고 했다. 가장 세상 물정 모르는 사람이 군인과 선생이라지만, 김현철은 학교라는 울타리를 한 번도 벗어나 보지 않았을 것 같았다. 바보같이 사기를 치면 그대로 당하고만 있는 사람이다. 나는 일단 사건의 전말이나 들어보자고 생각했다.

"장담은 할 수 없어요. 그리고 전 불법을 저지르는 사람이 아닙니다."

"딜러님이 정의를 위해 싸운다는 것쯤은 알고 있어요."

"피해자는 누군데요?"

"젊은 커플이었어요. 남자가 팔이 부러졌는지 왼팔에 깁스하고 나타났어요. 아들이 며칠 전 제 차를 빌려 타고 강화도로 놀러 간 적이 있어요. 거기서 사고를 쳤나 봐요."

경찰에 연락하지 않았다는 것은 돈을 뜯어내려고 작정한 것이다.

"아들이 뺑소니를 쳤다는데 그들은 어떻게 연락처를 안 거죠?"

"그들도 강화에 놀러 갔었나 봐요. 밤에 둘이 산책 중이었고 아들이 남자를 치고 도망갔는데, 둘은 근처 펜션을 뒤져서 차를 찾았나 봐요. 차량 앞에 전화번호를 올려놓은 것을 보고 연락했데요. 그들이 차가 펜션에 서 있는 사진을 찍어 놨어요."

"차는 언제 수리했어요?"

"아들이 강화에서 멧돼지를 쳤다고 해서 그런 줄만 알고 바로 카센터에 가서 수리했죠. 수리한 다음 날 그러니까 어제 오전에 연락이 온 거예요."

"블랙박스는 없어요?"

"미니 SD카드가 없었어요. 아들이 사고 장면을 은폐하려고 빼 버린 것 같아요."

나는 눈을 감고 상황을 그려봤다. 강화로 놀러 간 아들은 술을 마시고 운전했다. 피해자를 치고 놀라 펜션으로 도망해 왔다. 팔만 다친 피해자는 근처 펜션을 뒤졌고, 차량을 찾아 증거 사진을 찍었다. 그리고 3일 후 돌아와 협박 전화를 했다. 협박을 하려면 바로 하지 왜 3일 후에 했을까? 머릿속에 이상한 가정들이 마구 솟아났다 사라지기를 반복했다. 직접 확인해야 했다.

나는 일단 사건에 발을 들여놓기로 했다.

"김현철 씨, 일단 가 봅시다."

김현철은 바른 자세로 고개를 연신 끄덕였다.

"일단 나하고 덕준은 김현철 씨와 따로 갈게요. 그리고 저를 모른 척하세요. 그들을 관찰하고 미행하겠습니다."

"네 네, 감사해요. 감사합니다."

나는 김현철에게 구체적인 작전을 설명했다.

2

나는 중고차 딜러다. 아마 사회에서 바라보는 이미지는 최악의 사기꾼일 것이다. 그것도 그럴 것이 매도인이 팔려고 하는 중고차에 마진을 붙여 되팔아야 하니 파는 쪽이나 사는 쪽이나 모두 손해 본 느낌을 받을 것이다. 이전비나 각종 세금도 생돈을 뜯기는 느낌이겠지. 거기에 양아치 같은 딜러 놈들은 허위 매물을 올려놓고 물건을 보러오면 교묘하게 다른 물건을 돌려 팔거나 더한 놈은 아예 사기를 쳐 엄청난 마진을 남기곤 한다.

내가 중고차 사기당한 사람을 돕는 이유는 불의를 보고 참지 못하는 성격도 있지만, 건전하게 일하는 중고차 딜러들을 위해서다.

더위가 한창 기승을 부릴 오후 두 시쯤, 김현철이 사무실을 찾았다. 지난번에 중고차 판매를 도운 남교사의 동료라고 했다. 김현철은 사무실에 들어와 홀로 있는 나를 보고는 나가서 문밖의 간판을 확인하고 다시 들어왔다.

"여자였어요?"

많은 사람이 나를 볼 때, 하는 말이다. 중고차 딜러 중 여자는 극소수다. 아마 10년 전 버스 기사를 생각하면 될까? 하지만 직업에 남자만의 성역은 없는 것이다.

"성별 따지려면 나가세요."

"아, 죄송합니다. 제가 당한 놈들이 워낙 거친 사람들이라서…."

여자가 거친 남자들을 상대할 수 있냐는 것이겠지.

"앉으실 거예요?"

"아, 네."

나는 손님맞이용 의자에 앉아서 리모컨 버튼을 눌러 에어컨을 켰다. 혼자 있을 때는 선풍기로 버텼는데 손님은 다르니까.

"앉으시기 전에 저기 냉장고에서 음료 하나 가져오세요."

김현철은 냉장고에서 생수 한 병을 꺼내와 맞은편에 앉았다.

"자, 설명해보세요."

김현철은 중고차 사기를 당했다. 그는 상황을 차근차근 설명했다.

"나이도 있고 해서 그랜저 하이브리드 승용차를 사려고 했어요. 예산은 1,500정도 생각하고 있었는데 중고차 사이트를 뒤지다 보니 5만 킬로 정도 탄 것이 990만 원에 나와 있는 거예요."

검색을 조금 더 해본다면 이런 가격의 매물은 없다. 일반적인 가격보다 과도하게 낮은 매물, 이런 것을 허위 매물이

146

라고 한다. 일단 매력적인 가격을 올려두고 사람을 꿰어내는 것이다.

"전화해보니 그 가격이 맞는다는 거예요. 일단 오라고 해서 그 중고차 매매단지로 갔어요."

일단 가면 무조건 걸려들게 되어있다. 김현철은 그랜저 하이브리드가 아닌 엉뚱한 중고차를 무려 2,200만 원에 사게 된 경위를 설명했다.

사기꾼이 작정하고 사기를 치면 안 당할 수는 없다. 하지만 아무리 세상 물정을 모르더라도 김현철은 정말 멍청했다. 중고차라도 시세가 있기 마련인데 5만을 탄 그랜저 하이브리드가 990만 원이면 너무 저렴하다.

"사장님. 정말…"

멍청하다는 말을 뺐다. 나는 울화가 치미는 것을 심호흡으로 가라앉혀야 했다. 김현철은 피해자일 뿐이다. 사기 친 놈이 나쁜 놈이지 속은 놈이 나쁜 놈은 아니다.

나는 매매 서류를 검토했다. 계약서상 딜러 이름은 김덕준. 김덕준도 덩치가 컸지만, 옆에 덩치가 한 명 더 있었다고 했다. 그냥 분위기를 잡고 차를 강매하기 위해 겁주는 병풍이었을 것이다. 총액 2,200만 원짜리 계약서. 현금 1,500만 원을 내고 700만 원짜리 캐피탈을 썼다. 계약서에는 명판도 없다. 세금을 깎아 자신들의 이익을 높이기 위해 다운 계약서를 썼을 것이다. 또, 현금을 입금한 계좌 주인의 이름은 민성재. 차명계좌까지 이용한 것이다. 이 모든 것이 불법이다.

자동차 매매 전력을 검색해 보니 1,200만 원으로 계산되었다. 무려 1,000만 원의 마진을 빼먹은 것이다. 보통 악질이 아니다.

"사장님은 뭔가 이상한 것을 느끼지 못했어요?"

"이상했다 하더라도 거구의 덩치 두 명이 계속 압박해서 어쩔 수 없이 계약하게 되었습니다. 화장실까지 따라 들어왔거든요."

김현철은 생수병을 들고 마셨다. 그날이 생각나는지 손끝이 떨렸다.

"사장님. 저 믿고 따라올 거지요?"

"네, 그렇게 하겠습니다."

"이놈들 만나면 협상하자고 할 거예요. 마진만 뱉어내겠다, 깎아주겠다 하면서. 하지만 절대 협상하면 안 돼요. 환불받아야 이놈들 이전비 뱉어내고 해서 손해를 볼 겁니다."

"저는 딜러님만 믿겠습니다."

"저 통화할 때 과격해지니 놀라지 마세요."

나는 김현철의 스마트폰을 이용해서 딜러에게 전화했다. 스피커폰으로 바꾸고 테이블에 올렸다.

— 여보세요. 네, 김 사장님.

굵은 목소리였지만 세월의 풍파는 들어있지 않았다. 겨우 스무 살을 넘긴 나이일 것이다.

"김덕준 씨?"

— 누구세요?

"전, 김현철 씨 대리인이에요."

— 네, 그런데요?

"며칠 전 김현철 씨께 2017년식 기아 K7 2,200만 원에 판 거 기억나죠?"

— 네.

"환불해 주세요."

— ….

전화기 저편에서는 아무 대답이 없었다. 갑자기 전화해서 환불해 달라니 머릿속이 혼란할 것이다. 나는 목소리에 화를 묻혔다.

"왜 말이 없어?"

— 왜 반말이야?

나는 테이블을 주먹으로 내리치며 소리쳤다.

"너희 같은 사기꾼한테 예의는 사치야!"

너무 과했나? 오히려 맞은편에 앉은 김현철의 어깨가 점차 오그라들고 있었다.

— 전화 끊어!

전화는 딸깍 소리를 내며 끊어졌다.

"어쭈. 이 새끼가 먼저 전화를 끊네."

나는 이번에 내 스마트폰으로 김덕준에게 전화를 걸었다. 마찬가지로 스피커폰을 켰다.

─ 여보세요?

"너, 전화 끊으면 경찰서로 바로 간다!"

전화기 저편에서 큰 한숨 소리가 전해져 왔다.

─ 도대체 뭐가 사기라는 거예요?

"다운계약서로 세금 포탈에 현금 영수증도 안 쓰고 계약서에 명판도 없고 돈 받은 사람은 또 다른 사람이라 차명계좌 사용했고. 더 이야기할까?"

─ 아이씨, 김현철 씨 좀 바꿔주세요.

"됐거든. 내가 김현철 씨 대리인이니 내게 말해."

─ 자꾸 반말하지 마시라니까요.

"억울하면 너도 해!"

─ 아이씨, 거기 김 사장님하고 얘기 좀 합시다.

"필요 없어. 환불해!"

전화기 저편에서 작은 목소리의 욕설이 들렸다. 수화기를 멀리 떨어뜨리고 분을 삭이고 있을 것이다.

─ 잠시 끊어보세요. 통화 좀 하고요.

목소리가 앳되다고 생각했는데 위에서 가르친 사수가 있을 것이다. 김덕준은 홀로 결정할 수 있는 군번이 아니다.

"빨리해라. 경찰서 간다."

잠시 뒤 전화를 끊자 김현철이 손을 쥐었다 폈다 반복했다. 불안해 보였다.

"딜러님, 그놈들 조폭 같은 놈들이에요. 어쩌려고 그래요?"

반말에 거친 말을 한 것을 걱정하는 것이리라.

"그게 무서웠으면 이 바닥에서 붙어먹지도 못해요."

나는 콜라를 집어 들었다. 미지근해지기도 했고 아까 탁자를 내리쳐 김도 빠져 있었다. 나는 일어나 냉장고에 가서 새 콜라를 집어 왔다.

"드시고 싶으시면 김현철 씨도 꺼내 드세요."

"전 괜찮습니다."

자리에 앉아 캔을 따고 한 모금 마셨을 때, 김덕준의 전화가 왔다. 나는 수신 버튼을 눌렀다.

"환불하기로 했냐?"

─ 아니요. 그건 어렵습니다. 마진을 조금 뺄는 걸로.

예상되는 순서다.

"됐고, 지금 너 어디야? 수원이야?"

─ …네.

"상사는?"

─ 밑에 커피숍에서 만납시다.

"가면 전화할 테니 재깍 나와!"

나는 전화를 끊고는 딜러 등록 사이트에 김덕준 이름을 검색했다. 이름이 나오지 않았다. 아직 어떤 상사에 등록된 정식 딜러가 아닌 것이다. 이번에는 입금한 계좌 주인인 민성재 이름을 검색했다. 부천의 딜러로 나왔다.

"뭐야. 이 새끼들은 도대체 어떻게 연결되어서 해 먹는 거야?"

나는 서랍을 열고 안경을 꺼내 꼈다. 이건 시력 교정용이 아닌 녹화용 안경이다. 증거를 모을 때 유용하게 사용하고 있었다.

"그 차 타고 왔어요?"

"네."

"가서 오늘 반납합시다."

인천에서 수원까지는 한 시간 거리다. 김현철이 구입한 중고차 상태는 양호했다. 문제는 1,200만 원이라면 괜찮다는 말이다. 하지만 김현철은 2,200만 원에 이 차를 구입했다. 영동고속도로를 타자 졸음이 오기 시작했다. 매일 밤 마시는 맥주 때문인지 사무실에서 눈을 붙일 시간이었다.

"딜러님. 왕지혜 딜러님."

"다 왔어요?"

"네."

나는 차에서 내려 기지개를 켰다. 37세가 되니 뼈 사이에서 두둑 소리가 부쩍 늘었다. 매매단지 1층에 커피숍이 보였다. 나는 스마트폰으로 김덕준에게 전화해서 빨리 내려오라고 하고는 커피숍으로 들어갔다.

"딜러님, 뭐 드시겠어요?"

"카라멜라떼 아이스로 부탁해요."

구석에 자리 잡고는 안경의 버튼을 눌러 촬영기능을 활성화했다. 잠시 후 김현철이 커피를 가져올 때, 커피숍 문이 열리며 덩치 두 명이 들어왔다. 둘 다 키가 180cm가 넘어 보였고, 김덕준은 몸무게가 최소 100kg은 넘어 보였다. 조폭 같은 외모로 고객을 여럿 협박했을 것이다. 둘은 테이블로 다가와 나를 한 번 보더니 김현철에게 말했다.

"사장님, 제삼자는 빠지게 하고 당사자끼리 얘기해요."

둘은 허세를 잔뜩 부렸지만, 어린 티를 벗지는 못했다.

"헛소리 말고 앉아라."

김덕준은 협박하려는지 손가락 관절을 꺾어 소리를 냈다.

"댁은 뭘 믿고 그렇게 날뜁니까? 난 여자라고 봐주지 않아요."

"니 낳아준 엄마도 여자다. 헛소리 말고 앉아!"

김덕준은 입술을 잘근잘근 씹더니 맞은편 자리에 앉았다.

"김덕준 씨, 나 인천 매매단지 딜러야. 알 거 다 아니까 헛소리하지 마. 그냥 조용히 환불해라."

"딜러라면 더 잘 아시겠네요. 환불하면 매도비 손해인 거 아시잖습니까? 마진으로 일부 뺄게요."

"위에서 그렇게 시키든?"

김덕준의 눈알이 마구 흔들렸다. 초보 딜러가 분명했다.

"덕준아. 너 이거 한 지 몇 달 됐냐?"

"아이씨. 계속 무시할래!"

김덕준이 눈을 부라리며 목소리를 높였다. 나는 카라멜라 떼를 시원하게 들이켰다. 이놈에게는 열을 낼 필요도 없다. 현금을 받은 민성재를 끄집어내야 한다. 그놈이 사수다. 나는 차분하게 말했다.

"덕준아. 동생 같아서 이야기해준다. 이거 경찰에 신고하면 네가 다 뒤집어쓰는 거야. 계약서에 이름 네 거지? 그럼 모든 신고가 네 이름으로 들어가는 거야. 그럼 민성재가 널 구할 것 같아? 너 정식 딜러도 아니더구만. 민성재는 모른다고 잡아뗄걸? 수원 매매단지에서도 널 꼬리 자르기 할 거고."

김덕준은 아무 말 못 하고 눈알만 계속 굴렸다.

"꾸물대지 말고, 빨리 민성재 오라고 해."

김덕준은 고뇌가 끝났는지 전화기를 들고 일어섰다. 아마 민성재에게 도와달라고 호소할 것이다. 나는 김덕준 옆자리 의 남자에게 일갈했다.

“야, 인마!”

“…네.”

“너도 딜러야?”

옆자리 덕준도 한 수 접었으니 자신도 고개를 들 수 없을 것이다.

“저, 저는 그냥 옆에 있기만 했어요.”

“그렇게 살지 말아라. 젊은 놈이 정상적인 방법으로 돈을 벌어야 할 것 아니야? 너 이렇게 하다가 결국 쇠고랑 차는 거야!”

남자는 고개를 숙이고는 말을 잇지 못했다.

“잘 생각해라. 이 누나가 진심으로 생각해서 하는 얘기야.”

통화를 마친 덕준이 들어왔다.

“민성재 온대?”

“네.”

10분쯤 기다리자 커피숍으로 한 남자가 들어왔다. 스포츠형 머리에 목과 팔에 굵은 체인으로 된 금목걸이와 팔찌를 차고 있었다. 자신이 약하면 항상 저렇게 강해 보이려는 놈들이지. 민성재가 다가오자 덕준과 친구가 자리에서 벌떡 일어섰다.

“멍청한 놈들.”

민성재는 둘에게 욕을 하고는 자리에 앉아 내 카라멜라떼

를 들어 빨대를 빼고 쭉 마셨다. 얼음을 하나 빼 물었는지
볼이 툭 튀어나왔다.

"그래. 인천 딜러라고?"

보자마자 반말? 흥, 반말은 어린 사람이 유리하다.

"아저씨, 어서 환불하세요."

"딜러라면 더 잘 알 거 아니야? 환불이라니 말도 안 되는
소리 하지 마."

"그럼 애초에 사기를 왜 쳐? 환불할 거야? 안 할 거야?"

나의 반말에 민성재의 눈이 번뜩였다.

"씨발! 왜 어린 것이 반말이야?"

"욕하지 마라! 그리고 너도 반말하잖아."

"이거 미친년 아니야?"

여기서 소란이 나면 손해 볼 사람들은 너희다. 매매단지에
서는 허위 매물과 같은 불법을 근절하려고 노력하고 있다.
나는 목청을 가다듬고 소리쳤다.

"씨발 놈아! 욕하지 말라고!"

커피숍 사람들의 시선이 우리 테이블로 모였다. 나는 자리
에서 벌떡 일어나서 더 크게 소리쳤다.

"이 허위 매물하는 사기꾼 새끼들아. 경찰 불러서 얘기할
까? 여기 매매단지 너희가 다 욕 먹이는 거야!"

민성재는 주위의 시선을 보고는 목소리를 낮췄다.

"야, 나 귀 안 먹었으니까 조용히 좀 얘기해."

나는 자리에 다시 앉았다. 너의 모든 것을 알고 있다, 이놈아.

"부천 매매단지 민성재 씨 어떡할 거야?"

나는 민성재의 눈을 노려봤다. 여기서 협상이 안 되면 부천 매매단지까지 찾아가 물고 늘어질 의지를 보였다. 민성재는 눈을 피했다. 내 아이스 카라멜라떼를 벌컥벌컥 마시고는 빈 잔을 거칠게 내려놓았다.

"씨발, 똥 밟았네. 마진 100퍼센트 다 뱉을게. 1,000만 원 입금하면 되잖아. 그 차는 1,200만 원의 가치는 있다고."

마진을 다 뱉는다면 김현철 씨는 정상적으로 중고차를 사는 것이다. 그렇게 한다면 너희들도 손해가 없으니 밑지는 장사는 아닐 것이다. 하지만 난 중고차 딜러 전체를 욕 먹이는 너희를 용서할 생각이 없다.

"아저씨, 한국말 몰라요? 환불이요. 환불"

"환불하면 우리가 손해라고. 차를 재매입해야 하는데 매도비가 들잖아. 어떻게 손해를 봐?"

"그럼 애초에 사기를 치지 말았어야지요."

민성재는 열이 받는지 손으로 이마를 짚었다. 그러다 안 되겠는지 옆에 앉아 있는 김현철에게 호소했다.

"사장님. 지금 1,000만 원 받는 거 좋으시죠? 저는 이익

하나도 안 보고 파는 거라고요. 저 여자 계속 저러면 저희도 환불하지 않을 겁니다."

이러면 피해자들은 마음이 약해지기 마련이다. 나는 고장 난 라디오처럼 반복했다.

"환불하세요."

"넌 좀 닥치세요! 당사자끼리 얘기하잖아요."

"지금 환불하지 않으면 국세청에 다운 계약서로 당신네 상사 신고 들어가고 부천 매매단지는 부천시청에 민원 들어갑니다. 그리고 당신은 경찰에 차명계좌 및 허위 매물로 신고하고요."

"와, 씨발 미치겠네. 너 돌았지?"

"애초에 사기를 치지 말아야지."

"이러면 얼마 받냐?"

"받는 거 없다."

민성재는 이를 악물며 낮게 속삭였다.

"너 진짜 계속 이러면 죽여 버린다."

"그건 예비 살인이다."

민성재는 주먹으로 테이블을 내리치며 벌떡 일어섰다.

"이 미친년이! 정말 죽여 버려!"

나는 스마트폰을 꺼내 112를 눌렀다.

"예, 여기 수원 매매단지 1층 커피숍인데요. 살해 협박받고 있어요. 어서 와주세요."

민성재는 내 스마트폰을 빼앗아 통화 종료 버튼을 눌렀다.

"왜 전화를 끊어? 환불할 거야?"

"해줄게! 계좌번호 불러."

"캐피탈 취소하고, 1,500 이체해."

"차는?"

"주차장에."

민성재는 스마트폰을 조작하더니 돈 이체를 완료했다. 분이 삭지 않는지 뒤에 병풍처럼 서 있는 김덕준의 뺨을 후려쳤다.

"반납한 차 잘 가져오고 합의서 써와. 네가 먹은 100만 원도 당장 가져오고."

"네, 형님."

"이제 우리 계산은 끝난 거요. 경찰 오면 알아서 보내쇼."

나는 돌아가려는 민성재를 붙잡았다.

"또 뭐?"

"내 카라멜라떼 마셨잖아."

민성재는 화를 참는지 반쯤 감은 눈이 부르르 떨렸다. 그러고는 지갑에서 만 원짜리 지폐 하나를 꺼내 테이블 위에 던지고는 나가버렸다.

잠시 후 온 경찰에게는 허위 매물에 대해 잘 설명하고 환불 과정이 끝났다고 했다. 경찰은 신고가 들어간 이상 조사해야 하지만 서로 원만하게 끝난 것을 확인하고 철수했다. 나는 엉거주춤 서 있는 김덕준과 그 친구에게 말했다.

"젊은이들. 그 상사는 양아치야. 거기 있다가는 결국 쇠고랑 차게 되어있어. 내 말 새겨들어."

그렇게 김현철 씨 사건을 해결해 주었다. 김현철은 고맙다며 내게 중고차를 알선해 달라고 했다. 나는 적당한 중고차를 소개했다. 힘들었지만 보람찬 일이었다.

놀랄 일은 다음 날이었다. 점심 먹고 사무실에서 낮잠을 자려는데 김덕준이 사무실로 거칠게 들어왔다. 나는 복수를 하러 온 줄 알고 두리번거리며 무기를 찾았다. 그렇게 당한다는 생각이 들 찰나 책상까지 다가온 덕준은 무릎을 꿇었다.

"왕 누님. 중고차 매매를 배우고 싶습니다."

"깜짝이야."

정말 당하는 줄 알고 깜짝 놀랐다. 김덕준은 나에게 중고차 매매를 배우겠다고 찾아온 것이다.

"친구는?"

"거기 있겠대요."

누굴 가르칠 입장은 못 되지만 그냥 놔두면 사기꾼을 키우는 것밖에 되지 않는다.

"뭐든지 정직하게 하면 구릴 게 하나도 없는 거야."

"네, 왕 누님."

"왕 자는 빼자."

"네, 누님."

그렇게 어제의 적이 오늘의 아군이 되었다.

3

피해자인 김현철이 협박범과 만나기로 한 카페는 주안역에서 큰길을 건너 허름한 상가에 있었다. 내가 학창 시절에는 주안이 인천에서 꽤 유동 인구가 많은 곳이었다. 서울로 출퇴근하는 사람은 모두 주안역에서 출발해야 했고, 그에 따라 많은 음식점과 술집들이 있었다.

덕준과 택시에서 내려 카페 아랑을 찾았다. 주안역 앞에서 조금만 걸어가자 사람들이 시선에서 급속히 사라졌다.

"누님 여긴데요."

3층짜리 빨간색 벽돌 건물은 세월의 풍파를 견뎌온 것 같았다. 카페 아랑은 그런 건물의 지하에 있었다. 구린 일을 하려니 사람이 없는 곳을 찾았을 것이다.

급경사의 좁은 계단을 내려가 문을 열고 들어갔다. 어두운 분위기에 인조가죽의 낡은 소파, 그리고 지하의 곰팡내와 섞여 오는 방향제 냄새가 코를 찔렀다. 요즘에 이런 카페가 남아 있다는 것이 신기했다. 아니 예전에는 아랑 다방으로 불렸을 것이다.

손님인 줄 알았던 여성이 일어나서 카운터로 왔다.

"편한데 앉으세요."

스포츠 백발의 노인이 말없이 우리를 작은 눈으로 보았다. 자신의 즐거운 시간을 빼앗았다는 원망이라도 보내는 것일까? 카페 전체가 보이는 구석에 자리를 잡자 주인 여성이 보리차를 쟁반에 가지고 왔다. 자신의 세월을 숨기려고 짙은 화장을 했지만, 목의 주름을 가릴 수는 없었다.

"뭐로 하실까?"

"여기 아이스 아메리카노 있어요?"

"물론이죠. 총각은?"

"같은 걸로요."

투명한 유리잔에 들어있는 커피는 시원했다. 저쪽 테이블 위에 스포츠 신문이 있었다. 나는 가져와 펼쳤다. 1면에 메이저리그 류현진 선수의 활약이 쓰여 있었다. 덕준이 멀뚱히 앉아 있어 말했다.

"덕준이 너 하고 싶은 거 해라."

"네, 누님."

덕준은 스마트폰 게임을 켰다. 약속 시간보다 1시간 먼저 온 이유는 그들의 동태를 제삼자의 입장에서 살피기 위함이었다. 약속 시간 10분 전쯤 되자 계단을 내려오는 발소리가 들렸다. 이십 대 초반으로 보이는 커플이 들어왔다. 남자는 팔에 깁스를 하고 있었다.

"누님."

"그냥 하던 일 계속해."

둘은 구석으로 가서 앉았다. 신문을 보는 척 커플을 봤다. 그들도 별 대화 없이 스마트폰을 켜고 정신을 집중했다. 카페가 워낙 조용해 목소리는 들리겠지만, 난 김현철에게 되도록 크게 말하라고 메시지를 보냈다.

10분 후 계단에서 발소리가 들렸다. 협박자들도 긴장했는지 하던 스마트폰을 끄고는 남자가 일어나서 여자의 옆쪽으로 이동해 앉았다.

김현철은 나와 눈을 마주치자 들키지 않게 고개를 살짝 숙이고는 그들의 맞은편으로 가서 앉았다. 커피가 나오자 본격적으로 협상하려는지 깁스한 남자가 말했다.

"준비했어요?"

김현철은 들고 들어간 쇼핑백을 손바닥으로 팡팡 쳤다.

"그럼 어서 그거 주시고 우리 일 마무리 하시죠."

"잠깐! 신분증 좀 꺼내 봐요."

김현철의 말에 발끈한 여자가 목소리를 높였다.

"아저씨! 우린 피해자예요. 당연히 받을 걸 받는 거라고 요."

"처음에는 나도 흥분한 상태라서 무작정 돈을 건넸지만, 이번에는 어림없어. 신원을 확인하고 다시 찾아오지 않겠다는 각서를 쓰지 않으면 돈을 건넬 수 없습니다."

"아저씨, 그렇다면 우리는 신고할 수밖에 없어요."

"그럼 먼저 가져간 천만 원 가져오고 신고하세요. 당신들 말대로 난 이 돈 벌금으로 내면 그만이니까요."

이건 내가 김현철에게 지시한 것이다. 저들의 태도를 보고 싶었기 때문이다. 난 신문 너머로 둘의 표정을 살폈다. 표정 에서 난감함이 가득 묻어나왔다. 남자와 여자는 잠깐 다투는 가 싶더니 남자가 지갑에서 주민등록증을 꺼냈다.

"여깄어요."

김현철은 주민등록증을 보면서 종이에 뭔가를 썼다. 지시 한 대로 주소를 적고 있을 것이다.

"당신은?"

김현철이 여자에게 말했다.

"저는 없어요."

"그럼, 여기에 이름과 주소 적어요."

"아이 짜증 나."

말과는 다르게 여자는 얼른 끝내려는지 주소를 적었다. 나는 신문을 접어 두고 곰팡내 나는 커피를 쭉 마시고 일어섰다. 이제부터 승부다.

"나가자."

덕준도 나를 따라 일어섰다. 카운터에서 계산 후 밖으로 나갔다. 나는 신호등이 없는 횡단보도를 건너 카페 아랑의 입구를 보았다. 잠시 후 커플이 지하에서 올라왔다. 쇼핑백은 남자가 들고 있었다. 둘은 잠시 이야기했다. 남자가 쇼핑백을 들고 설득하는 것 같았다. 둘은 택시를 잡으려는지 길을 두리번거렸다. 저 멀리 대기하던 택시가 왔다. 둘은 목적지가 다른지 여자가 먼저 타고 가고 남자는 뒤이어 온 택시를 잡아탔다.

"우리도 어서 따라가자."

얼른 횡단보도를 다시 건너 기다렸다. 다행히 반대편으로 가던 택시가 중앙선을 넘어 유턴해왔다. 지금은 이런 걸 따질 때가 아니지. 내가 앞으로 타고 덕준은 뒤에 올라탔다.

"기사님. 저 앞의 택시 좀 따라가 주세요."

택시 기사가 덩치 큰 덕준의 눈치를 보면서 말했다.

"불법으로 하는 일은 아니죠?"

중앙선을 아무 생각 없이 위반하는 사람이 할 말은 아닌 것 같은데.

"놓치겠어요. 어서 출발해 주세요."

택시는 출발했다. 급하게 가속하더니 어느새 뒤에 붙었다. 남자애를 태운 택시는 석바위 고가를 넘으려는지 좌회전 신호를 기다리고 있었다.

"덕준아."

"네, 누님."

"승용차에 치이면 보통 신체 어느 부위에 상처를 입을까?"

덕준이 곰곰이 생각하는 그때 택시가 출발했다. 택시 기사가 말을 듣고 있었는지 대신 대답했다.

"승용차의 높이를 생각하면 다리 쪽이겠지요."

"그렇겠죠?"

남자애는 왼쪽 팔에만 깁스하고 있었다. 머릿속으로 자동차 사고 장면을 생각해 봤다. 먼저 승용차의 범퍼가 다리에 충격을 가할 것이다. 몸이 쓰러지면서 보닛에 몸통과 머리가 부딪치고, 다음에 몸이 튕겨 나가면서 포물선을 그리며 날아가서 바닥에 2차 충격과 함께 미끄러지면서 여러 긁힌 상처가 있어야만 했다.

추적하는 택시가 섰다. 우리도 멀찌감치 택시에서 내려 남자를 따랐다. 김현철에게서 온 메시지로 커플의 신원을 확인했다. 남자의 이름은 최성곤. 23세로 주민등록상 주소는 이 동네가 맞다. 집으로 가는 것 같았다. 여자도 집이 인천이었다.

"가해자와 피해자가 모두 인천에 사는 것은 우연일까?"

"그래서 가까운 강화로 놀러 갔을지도 모르죠."

"그건 네 말이 맞아."

남자는 제법 규모가 있는 슈퍼로 들어가 이것저것 장을 봤는지 무거워 보이는 비닐봉지를 들고나왔다. 남자는 골목 사이를 걸어갔다. 깁스한 손은 팔걸이에 넣어 목에 걸고 반대편 손으로 비닐봉지를 들었다. 비닐봉지에는 초록색 소주병이 여러 개 비쳤다. 무게가 무거운지 한쪽으로 몸을 기울여 들고 가고 있었다.

한여름 태양 빛은 따가웠다. 남자가 더는 못 버티겠는지 주변을 둘러봤다. 나는 스마트폰을 들여다보며 얼른 덕준에게 몸을 돌렸다. 길을 찾는 척 스마트폰을 봤다. 남자는 목의 팔걸이를 풀더니 비닐에 넣고는 깁스한 손으로 봉지를 들었다.

"누님!"

"나도 봤어."

"누님은 처음부터 이걸 예상하였군요."

"움직인다. 어서 따라가자."

남자는 한 빌라의 지하층으로 들어갔다. 김현철이 보낸 주민등록상 주소와 일치했다. 젊은 놈이 소주를 몇 병이나 시서 집으로 가는 것은 혼자 산다는 것이다. 사는 곳이 확보됐으니 언제라도 다시 만날 수 있다. 아마 여자 쪽도 올바른 주소를 썼을 것이다. 그나저나 3시쯤 중고차를 사겠다는 손님과 약속이 되어있었다.

"덕준아, 넌 사무실로 들어가라. 난 김현철 씨가 자동차 수리했다는 카센터로 가 볼게."

"누님, 오후 손님은 어떡하죠?"

"너 혼자 팔아 봐. 어떻게 해야 한다고 했어?"

"제 가족처럼 진심으로 대하겠습니다."

나는 덩치가 산만 한 덕준의 등을 두들겨 주었다.

"그래. 밥 먹고 가자."

4

근처에서 갈비탕으로 점심을 때우고 덕준과 헤어져 프랜차이즈 카페에 들어갔다. 카센터 주인과 약속한 시각이 남아 시원한 아이스 아메리카노를 마시며 더위를 식혔다. 스마트폰으로 강화도 뺑소니 사건을 검색해 봤다. 어떤 정보도 나오는 것이 없었다. 나는 약속 시간에 맞춰 일어섰다. 오후 늦게 김현철 씨가 자동차를 수리한 카센터로 갔다. 김현철이 주로 이용하는 카센터라고 했다. 좁은 사무실로 들어가자 삼

인용 소파가 있었다. 소파는 푹 꺼져 있어 몸을 감싸는 것 같았다. 불편했지만 에어컨이 나오고 있어 그럭저럭 버틸 만했다.

카센터 주인이 수건으로 이마를 닦으며 들어왔다. 수건은 파란색이었지만 곳곳에 검정 기름때가 묻어있었다.

"김 사장님께 연락은 받았어요. 차 수리 때문에 묻고 싶은 것이 있다고?"

김현철은 동물을 쳤다고 하며 수리를 맡겼다고 말했다. 나는 단도직입적으로 물었다.

"차의 어느 부분을 수리했습니까?"

카센터 주인은 내 눈치를 한 번 살피더니 스마트폰을 꺼냈다.

"사진이 있어요."

카센터 주인은 김현철의 자동차 수리 전 사진을 찾아 보여주었다.

"요즘은 수리 전후 사진을 반드시 찍어요. 김 사장님이야 단골이지만 문제 삼는 사람이 한둘이어야지요."

자동차의 오른쪽 앞쪽이 부서져 있었다. 전조등이 깨지고, 바퀴를 덮는 부분인 펜더가 구겨져 있었다.

"어떻게 수리하셨나요?"

"전조등 부분과 오른쪽 펜더는 새것으로 교체했고, 보닛은

폈지요."

사진을 확대해 봐도 화질이 낮아서 자세한 부분은 보이지 않았다.

"동물의 털이나 피가 있었나요?"

"털이나 피는 없었지만, 사람이 아닐 확률이 높아요. 우리도 사고 차량 수리할 때 반드시 확인하죠. 사람은 키 때문에 위쪽으로 충돌해 앞 유리나 보닛이 손상돼요. 이 차는 아래쪽만 부서졌죠. 근데 형사예요?"

김현철이 나의 직업을 말하지 않은 것 같았다. 나는 자리에서 일어섰다.

"중고차 딜럽니다. 이제 일어날게요."

나는 밖으로 나왔다. 도대체 사건이 어떻게 흘러가고 있는 것이란 말인가? 김현철의 아들은 스스로 음주운전으로 뺑소니를 쳤다고 했지만, 카센터 주인은 사람이 아닐 가능성이 크다고 했다. 점점 불쾌한 결론으로 다다르고 있었다. 역시 김현철은 세상 물정 하나도 모르는 바보다.

스마트폰을 꺼내 김현철에게 전화를 걸었다. 아들이 집에 있냐고 했더니 나갈 준비를 하고 있다고 했다. 친구를 만나러 나간다고 했다. 아들 사진을 하나 보내달라고 하고는 아들이 나가면 메시지로 연락해 달라고 했다.

여기서 김현철의 집인 동춘동까지는 택시로 30분이나 걸린다. 아들을 미행하기는 힘들 것이다.

이제 무엇을 할까 생각할 때, 스마트폰이 울렸다. 김현철이 아들 사진을 보내왔다. 멀쩡하게 생겼다.

"멀쩡한 놈이 이 더운 날씨에 날 이렇게 고생시켜?"

김현철의 메시지 화면을 내리다 보니 아까 받은 각서 사진이 보였다. 여자의 이름은 박하영, 집은 여기서 택시 타면 5분 거리다. 나는 박하영의 전화번호를 눌렀다.

― 여보세요.

눈앞에 인구주택총조사 현수막이 보였다. 나는 목소리를 일부러 가늘고 높게 냈다.

"네, 박하영 씨죠? 인구주택총조사를 하고 있습니다."

내 목에서 이런 목소리가 나오다니. 더운 여름이지만 등골이 서늘했다.

― 그런데요.

"집에 계시면 방문 좀 하려고요."

집에 있는지만 확인하면 된다.

― 조금 있다 나가려고 하는데요.

나는 차도로 한 발 내려가 택시를 찾았다. 마침 택시가 오고 있어 손을 흔들었다.

"그럼 다음에 방문하겠습니다."

택시를 타고 박하영이 사는 곳으로 갔다. 네 개의 동이 있는 오래된 저층 아파트였다. 택시가 아파트 입구로 가던 그 때 입구에서 나오는 박하영이 보였다. 같이 돈을 받은 최성 곤을 만나러 가는 것 같지는 않았다.

"기사님 저쪽에 잠시 서죠. 목적지를 바꿔야겠어요."

"어디로 가실래요?"

"잠시만요."

몸을 일으켜 뒤를 보자 박하영은 택시를 잡고 있는지 스마 트폰을 조작하고 있었다. 잠시 후 예약이라고 쓰인 택시가 박하영 앞에 섰다.

"저 택시를 따라가 주세요."

"아가씨, 영화 찍는 것 아니죠?"

"저는 선량한 사람입니다."

택시는 구월동으로 갔다. 젊은이들이 놀 곳이 많은 동네다. 나는 택시에서 내려 박하영을 미행했다. 환락을 즐기러 나온 젊은이들이 많아 들키거나 할 것 같지는 않았다.

여자는 로데오 광장 가운데 있는 벤치에 앉아 누군가를 기 다렸다. 나는 여자가 잘 보이는 건물 앞에 서서 기다렸다. 마 음속으로 김현철의 아들이 나타나지 않기를 바랐다. 순박한 아버지를 등쳐먹는 아들이 아니길 빌었다. 1분 뒤 나는 그런 기도를 한 자신을 저주했다. 박하영에게 다가온 두 명의 남자 중 한 명이 김현철이 보낸 아들 사진과 똑같았기 때문이다.

중고차 사기를 볼 때보다 더 화가 났다. 당장 달려가 아들에게 귀싸대기를 날려주고 싶었다. 셋은 광장 동쪽에 있는 곱창집으로 들어갔다.

나는 덕준에게 전화를 걸었다.

"덕준아, 곱창에 소주 한잔하자. 사무실 정리하고 나와."

나는 덕준에게 장소를 설명하고는 10분쯤 기다리다가 안으로 들어갔다. 즐겁게 곱창을 굽고 있는 그들의 옆자리로 가서 자리를 잡았다.

"곱창 한 판하고 소주 하나, 맥주 하나 주세요. 조금 있다가 한 명 더 올 거예요."

종업원이 초벌 한 곱창을 올린 불판을 가져와 가스 불을 켰다. 밑반찬이 차려지고 술이 나오자 마침 덕준이 도착했다.

"누님, 오래 기다리셨습니까?"

덕준의 커다란 덩치를 보더니 옆자리 아들 일행이 순간 조용해졌다. 조폭이라도 본 느낌일 것이다. 나는 박하영이 혹시 덕준을 기억할까 걱정했지만, 곧 자신들의 이야기를 시작했다.

덕준은 자리에 앉았디.

"누님, 말아서 한 잔 올릴까요?"

"오늘 돌아다니느라 갈증 난다. 맥주부터 한 잔 마시자."

"네, 누님."

덕준은 시원한 맥주를 잔에 따랐고, 나는 시원하게 들이켰다. 소맥을 말아서 연거푸 두 잔을 마셨다. 뇌에 알코올이 도는지 아들 때문에 불쾌했던 기분이 좋아졌다. 덕준이 뒤의 아들 일행을 보면서 말했다.

"누님, 어쩌시려고요?"

"그냥 일단 들어보자. 너 많이 먹어라."

"네, 누님."

나는 귀를 아들 일행으로 기울였다. 이들도 처음에는 조용조용 먹고 마셨지만, 술이 들어가기 시작하니 목소리가 점점 커졌다. 쓸데없는 이야기를 하다가 돈 이야기가 나오기 시작했다.

아들의 친구가 기분 좋게 소주를 마시고는 아들에게 말했다.

"민수야. 오늘 네가 쏘는 거지? 네가 5백이나 받았잖아."

"야, 신청수! 너도 2백이나 받아놓고 그러기냐? 그리고 이거 우리 꼰대한테 나온 돈이니까 원래 모두 내 돈이나 마찬가지라고."

"아, 구두쇠 새끼. 작전을 짠 건 나라고. 실행한 건 하영이고."

"병신아, 너희 둘이 술 먹고 낸 사고 수습하느라 그런 거지."

김민수의 말에 신청수가 작게 속삭였다.

"멧돼지가 튀어나올지 어떻게 알았겠냐? 너 쪼잔하게 자꾸 그럴래?"

"그래. 알았어. 오늘은 내가 산다."

사고는 낸 건 신청수와 박하영이었다. 사고치고 그 수습을 위해 부모를 속이고 협박하다니 한심한 놈이구나. 나는 소주 잔을 들어 입에 털어 넣었다. 이상한 것은 또 있었다. 돈 계산이다. 이들이 김현철에게 뜯어간 돈은 모두 두 차례 총 2천만 원이다. 지금 이야기로는 아들인 김민수가 5백, 남자인 신청수가 2백 받았다고 했다. 잔액은 천3백만 원이다. 결론은 하나, 뛰는 놈 위에 나는 놈이 있었다. 덕준이도 이야기를 들었는지 소주병을 들어 내 잔에 따랐다.

"누님은 이 모든 것을 예상했군요."

나는 음주운전 뺑소니를 한 놈을 돕고 싶은 마음은 눈곱만큼도 없다. 다만 세상 물정 모르는 김현철 씨가 또다시 휘둘릴 것이 훤히 보였기 때문에 일단 상황을 보자는 것이었다. 그런데 뒤에 이렇게 구린 음모가 숨어 있다니.

"내가 무슨 신이냐?"

나는 소주를 입속으로 부어 버리고는 병을 들어 덕준의 빈 잔에 따랐다. 그때 김민수가 화장실에 가려는지 일어섰다. 박하영은 김민수가 들어간 화장실을 보면서 말했다.

"으이구. 저 새끼 자기 꼰대랑 똑같네."

"저 새끼 몰래 우리끼리 한 번 더 해볼까?"

"뭘?"

"저 새끼 꼰대에게 돈 더 나올 것 같지 않아?"

신청수의 말을 들은 박하영의 얼굴이 사색이 됐다. 신청수의 말과 박하영의 태도로 보아 김민수 몰래 박하영이 최성곤과 공모하여 김현철에게서 천만 원을 더 뽑아낸 것이다. 이미 저지른 일을 또 할 수는 없겠지.

"아, 안 돼. 지난번에도 경찰 부른다고 으름장을 놨단 말이야. 이제는 힘들 거야."

"그래? 그럼 저 새끼 너 좋아하잖아. 오늘 술 진탕 마시고 모텔로 가. 그리고 성폭행했다고 하면 어떨까?"

"우웩. 그런 상상은 하지도 말아줘."

박하영은 싫은지 자기 팔을 감싸고 부르르 떨었다.

나는 주먹을 부르르 떨었다. 덕준도 화가 나는지 구역질 나는 의견을 낸 남자를 무섭게 째려봤다. 나는 소주병을 들어 덕준에게 그리고 내 잔에 따르고는 잔을 들었다.

"덕준아. 눈 깔자."

"…네."

나는 소주를 단숨에 들이켰다. 목에서 따끔함이 전해졌다. 이 추악한 놈들을 어떻게 처리하지? 그렇게 생각할 때, 신청수의 목소리가 귀에 들어와 박혔다.

"아, 어디 싼 중고 외제 차 없을까? 한 5백 정도는 있는데."

"그걸로는 턱도 없지."

그때 화장실에 갔던 김민수가 돌아왔다.

"무슨 얘기 하냐?"

"어, 중고 외제 차 하나 살까 하고."

"오~ 청수. 너 돈 좀 있나 보다."

"내가 뭐가 있겠냐? 너한테 받은 2백에 모아둔 돈 합쳐서 5백뿐이지."

"에이 뭐야. 5백으로는 경차도 못 살걸?"

그들의 이야기 주제는 중고 외제 차로 넘어갔다. 신청수는 반드시 폼 나는 외제 차를 살 것이라고 떠벌리고 있었다. 나는 덕준에게 물었다.

"니 친구 아직도 그렇게 사냐?"

중고차 사기를 치며 사냐는 의미였다.

"잘 모르겠지만, 아직 거기에 붙어 있는 것 같습니다."

"그래? 그럼 그들이 하는 허위 매물 사이트 열어봐."

나는 가방에서 명함을 세 장 꺼냈다. 소주를 한 잔 따라 마시고 몸을 그들에게 돌렸다.

"실례합니다. 옆자리에서 중고차 소리가 들리길래. 저는 중고차 파는 딜러입니다."

나는 명함을 세 명에게 하나씩 건넸다. 일행은 멀뚱멀뚱 명함과 나를 번갈아 보았다.

"고객님들. 5백으로 외제 차 가능합니다."

외제 차를 사겠다는 청수가 관심 있는지 눈이 커졌다.

"진짜 가능하다고요? 말이 안 되는데."

"고객님 잠시만요."

나는 덕준을 돌아보았다. 덕준은 자신의 스마트폰을 내게 건넸다.

"여기가 우리 매매단지는 아니지만, 여기 있지 않습니까?"

거기에는 BMW가 490만 원이라고 적혀 있었다. 말도 안되는 허위 매물이다. 이걸로 일단 만나서 계약서를 쓰면 전시 차네, 회사 차네 하면서 이상한 장기 보험료를 부친다. 결국 자동차 가격은 새 차보다 비싸지고 놀라서 취소한다고 하면 고객을 위하는 척 다른 똥차를 안기는 수법이다.

"우와, 진짜네."

옆에서 김민수가 의심의 눈초리로 보았다.

"말도 안 돼요. 외제차가 그렇게 싸다니요."

"저희 상사가 올린 차는 아니라서 잘 모르지만 이런 차는 전시 차나 회사 차예요. 전시하고 시승하는 그런 자동차 알죠?"

김민수보다 신청수라는 놈의 눈이 더욱 반짝였다.

"일단 필요 없어진 차를 경매하는데 몇 번 유찰되면 이렇게 내려와요."

"이 화면 사진 찍어도 되죠?"

"그럼요."

신청수는 자신의 스마트폰으로 사진을 찍었다. 나는 옆에서 거들었다.

"고객님. 이런 차는 금방 나가기 마련이죠. 지금 사진을 찍는 것보다 얼른 전화 한번 해 보세요."

"그럴까?"

옆에서 민수와 하영이 그를 말렸지만, 소용없었다. 밖으로 나가 통화를 마친 신청수가 서둘러 가방을 챙겼다.

"야, 당장 계약하러 가야겠어. 같이 갈래?"

"아이 이 새끼, 소주 맛 떨어지게." 민수가 옆의 하영을 은근한 눈빛으로 쳐다보았다.

"하영아, 우리 둘이 2차나 갈까?"

"됐어. 오늘은 쫑내자."

그들이 곱창집을 나갔다. 덕준이 그들이 나가는 뒷모습을 보고는 고개를 흔들었다.

"누님도 악동 같은 면이 있네요."

"인과응보. 소주나 마시자."

5

다음 날 느지막이 일어나 라면을 대충 끓여 먹고 사무실에
나갔다. 젊음이 좋은지 덕준은 멀쩡한 얼굴로 일어나서 인사
했다.

"누님. 나오셨습니까?"

나는 손을 들어 대꾸하고는 냉장고로 가서 콜라 한 캔을
들고 손님 접대용 의자에 앉았다. 캔을 따서 쭉 마셨다. 라면
보다는 이쪽이 더 해장에 좋은 것 같다.

"이제 그쪽 상사 친구들이랑은 연락 안 하지?"

"네."

어떻게 됐는지 궁금했다. 나는 같은 중고차 딜러를 욕 먹
이는 허위 매물을 증오하지만, 이번만은 눈감아줄 용의가 있
었다.

"연락해 볼까요?"

덕준은 눈치가 빨랐다. 콜라를 한 모금 더 마시자 덕준이
스마트폰을 들었다. 신청수 이름을 말하고 5분쯤 대화하더니

전화를 끊었다.

"BMW 1800에 했답니다. 현금 500에 캐피탈 60개월로 1,300 씌웠답니다."

"그럼 마진은 현금 500쯤 먹었겠군."

"친구가 또 쳐들어오는지 걱정하던데요?"

"우리 단지도 아니고, 이번 한 번만 봐준다고 해."

신청수는 고물차를 타면서 60개월 동안 생돈을 갚아야 할 것이다. 뭐, 그토록 소원인 외제 차를 탔으니 만족할지도 모르겠지만 말이다. 속이 조금은 시원해졌다.

"오늘 약속된 손님 있나?"

"없습니다."

"신청수는 처리했고 그럼 또 다른 악당을 처치하러 가 볼까?"

나는 스마트폰을 꺼내 가짜 환자인 최성곤의 전화번호를 눌렀다. 전화벨이 한참 울리고서야 전화가 연결됐다. 최성곤은 아직도 자고 있었는지 목소리가 가라앉아있었다.

― 여보세요.

"인구주택총조사를 하고 있습니다. 최성곤 씨 댁에 계십니까?"

― 인구 뭐요?

이 새끼 한 번에 알아듣지 못하네. 나는 숨을 크게 들이마시고 다시 목소리를 가늘게 냈다.

"인구주택총조사요. 최성곤 씨가 그 집에 사는지 확인하는 겁니다."

평소 안 하던 짓을 하니 덕준이 이상한 눈으로 쳐다봤다. 나는 최성곤에게 화가 난 것을 덕준에게 눈을 부라려 풀었다.

– 오후에 나가야 하는데요.

주안에서 간석동까지는 10분이면 된다.

"10분 후 방문해도 될까요?"

– 금방 끝나죠?

"그 집에 사는 것만 확인하면 됩니다."

나는 전화를 끊고 일어섰다.

"가자. 네가 운전해라."

덕준이 서랍에서 자동차 키 하나를 꺼내며 일어섰다. 회사 차로 이용하는 경차였다. 매매 단지에서 나와 10분쯤 가자 최성곤이 사는 빌라에 도착했다. 빌라 옆에 주차한 후 내렸다.

"누님, 어떻게 하시려고요?"

"내가 언제 계획 세우고 일하는 거 봤냐?"

계단을 내려가 초인종을 눌렀다. 잠시 후 '누구세요?'라고 물어서 인구주택총조사라고 했다. 문이 열려 나는 안으로 쑥 들어갔다. 빌라에서는 곰팡내가 진동했다. 식탁 위에는 먹다 만 컵라면과 소주병 그리고 깁스를 풀었는지 붕대와 석고 틀이 내팽개쳐져 있었다.

"우와. 이런 데서 어떻게 살아요?"

최성곤은 불쾌한지 인상을 찌푸렸다.

"사는지 확인만 하면 된다면서요? 왜 들어오시는 거예요?"

"사는 건 확인했고, 몇 개만 더 확인합시다."

뒤이어 들어온 덕준의 덩치를 보고 최성곤이 움찔했다. 나는 식탁 의자를 하나 빼서 앉았다.

"누, 누구세요?"

"당신이 알 거 아니야?"

"다, 당신들 뭐야. 겨, 경찰 부른다."

"불러!"

나는 강하게 말했다. 이렇게 말하면 죄지은 인간은 스스로 자신의 약점을 드러내는 법이다. 뒤에 들어온 덕준이 최성곤의 어깨를 눌러 내 맞은편 의자에 앉혔다. 덕준이 악력으로 최성곤의 어깨를 잡으며 말했다.

"조용히 이야기합시다."

최성곤은 순식간에 기가 죽었는지 허리가 푹 가라앉았다. 불안한 강아지처럼 덕준과 나의 눈치를 보았다. 니는 힌트를 주기로 했다.

"최성곤 씨, 어제 죄지은 거 없어?"

최성곤은 눈썰미가 있는지 기억이 난 것 같았다.

"어제 커피숍에 계셨던 분들이세요?"

"오! 그걸 기억해? 자, 그럼 이야기가 편하겠네. 어제는 깁 스하고 있더니 오늘은 벗어던졌네?"

최성곤의 표정이 순식간에 굳어졌다.

"자, 일단 어제 사기로 가져간 돈부터 가져올까?"

"누, 누구신데요?"

이런 녀석들은 욕을 먹어야 말을 듣는다.

"이 새끼야, 빨리 안 가져와! 젊은 새끼가 벌써 사기나 치 고. 경찰 부를까?"

최성곤은 방에 들어가더니 쇼핑백을 가져왔다. 안에는 지 폐 다발 두 뭉치가 들어있었다. 나는 돈을 받아 덕준에게 건 넸다.

"이거 세 봐."

덕준이 돈을 열심히 셌다.

"누님. 천만 원입니다."

"다행히 어제 뜯은 돈은 안 썼군. 이제 지갑 가져와."

"그, 그건."

덕준이 솥뚜껑 같은 손으로 어깨를 밀쳤다. 최성곤은 방으 로 들어가 울 것 같은 표정으로 지갑을 들고나왔다. 지갑을 보니 십여만 원이 있어 보였다. 나는 지갑을 식탁의 끝자락에 놓았다.

"흥! 첫 번째 받은 돈은 어딨어!"

"그, 그건 없어요."

"빨리 가져와! 이 사기꾼아!"

"지, 진짜예요. 박하영에게 빚이 100만 원 있어서 그것을 까는 조건으로 한 거예요."

"가지가지 하는구만. 박하영이랑은 무슨 관겐데?"

"전 여친이요."

최성곤의 표정으로 볼 때, 거짓은 아니었다.

"자, 이제 사기 이야기해볼까? 정보의 질에 따라서 이 지갑 안의 돈은 그냥 두지."

최성곤은 자포자기했는지 고개를 푹 숙였다.

"거짓말할 생각 마. 모두 알고 왔어. 처음부터 시작해봐."

"박하영이 먼저 연락해 왔어요. 옛날에 사귀었었는데 오랜만에 연락이 와서는 도와달라고 했어요."

"계속 얘기해."

"박하영이 사고를 위장해서 돈을 뜯어내자고 했어요. 아들까지 짜고 하는 것이니 실패할 리 없다면서요."

"네 몫은 얼마였는데?"

"저는 하영에게 백 얼마의 빚이 있었어요. 그걸 까준다고 했어요."

"겨우 그것 때문에 사기를 치냐?"

"그것보다 다시 관계를 개선할 수 있을까 생각한 거죠."

거짓말은 아닐 것이다.

"좋아. 처음에 돈을 뜯어내고, 누가 다시 사기를 치자고 했어?"

"누구랄 것도 없었어요. 박하영과 저녁에 술 한 잔 마시며 이야기하다가 아저씨가 너무 쉽게 돈을 주니 한 번 더 해 보자고 의기투합한 거죠."

"돈은 왜 너가 모두 가지고 있는데?"

"혹시 아들이 눈치챌까 봐 일단은 제가 가지고 있기로 했어요. 걸리면 제가 혼자 했다고 하려고요."

박하영이 그렇게 좋단 말인가?

"지금 박하영에게 전화해."

"왜요?"

"경찰서 갈래?"

최성곤은 통화 버튼을 눌렀다. 나는 스피커폰으로 전환했다.

— 여보세요.

최성곤은 원망의 눈빛으로 나를 보았다.

"박하영 씨."

─ 누구세요?

"알 거 없고. 사기로 뜯어간 3백만 원 내놔."

전화기 저편에서는 잠시 말이 없었다.

─ 누구세요? 성곤 오빠 바꿔주세요.

나는 턱으로 최성곤을 가리켰다.

"하영아. 우리 사기 친 거 들켰어."

─ 오빠 무슨 소리야? 저 여잔 누구야?

나는 끼어들었다.

"야! 어린년이 사기나 치고. 지금 당장 3백 이체하지 않으면 경찰서 갈 줄 알아."

대답이 없었지만, 상황은 모두 이해했을 것이다.

─ 써, 썼어요.

"뭐라고! 벌써 3백을 썼어?"

─ 가방 사느라….

"그건 네 사정이고 당장 3백 이체하지 않으면 너희 집으로 쳐들어가서 부모님께 받아낸다!"

나는 박하영의 주소를 읊었다.

─ 제발 집은 봐주세요.

"아들인 김민수가 5백 받았으니 빌려보든가. 빨리 전화해. 메시지로 계좌 보낼 테니 거기로 보내!"

─ 자, 잠시만 기다려주세요.

20분쯤 기다리자 계좌로 돈이 들어왔다. 나는 최성곤에게 그렇게 살지 말라고 경고하고는 일어섰다.

"가자. 덕준아."

"네, 누님."

신발을 신는 내게 최성곤이 물었다.

"근데 진짜로 누구세요?"

나는 지갑에서 명함을 하나 꺼내 손가락으로 튕겼다. 명함이 팽그르르 돌면서 최성곤에게 날아갔다.

"중고차 파는 여자."

6

나는 저녁에 김현철을 사무실로 불렀다. 김현철은 매번 비슷한 옷을 입고 왔다.

"딜러님. 무슨 일로 부르셨어요?"

나는 천3백만 원이 들어있는 쇼핑백을 내밀었다. 김현철은 쇼핑백 속의 돈을 보고는 물었다.

"이게 뭐예요?"

나는 어젯밤 많이 고민했었다. 이 모든 것을 아들이 꾸민 거라고, 정신 차리고 살라고 일갈하려고 했다. 하지만 덕준이 말렸다. 아들은 추가 범죄를 모를뿐더러 덕준이 자신도 누님 때문에 마음 고쳐 잡았으니 아들에게도 기회를 주자고 했다. 아들에게 기회를 주자는 말이 무슨 뜻인지는 모르겠지만, 순진한 김현철의 마음에 대못을 박을 자신이 없었다.

"그놈들 피해 정도가 작았어요. 합의금으로 2천만 원은 과한 것 같아서 일부 회수했습니다."

김현철이 놀란 토끼 눈이 되었다.

"걱정하지 마세요. 뒤탈은 없을 거예요. 사건은 완벽하게 끝났어요."

"뭐, 딜러님 하시는 일이니, 확실하겠죠."

김현철은 쇼핑백에서 돈뭉치를 꺼냈다. 3백만 원이었다.

"감사합니다. 이 정도면 딜러님 수고비로 될지 모르겠어요."

"그것을 테이블에 놓는 순간 저랑은 인연이 끊어질 줄 아세요."

나는 접대용 테이블에서 일어나 구형 냉장고에서 콜라를 하나 꺼냈다. 콜라를 따고 하늘 저편 노을을 보며 마셨다.

"그럼 일어서겠습니다. 감사했습니다."

돌아보자 테이블에 돈은 없었다. 나는 김현철의 뒤통수에 대고 말했다.

"아들은 어서 군대 보내세요."

"말씀 감사합니다."

김현철이 사과하고 가게 밖으로 나가자 덕준이 다가왔다.

"누님. 우리가 조사하면서 쓴 돈도 있지 않습니까?"

나는 주먹을 들어 덕준의 턱에 갖다 댔다.

"난 탐정이 아니라 중고차 파는 여자라고."

"그래도…."

"내가 네 월급 떼먹은 적 있어?"

"죄송합니다. 누님."

다음 날 오후 사무실에 콜라가 가득한 신형 냉장고가 배달되었다. 나는 김현철에게 바로 전화했다.

"김현철 씨 이러기 있습니까? 제 말을 허투루 들었어요?"

― 딜러님께서 돈을 테이블에 놓지 말라고 했지, 냉장고를 사주지 말라는 말은 안 하셨잖아요?

"지금 장난해요?"

― 무서운 딜러님께 그럴 리가요. 그저 조금만 사례를 하고 싶었습니다.

"저는 탐정이 아니에요. 중고차를 팔 뿐이에요."

― 또 다른 부탁 하나 드려도 될까요?

"이제 탐정 일은 사절하고 싶습니다."

― 제 아들도 좀 거둬주세요. 김덕수 씨를 사람 만든 것처

럼 제 아들도 부탁해요.

이게 무슨 말인가? 그리고 덕수는 제 발로 들어왔다.

"아드님이 여기에 왜 오겠어요?"

— 아들에게 군대 가든 중고차매장에 들어가든 둘 중 하나를 고르라고 했어요. 그러기 싫으면 맨몸으로 나가라고 했어요.

망나니 아들 죄를 덮어주었으니 책임감이 들었다.

"아들이 뭘 선택했나요?"

— 군대는 죽어도 가기 싫답니다.

그렇다면 일해 보겠다는 것인데….

"월급은 못 줘요. 성과급 시스템으로 하겠습니다."

— 딜러님 말씀이라면 무조건 따르겠습니다.

나는 전화를 끊고 덕준을 보았다.

"니 부사수 들어왔다."

덕준의 무뚝뚝한 얼굴에 작은 미소가 살짝 스쳤다.

"열심히 하겠습니다. 누님."

나는 신형 냉장고를 열고 콜라를 하나 꺼내 마셨다. 신형이라 그런지 더 달콤한 탄산이 목을 적셨다.

작가의 말

중고차 사기 이야기가 뉴스에 간혹 나옵니다. 중고차를 파는 딜러라면 어느 정도 마진(차익)을 남기는 것은 이해합니다. 하지만 미끼 매물로 유인 후 다른 차를 팔거나 아예 법적인 문제를 들먹이며 새 차보다 비싼 가격에 파는 것은 문제가 있죠.

유튜브에서 이런 중고차 사기를 바로 잡아주는 영상을 봤습니다. 내가 피해를 본 것도 아닌데 그들이 악성 딜러들을 응징하는 모습에서 쾌감이 느껴졌습니다. 그래서 중고차 파는 여자, 왕지혜를 탄생시켰습니다. 왕지혜는 거친 남성들만 많을 것 같은 중고차 시장, 거기에서 악질 사기범들에게 맞서 눈 하나 깜박하지 않고 호통을 칩니다. 사기범들은 회유하고 협박도 하지만 결국 법을 어겼기에 백기를 들죠.
왕지혜의 매력은 또 있습니다. 죄인일지언정 잘못을 뉘우

친 사람은 품어준다는 겁니다. 사기범 김덕준이 찾아왔을 때, 군말 없이 받아주지요. 김덕준도 왕지혜의 정의로운 마음에 반하여 사장님으로 누님으로 모시는 것이겠지만요.

악에 대항하여 호통치는 정의의 사도가 많이 탄생하길 바라며 마칩니다.

윤자영

아
직 독립 못한 형사

조
영
주

저녁 여섯 시, 서울 마포경찰서 큰길 건너편 건물 1층 붉은 약국 앞에 검은 오토바이가 한 대 와서 섰다. 얼핏 보아도 고가로 보이는 오토바이다. 오토바이에서 내린 인물이 헬멧을 벗자 지나가던 사람들이 무심코 고개를 휙 돌려 얼굴을 쳐다봤다. 170cm가 넘는 키에 멀리서도 윤곽이 뚜렷한 이목구비, 그에 어울리는 단단한 몸매의 여성. 겉보기엔 20대 후반, 많아야 30대 초반으로 밖에 보이지 않는 이 인물의 이름은 김나영. 1978년생으로 직업은 마포경찰서 민원봉사실 소속 경찰이다.

요즘 나영은 퇴근할 때마다 붉은 약국에 매일 간다. 어디가 아파서가 아니다. 불면증이 심해져서도 아니다. 나영은 책을 사기 위해 붉은 약국에 들른다. 붉은 약국의 사장인 안훈영 약사는 나영과 또래인 40대 초반의 남자다. 안 약사는 약국의 한쪽에 숍인숍 공간을 마련하고 그곳에 자신의 취향인 책을 갖다 놓았다. 안 약사는 이 공간을 가리켜 '아직 독립 못한 책방' 줄여서 아독방이라고 불렀다.

나영에게 아독방을 알려준 건 몇 년 전 정년퇴임한 강력팀 형사 친전이다.* 친전은 망원시장 근처에 산다. 1층은 약국, 2층은 카페 겸 친전의 서재, 3층은 친전의 자택이다. 이 중 1층의 약국은 친전의 딸이, 2층의 카페는 아내가 운영한다. 가족 건물인 셈이다. 친전은 서재에 자신이 평생 모아온 추리소설을 꽂아놓았다. 나영은 이곳에 들를 때마다 친전의 소장품을 읽으며 소일거리 했다.

문제는 나영의 남다른 기억력이다. 나영은 뭐든 보면 잊질 않는다. 기억력은 독서에 지나치게 작용했다. 정직당하고 반 년 사이, 할 일이 없었던 나영은 친전이 소장한 우리말로 된 추리소설 삼천 권을 모두 독파했다. 우리말이라고 한정 지은 까닭은, 친전이 단순한 취미로 다른 나라 언어의 추리소설도 모으는 탓이다. 친전은 나영에게 항복을 선언했다. 더불어, 나영에게 새롭게 독파할 만한 책방 한 곳을 알려주었다. 그 곳이 바로 나영의 근무지인 마포경찰서 바로 반대편에 있는 붉은 약국, 아독방이었다.

한 달 전 나영이 처음 약국에 들른 날, 나영은 친전의 서

---

* 『반전이 없다』의 등장인물. 당시 정년퇴임을 앞둔 안면인식장애가 있는 형사였다.

재에서 그랬듯이 책장 가장 윗줄 왼쪽 끝에 있는 책부터 열 권을 골라 구입했다. 안 약사는 좀 놀란 표정이었지만 가격 외엔 말하지 않았다. 나영은 그렇게 구입한 책을 하룻밤 만에 모두 완독했다. 지난 반년간 친전의 장서 삼천 권을 모두 읽어치운 나영이다. 이 정도는 아무것도 아니다. 하지만 이런 일을 처음 겪은 안 약사는 매우 놀랐다. 다음 날, 나영이 전날 산 책 바로 옆부터 열 권을 또 골라 들고 오자 안 약사는 조심스레 말했다.

"저기, 책 사주시는 건 정말 감사한데요, 그렇게 무리하게 사지 않으셔도 됩니다. 일단 산 책을 모두 읽으시고 사시는 게 낫지 않을까요?"

"다 읽고 사는 건데요?"

"어제 사신 책을 다 읽었다고요?"

나영은 담담하게 고개를 끄덕인 후 책 열 권을 들고 갔다. 물론, 이 책들 역시 하룻밤에 다 읽어치운 후 다음 날 다시 붉은 약국에 나타났다. 책장의 열 권을 차례대로 골라 계산대로 가져가자 안 약사가 계산을 거부했다.

"이렇게 무리하지 않으셔도 됩니다, 정말요."

"다 읽었어요. 그래서 또 사러 왔어요."

"세상에 하루에 열 권씩 책을 읽는 사람이 어딨습니까?"

"여기 있잖아요."

"에이."

"그럼 제가 어제 산 책 중 아무거나 골라서 물어보시던가요."

"네?"

"몇 페이지에 무슨 문장이 적혀 있나 물어보셔도 되고요."

안 약사는 나영이 무슨 말을 하는 건가 싶은 표정을 지으면서도 머리를 긁적이며 책 한 권을 갖고 왔다. 어제 나영이 구입한 『우리가 날씨다』였다.

"이 책도 다 보셨다는 거죠?"

"물론이죠."

"단번에 독파할 수 있는 책이 아닌데."

"못 믿겠으면 물어보시라니까요."

"145페이지 4번째 문단 내용이 뭡니까?"

"'지구온난화'라는 말은 더는 먹히지 않으니까 '기후변화'라고 한다. 똑같은 사람들이 이 상황을 계속 끌고 가려고 발악을 하는 중이다."*

나영은 토씨 하나 틀리지 않고 문장을 외워 보였다. 안 약사는 놀라며 다른 페이지에 무슨 내용이 있느냐고 물었지만 마찬가지였다. 나영은 책의 내용을 모두 암기하고 있었다. 나영이 다시 카드를 내밀며 계산을 요구했다. 안 약사는 너무

---

* p.145, 『우리가 날씨다』, 조너선 사프란 포어, 민음사, 2020

놀란 나머지 기계적으로 계산을 해버렸다. 나영이 가고 나서야 안 약사는 "대체 어떻게 저래!"하며 혼자 흥분했다.

다음 날, 나영이 나타났을 때 안 약사의 궁금증이 폭발했다. 안 약사는 어떻게 그렇게 기억력이 좋으냐, 무엇이든 읽으면 다 기억하는 거냐, 책값이 감당이 안 될 텐데 그러지 말고 도서관에 가는 게 낫지 않느냐 등등의 질문을 했다. 나영은 이 질문에 일일이 답했다. 어쩌다 보니 그렇게 됐다, 책뿐만 아니라 뭐든 안 잊는다, 책값이 감당이 안 될 정도로 못 벌지는 않는다, 책을 빌려 보면 내용뿐만 아니라 더 많은 다양한 정보가 들어와서 싫다 등등.

"새 책에는 종이 냄새, 책을 산 책방의 느낌만 남아 있죠. 도서관의 책은 안 그래요. 어떤 식으로든 책을 빌렸던 사람들의 느낌이 남아 있어요. 심할 땐 머리카락이 들어있거나 그 밖의 부산물도 발견할 수도 있고. 저는 이 모든 것을 기억해요. 잊지 못하죠. 그런 건 별로 기억하고 싶지 않아요."

이 말에 안 약사는 이해가 가는 것도, 이해가 가지 않는 것도 아닌 표정을 지었다.

이후, 더는 안 약사가 나영에게 책을 너무 많이 사는 게 아니냐고 염려하는 일은 없었다. 대신, 나영에게 다 읽은 책을 팔고 싶어지면 언제든 말하라고 제안했다.

"나영 씨는 한 번 읽고 끝일 테니깐 그러면 거의 새 책 아닙니까? 제가 고가로 매입해드릴게요."

"친절하시지만, 됐습니다."

나영은 다시 열 권의 책을 구입해 약국을 나오며 조금 웃었다. 조금 전 대화를 떠올리며 헬멧을 쓰고 오토바이에 올라타다가 문득 의아해졌다. 귀찮은 일은 질색이다. 지나치게 기억력이 좋다는 티를 내지 않으려고 어딜 가도 입을 꾹 다물고 웃기만 한다. 그런데 나영이 알아서 안 약사에게 자신이 기억력이 좋다는 티를 낸다. 말을 시키면 꼬박꼬박 말대꾸한다. 왜일까. 한 가지 확실한 것은, 나영이 그런 대화를 즐긴다는 사실이었다. 나영은 안 약사와 대화하는 걸로 민원봉사실 근무의 스트레스를 상당히 풀 수 있었다.

반년 전까지만 해도 나영은 마포경찰서 강력1팀 팀장, 계급은 경정이었다. 하지만 마포경찰서에 부임하고 처음 맡은 이른바 '반전이 없는 추리소설 연속살인사건'에서 멋대로 현장을 훼손해 경고받은 후, 몇 번이고 상부의 지시를 어기거나 월권행위를 하는 바람에 결국, 2계급 강등 6개월간 정직 처분을 받았다.

강력팀 내부에서 이 처분에 대해 강한 항의가 있었다. 늘 일손이 부족한 강력팀에서 정직이 말이 되느냐, 그간의 성과를 생각한다면 잘못된 처분이라고 흥분했으나, 상부에서 이 정도로 끝난 걸 다행인 줄 알아라, 김나영이 성과를 거둬서

2계급 강등 6개월 정직 처분이지 다른 사람 같으면 지방발령이라는 대답이 돌아오자 다들 깨갱했다.

그래도 나영이 다시 본래의 자리로 돌아올 걸 의심하는 사람은 없었다. 그만큼 나영의 그간 공적은 화려했다. 하지만 나영은 강력팀으로 돌아오지 못했다. 나영은 강력1팀이 아닌 민원봉사실로 발령받았다. 반년 만에 민원봉사실로 출근한 나영을 가장 먼저 반긴 것은 박 경위였다. 박 경위는 계급은 2계급 강등당한 나영과 같았지만, 나이는 50대 초반으로 나영의 직속 상사다. 박 경위는 처음 나영을 봤을 때부터 아래위로 훑었다. 이후로도 나영을 곁눈질하며 히죽거렸다. 나영은 적당히 받아넘겼다. 경찰이 되기 전, 나영의 직업은 모델 겸 배우였다. 당시 나영은 성 상납까지는 아니더라도 여러 자리에 불려 나가 남자들의 요깃거리가 되었다. 그 순간만 적당히 넘기면, 참으면 어떻게든 되는 걸 알았다. 그러니 이번에도 참았다.

어렸을 때부터 나영은 이랬다. 참을 수 있을 때까지 참는다. 문제는 잠자기 직전이다. 나영은 잠들기 직전, 사소한 것까지 모두 돌이킨다. 그러고는 이불킥을 한다. 넘기지 못하고 끙끙 앓다가 결국 밤을 새우기 일쑤다. 강력팀 시절엔 이럴 틈이 없었다. 늘 사건을 좇느라 바빴다. 최근 들어 나영은 예전처럼 이불킥을 거의 하지 않고 있었다. 생각해 보면 붉은 약국에 드나들기 시작한 때와 맞아떨어졌다. 안 약사와의 대화가 나영의 생각보다 훨씬 스트레스를 풀어주고 있는 듯했다.

문제는 스트레스를 푸는 속도보다 박 경위의 괴롭힘의 강도가 빠른 속도로 심해진다는 사실이다. 처음 나영을 볼 때마다 아래위로 훑고, 히죽거리며 웃는 것에 불과했던 박 경위가 이제는 스킨십을 시도했다. 처음엔 어께, 다음엔 허리에 슬쩍 손을 올렸고, 어제는 지나가다 스친 듯 손등으로 엉덩이를 툭 치고 지나갔다. 그러더니 다음으로 노린 곳은 나영의 가슴이었다.

"나영 씨, 여기 뭐가 좀 묻은 것 같은데."

나영은 잔뜩 굳었다. 싫다고 말하고 싶은데 쉽게 나오지 않았다. 스트레스가 심하게 쌓이면 나오는 증세 중 하나다. 그대로 쓰러지거나, 뚜껑이 열린다. 이번엔 어떤 반응을 보일지, 나영 자신도 짐작조차 가지 않았다. 아예 뚜껑이 열리는 게 나을 것도 같았다. 박 경위는 나영이 늘 생글생글 웃으니까 우습게 본 것이다. 이번 기회에 쓴맛을 한 번 보면 나아질 수도 있었다. 그래, 차라리 뚜껑이 열려버리라고 생각하기 직전, 한 여성이 박 경위의 손목을 잡았다.

"성희롱 현행범 한 번 갈까요?"

나영만큼 키가 크고 덩치도 좋은 여자가 나타났다. 여성·청소년 범죄수사과 노이경 경위. 이경은 나영보다 2살이 많다. 이경은 나영이 정직 처분을 받은 사이 이곳으로 발령이 났다. 이경은 나영이 복직하자마자 찾아왔다. 자신 역시 예전엔 강남경찰서에서 근무했었다며 친한 척을 했다. 이경은 나영에게 사석에서 만난 적도 있었다고 말했지만, 나영의 기억엔 없었다. 완벽한 기억력의 나영이 기억하지 못한다는 건 이경이 거짓말을 한다는 뜻과 같았다. 하지만 나영은 그런 거짓말도 기분 좋게 받아들였다. 복직 후 민원봉사실에서 겉돌고 있었던 나영에게 먼저 다가오는 상대는 고맙기만 했다.

"에이, 노 경위! 무슨 농담을."

박 경위는 이경의 손을 뿌리치며 말했다.

"그래요? 안 갈까요?"

"안 가지. 안 가."

박 경위의 목소리엔 웃음기를 띠고 있었지만, 눈빛은 달랐다. 전혀 웃지 않으며 이경을 노려보다가 자기 자리로 돌아갔다. 이경은 박 경위가 자기 자리에 앉아 컴퓨터를 켜는 것을 확인하고 나서야 시선을 뗐다. 나영을 바라보고 사람 좋은 웃음을 지었다.

"자기도 참 죄가 크다. 왜 그렇게 쓸데없이 예쁘게 태어나서 고생이니. 나 좀 봐. 살 좀 찌우니까 얼마나 편하니. 자기도 살 좀 찌워봐. 아니다, 다시 보니 좀 쪘나? 유니폼이 좀 끼는 것 같은데?"

"요즘 셔츠가 좀 끼긴 하더라고요."

이경은 그 후로도 이것저것 나영에게 잡담을 걸다가 다시 박 경위에게 다가갔다. 박 경위는 대놓고 떨떠름한 표정을 지었다. 그런 박 경위에게 이경은 여전히 웃는 얼굴로 뭐라고 작게 말했다. 이경의 목소리가 작아 나영의 자리까지는 들리지 않았다. 하지만 박 경위의 표정으로 볼 때, 좋은 이야기 아닐 것 같았다. 조금 전까지도 능글맞게 웃던 박 경위가 단숨에 표정이 변했다. 훨씬 심각하고 딱딱해진 표정으로 나영과 눈이 마주치자마자 고개를 휙 돌렸다. 이날, 박 경위는 더는 나영을 귀찮게 하지 않았다. 이상하게 히죽대는 일도, 나영을 아래위로 훑지도 않았다. 시선이 마주치면 오히려 놀라 고개를 돌렸다. 거의 동시에 핸드폰으로 이경의 메시지가 왔다.

— 내가 저 인간, 비리를 좀 알거든. ㅋㅋ 이제 귀찮게 안 할 거야.

이경이 말하는 박 경위의 비리가 어떤 건지 나영은 궁금해졌다. 하지만 묻지 않았다. 남의 뒤를 캐는 건 수사가 아니면 하지 않는 게 나영의 철칙이다. 나영은 이경에게 고맙다는 답장을 보냈다. 이경은 바로 술이나 한번 사라고 답장을 해 왔다. 나영이야 거절할 이유가 없었다. 쉽사리 잠들지 못하는 나영에게 밤은 늘 지나치게 길었다. 이경 덕분에 이날만큼은 붉은 약국에서 사는 책의 개수가 확 줄었다. 나영은 단 세 권의 책만 구입했다.

"웬일이에요, 형사님이 3권밖에 안 사고?"

"약속이 있거든요."

"데이트라도?"

"뭐, 비슷해요."

"흐응. 질투 나는데?"

안 약사의 말에 나영은 슬쩍 그의 왼손 약지를 쳐다봤다. 약지엔 반지가 없었다. 하지만 그게 결혼을 안 했다는 뜻은 아니다. 유부남이 반지를 빼고 다니는 경우도 많으니까. 안 약사는 얼핏 봐도 180cm가 넘는 장신이다. 가운을 입은 옷 태도 어깨가 떡 벌어진 게 좋았다. 여자들이 이런 괜찮은 남 자를 가만둘 리 없다.

이제 곧 이경과 약속한 시각이었다. 나영은 약국에서 책을 읽으며 이경을 기다리기로 했다. 나영은 약국 의자에 앉아 전면 창 너머 보이는 길 건너편 마포경찰서를 배경으로 책을 읽었다. 책장을 몇 장이고 넘기는 사이, 수십 명의 사람이 횡 단보도를 건넜다. 거리를 스쳐 지나갔다. 나영은 이 모든 것을 눈에 무심코 담았다. 그러면서도 책의 내용 역시 놓치지 않았다. 약속 시간이 15분이나 지났는데도 이경이 나타나지 않았다. 나영은 또 무슨 사건이라도 났겠거니 했다. 나영이 강력팀에 있을 땐 갑작스러운 출동 탓에 약속에 3시간이나 늦은 적도 있었다.

책을 반 정도 읽었을 무렵, 핸드폰으로 이경의 전화가 왔다.

"나 지금 비상 났어!"

이경이 화장실을 간 사이 피의자가 도주했단다. 나영은 피의자의 인상착의를 물었다.

"혹시라도 내가 봤을지도 모르잖아요."

"무슨 나영 씨가 소머즈야?"

이경은 나영이 지나치게 좋은 기억력이 있다는 사실을 몰랐다. 나영은 웃어넘기면서 인상착의를 다시 물었다.

"17세 김진. 남자. 금발로 염색한 짧은 머리, 왼쪽 귀엔 피어싱했어. 검은색 후드티에 청바지를 입었고."

나영은 눈을 감았다. 이경의 말을 되새기며 조금 전 보았던 것들을 차례차례 거꾸로 돌렸다. 수없이 많은 얼굴이 나영의 머릿속을 스쳐 지나갔다. 그중에는 조금 전 이경이 말한 문제의 소년과 비슷한 인상착의도 있었다. 소년은 마포경찰서 정문에서 후다닥 뛰쳐나왔다. 횡단보도의 신호가 바뀌길 못 기다리고 왼쪽으로 도주하려다가 마침 큰길로 나오던 차에 막혀 실패, 오른쪽으로 뛰었다.

"저 그 아이 목격한 것 같아요."

나영은 기억 속 광경을 그대로 읊었다.

"목격한 지 7분 32초밖에 안 지났으니까, 근처 CCTV 확인하면 금방 잡을 수 있을 거예요."

"7분 32초? 그건 어떻게 알아?"

"그때 마침 시계를 보고 있었거든요. 우연의 일치죠, 뭐."

나영은 어물거리며 말을 넘겼다. 전화를 끊고 다시 책을 보는데 느낌이 이상했다. 안 약사가 눈이 동그래져서 나영을 옆에서 보고 있었다.

"너무 시끄러웠죠. 죄송해요."

나영은 쑥스러운 마음에 책을 들고 약국을 나섰다. 그런데 안 약사가 따라 나왔다. "저기, 나영 씨"하고 부르고는 뭔가 말하려고 하는 데 전화가 왔다. 이경이었다. 도주한 피의자를 쫓는 데 전화를 했다는 건, 뭔가 급한 용건이 있다는 뜻이었다. 나영은 "잠깐만요" 하고 안 약사에게 양해를 구한 후 전화를 받았다.

"잡았어!"

이경이 흥분해서 말했다.

"김나영! 조금만 기다려! 내가 이 녀석 집어넣고 당장 간다! 아냐, 니가 올래? 너 지금 어디니?"

나영은 이경의 말에 웃으며 경찰서로 가겠다고 했다. 그러고는 안 약사에게 할 말이 무엇이냐고 물었다.

"나중에 이야기하죠. 그렇게 중요한 일은 아니니까."

안 약사는 어색하게 웃으며 약국 문을 닫았다. 나영은 그런 안 약사의 표정이 신경 쓰이긴 했지만, 꼭 필요한 이야기라면 어떻게든 다시 말하겠지, 하고 생각하며 이경을 만나기위해 다시 횡단보도를 건너 마포경찰서로 향했다.

"자, 잠깐 경위님!"

나영이 급히 이경을 잡았다.

"응? 왜 그래 나영 씨?"

"빨간불이잖아요!"

나영은 신호등을 가리키며 말했다.

"괜찮아, 괜찮아."

이경은 웃으며 손을 휘휘 저었다.

"차 없으면 그냥 건너도 돼. 괜찮아, 괜찮아."

이경은 차가 없자 아무렇지 않게 신호를 위반하고 길을 건넜다. 길 반대편에 있는 호프집으로 들어갔다. 나영은 평소아무도 없는 길에서도 신호를 지키는 타입이라 이경의 뒤를바로 따르지 않았다. 파란불로 신호가 바뀌길 기다렸다가 길을 건넜다.

나영과 이경이 온 호프집은 서에서 한참 떨어진 곳에 있었다. 나영은 이곳이 처음이었다. 이경도 처음인 듯했다. 물론, 서에서 본 얼굴은 단 한 명도 없었다.

이경은 맥주를 한 잔 원샷 하더니 말했다.

"자기 우리 쪽 오는 건 어때? 강력팀은 몰라도 이쪽은 내가 어떻게 말하기 훨씬 쉬울 거 같은데."

"제 상황에서 어떻게 그런 일이 가능하겠어요."

"스토킹법 이후 체계 개편된 거 알지?"

2021년 10월 스토킹 처벌법 시행 이후 범죄 신고가 하루 평균 100건 넘게 접수됐다. 이후 경찰청 국가수사본부는 여성·청소년 범죄수사과 안의 기존 부서를 개편하고 수사관의 숫자를 대폭 늘렸다.

"계속 인원 충원 중이야. 그래서 나도 강남에서 마포로 차출된 거고. 원래는 나도 자기처럼 민원봉사실 소속이었어. 그런데 자기는 같은 서 강력팀에 있었잖아. 딱이지. 자기가 내 수사를 도와주면 어떨까? 물론 퇴근하고 자기 사적인 시간을 써야 하긴 하지만. 그래도 어필하기 딱이잖아. 어때?"

나영은 복직한 지 겨우 한 달이다. 그런 나영이 바로 다른 과로 이동하긴 힘들리라. 하지만 수사를 도와달라는 제안은 매력적이었다. 그 상황을 상상하는 것만으로 나영은 기분이 나아졌다. 훨씬 편하게 잠들 수 있으리라.

"그럴까요?"

"그렇게 나와야지!"

이경은 주변을 흘깃거리더니 더욱 목소리를 낮췄다. 가방에서 수사용 태블릿을 꺼내더니 자신이 맡은 여러 건의 사건을 설명하기 시작했다. 이경이 맡은 업무는 다양했다. 가출팸부터 스토킹 범죄, 가정폭력 건까지.

"이중 자기가 돕기에 괜찮은 일은 오늘 도주한 녀석 건이야. 이 녀석은 통칭 '파파'로 통하는 가출팸에 소속된 녀석이야."

최근 홍대 일대를 중심으로 서울 전 지역에 신종마약이 유통되고 있다. 이 마약을 공급 유통하는 일당이 알고 보니 가출청소년 등을 중심으로 한 가출팸 조직 '파파'였다.

이 조직의 정보를 가장 먼저 얻은 것은 이경이 속한 여성·청소년 범죄수사과다. 하지만 사건의 규모가 큰데다 문제의 조직이 벌인 범죄가 다양하다 보니 빠르게 대처하기 힘든 상황이다. 앞서 말한 인원 부족과 팀원들의 능력 부족 탓이다. 나영의 생각에도 여성·청소년 범죄수사과가 맡기엔 규모가 큰 사건으로 보였다. 서울 전 지역을 무대로 활동하는 마약 조직이라면 광수대가 움직여도 이상하지 않다. 하지만 자기 사건을 다른 과에 뺏기는 건 억울하다. 나영도 강력팀 근무

시절 겪어본 일이라 그 기분이 무엇인지 잘 안다. 나영은 이경에게 포기하라고 할 수 없었다.

"자기 오토바이 타잖아. 그 오토바이를 이용하면 어때? 자기가 매일 밤 홍대 중심으로 해서 오토바이 타고 돌아주면서 수상한 인물 없나 확인하고 탐문수사 하면 그걸로 충분히 도움이 될 것 같아. 어때?"

괜찮은 아이디어로 들렸다. 바로 다음 날부터 그러겠다고 약속하자, 이경은 구체적인 수사 정보를 태블릿으로 띄우며 특히 중요한 인물들의 사진을 보였다. 그제야 나영은 이경이 왜 서에서 멀리 떨어진 술집으로 가자고 했는지 이해했다. 같은 서 소속이라고 하더라도 수사 중인 사건의 정보를 흘리는 것은 문제다. 경우에 따라 징계를 받을 수도 있다. 이경은 그런 위험을 감수하면서까지 나영을 자기 일에 끼게 해주려는 것이다. 나영은 이경의 행동에 조금 감격했다. 이렇게까지 이경이 신경을 써준다면, 어떻게든 보답해야겠다는 마음이 절로 들었다.

다음 날, 나영은 퇴근하자마자 오토바이에 올라타 바로 '스캔'을 시작했다. 나영은 그저 달리는 것만으로 눈에 들어오는 정보를 기억할 수 있다. 그걸 가리켜 '스캔'이라고 부른다. 이런 '스캔'을 통해 나영은 자주 용의자를 발견했다. 최근에는 그런 일이 없었다. 정직 후 레이더를 끄고 출퇴근에만 집중

한 탓이다.

오랜만에 수사용 레이더를 세우니 마음이 달랐다. 평소와 같은 길을 달리는데도 신이 났다. 지면과 일체가 된 듯 한없이 낮아지는 느낌, 결코 추락할 리 없는 땅끝까지 내려앉는 코너 라운딩, 한없이 속도를 내다가도 브레이크를 밟다 보면 느껴지는 전율, 그 모든 것이 나영의 온몸을 저릿하게 만들었다.

홍대가 가까워지자 나영은 오토바이의 속도를 줄였다. 유흥업소 주변을 중심으로 천천히 돌며 스쳐 지나가는 얼굴을 스캔했다. 그렇게 홍대 부근을 모두 훑은 후 합정역 부근에 잠시 오토바이를 멈췄다. 조금 전 별생각 없이 스쳐 지나간 사람 중 이경이 준 정보 속 인물이 있지는 않았나 되새겼다. 성과는 없었다. 나영은 실망하지 않았다. 그렇게 쉽게 결과를 낼 수 있다면 광수대로 사건이 넘어간다는 이야기가 나올 리 없다. 그렇기에 나영은 의욕이 났다. 어려운 건일수록 나영이 성과를 발휘한다면, 부서 이동이 쉬워질 테니까.

나영은 새벽 2시까지 스캔을 하고 집으로 돌아갔다. 평소라면 책을 좀 들춰보다 잠들었겠으나, 이날은 침대에 눕자마자 곯아떨어졌다. 다음 날도 마찬가지였다. 일단 수사를 시작하니 책을 볼 틈은 거의 없었다. 덕분에 나영은 며칠째 사놓은 책들을 건드리지도 않았다. 자연스레 붉은 약국은 안 가게 됐다. 그렇게 일주일이 지나자, 안 약사에게 메시지가 왔다.

— 무슨 일 있어요?

나영은 안 약사의 전화번호를 저장해 두기는 했으나 한 번도 연락해본 적은 없었다. 나영은 그냥 좀 바빴다고 답을 보냈다. 그랬더니 안 약사는 다시 한번 메시지를 보내 시간 날 때 들러 달라, 할 말이 있다는 메시지를 보내왔다. 나영은 안 약사가 무언가 말을 하려다가 말았던 걸 떠올렸다. 당시엔 별것 아닌 듯 보였지만 중요한 용무였을지도 모른다는 생각이 들었다. 아니, 어쩌면 매상이 너무 안 올라서 오라고 하는 걸 수도 있겠다. 나영은 붉은 약국에 들를 때마다 자신 이외의 손님이 책을 구입하는 모습을 본 적이 없었다.

나영은 퇴근하고 바로 붉은 약국에 들렀다. 열 권의 책을 책장에서 빼서 카운터로 갖고 갔다.

"많이 바쁘셨나 봐요."

"예에, 뭐 좀."

책값을 계산한 후 안 약사에게 용건을 물었다. 안 약사는 한쪽에 놓인 컴퓨터 모니터의 화면을 돌려 보여주었다. 그곳엔 '아직 독립 못한 책방'의 SNS 계정이 떠 있었다. 나영은 계정의 팔로워 숫자를 보고 놀랐다. 무려 10만 명이 넘었다.

"서점에 오시는 분들보다 이쪽을 통한 주문이 훨씬 많습니다. 한 달에 10만 원 이상 꾸준히 주문하시는 분들은 단골로 따로 관리하고 있기도 해요."

안 약사는 엑셀 파일 하나를 띄웠다. 52명의 신상정보가 적혀 있었다. 나영은 자신이 아니면 책을 사는 사람이 아예 없는 게 아닐까 염려했는데 괜한 걱정이었다.

"그런데 요즘 저희 주요 단골 중 한 분이 연락이 되지 않아요."

안 약사는 여러 단골과 댓글이나 DM으로 소통한다. 그중 한 명인 아이디 jd25_cc_, 일명 제이디가 열흘째 연락이 되지 않는다는 이야기였다.

"바쁜 일이 있는 거 아닌가요?"

나영은 SNS를 전혀 하지 않았다. 수사하다 보면 그럴 짬이 없었다. 최근 들어 여유가 생기긴 했지만, 그 시간에도 주로 책을 읽으며 시간을 보냈다. 이런 나영에게 SNS에서 열흘쯤 보이지 않는 걸로 걱정한다는 건 좀 의아한 일이었다.

"제이디 님은 바쁘면 바쁘다고 먼저 연락할 분입니다."

안 약사는 제이디와 평소 나눈 DM 창을 띄워 대화를 보여 주었다. 확실히 제이디와 안 약사는 친밀해 보였다. 더불어

나영은 의아했다. 그간 책을 주고받고 했으면 핸드폰 번호며 집 주소가 있을 것이다. 전화를 해보면 되지 않는가?

이 말에 안 약사는 난감하다는 듯 인상을 썼다.

"그게, 전화 통화는 제가 쥐약이라서. 일단 메시지는 넣어 봤는데 답이 없더라고요."

안 약사는 우물쭈물하며 핸드폰을 꺼내 문자메시지를 보였다. 일주일 전, 나영에게 할 말이 있다던 그날 밤 보낸 메시지였다.

− 안녕하세요, 아직 독립 못한 책방입니다. 아직 독립 못한 책방에 최근 신간이 들어왔습니다. 새로운 이벤트를 함께 시작했습니다. 관심이 있으시면 계정 들러서 댓글 남겨주세요.

나영은 메시지를 보고 웃었다.

"왜 웃으세요?"

"저기, 약사님. 이건 광고 글이잖아요. 이런 거에 누가 답을 보내요."

"저희 단골님들은 보내시는데."

"그럼 바빠서 잊었나 보네요. 그냥 전화해보세요."

"전화는 좀. 얼굴 본 사이도 아닌데."

"제가 대신해드려요?"

"아니 그건 좀 예의가 아닌 것 같은데."

"시끄러워요. 이리 줘요."

나영은 안 약사의 핸드폰을 뺏어서 바로 통화 버튼을 눌렀다. 하지만 제이디의 전화는 꺼져 있었다.

"전화가 꺼져 있다네요."

"아, 그래요? 그래서 연락이 없었나. 직업상 전화를 자주 끈다고 했던 것도 같은데."

"무슨 직업인데요?"

"그것까진 잘 모릅니다. 프라이버시잖아요."

"친하시다면서요."

"친하더라도 예의는 지켜야죠. 어떻게 상대방이 스스로 말하기 전에 뭐 하는 사람이냐고 대놓고 묻습니까."

"저는 매번 그렇게 문답하는 게 직업입니다만."

"거봐요. 경찰이나 하는 거잖아요."

"한 마디도 안 지시는구만."

"자주 듣는 말입니다."

"그럼 일단 기다려 보시고요, 이따가 한 번 더 전화해보세요. 만에 하나 내일까지 전화가 꺼져 있으면, 저한테 다시 알려주시고요."

나영은 그렇게 말한 후 책 열 권을 오토바이에 넣고 홍대로 향했다. 자정 무렵이 되자 나영은 무척 피곤했다. 오토바이에 책 열 권을 싣고 다니는 게 생각보다 무리가 갔다. 이만 집에 돌아가 쉴까 생각하는데 이경에게 전화가 왔다.

"자기, 잘하고 있어?"

"아직은 소득이 없네요."

"그럴 리가 있나. 홍대 클럽촌에서는 몇 번이고 목격 제보가 들어오는데. 자기, 말은 그렇게 하고 귀찮아져서 홍대 안 간 거 아니고?"

"아뇨, 매일 밤 돌았는데요."

"자기, 내가 의심했다고 짜증을 내는 거야?"

"아닙니다. 그냥 좀 피곤해서 말투가 딱딱해졌나 봐요."

"짜증 낸 거 맞는데."

"아닙니다."

"본인이 아니라는데 어쩔 수 있나. 그래도 난 좀 불쾌했어."

"죄송합니다."

"그럼 그 벌로 오늘은 성산동 일대 돌고 돌아가. 그쪽에서 본 것도 같다는 말이 들어왔다는 소문이 있어."

"지금요?"

"못해?"

"아니, 할 수 있죠. 네."

"그래, 잘 부탁해. 난 나영 씨만 믿어."

성산동은 산이란 말이 들어가는 것처럼 지대가 높은데다 주택가다. 작은 골목은 계단으로 이루어져 있거나 너무 좁아서 오토바이를 타고 돌기엔 무리가 있다. 하지만 약속했으니 안 갈 수 없다. 나영은 결국 새벽 4시까지 성산동 일대를 돌았다. 그렇게 스캔해도 전혀 성과는 없었다. 이렇게까지 '스캔'을 했는데 관련 단서를 전혀 잡을 수 없다니, 경찰이 된 후 처음이었다. 나영이 초고속 승진을 할 수 있었던 건 자신의 완벽한 기억력을 눈치껏 활용해 단시간 내에 성과를 낸 덕이었다. 그런데 왜 이렇게까지 아무런 단서를 찾을 수 없는 걸까. 나영은 영 찝찝해하면서도 일단 이경에게 메시지를 남겼다.

– 김나영입니다. 성산동 일대 돌고 이제 집에 돌아갑니다. 이번에도 수확은 없었습니다. 아까 말투가 혹시 불쾌했다면 다시 한번 죄송합니다.

지난 며칠간 나영은 집에 돌아가면 단번에 잠들 수 있었다. 하지만 이날은 달랐다. 나영은 이경이 했던 말들이 마음에 걸려 잘 수 없었다. 특히 마음에 걸리는 것은 이경의 명령조였다. 왜 그렇게까지 말을 한 걸까. 낮에 서에서 불쾌한 일이라도 있었나. 아니면 광수대로 사건을 넘기겠다는 말을 들어 조급해진 걸까. 나영은 이경을 생각하다가 밤을 새우고 말았다.

― 전화가 아직도 꺼져 있습니다.

다음 날 아침 일찍 안 약사에게 메시지가 왔다. 나영은 안 약사가 어지간히 걱정되어 그러나보다 하고는 저녁에 들르겠다고 말했다. 그때까지는 연락이 되겠거니 생각한 것이다. 그런데 저녁에 붉은 약국에 들렀을 때도 상황은 바뀌지 않았다. 여전히 제이디의 전화는 꺼져 있었다.

"다른 전화번호는 없어요?"

"네, 없습니다."

"집 주소는요?"

안 약사는 바로 집 주소를 보여주었다. 제이디가 사는 곳은 평택이었다. 오토바이로 가기엔 무리였다. 나영은 평택에 아는 형사가 있나 생각해 봤지만 떠오르는 이가 없었다. 형사 시절이었다면 그쪽 지구대로 연락해서 부탁해도 되겠지만, 이젠 민원봉사실 소속이라 이 방법은 월권행위다.

"무리 되시면 괜찮아요. 제가 다른 사람들한테 한 번 더 물어보거나 할게요."

"아니에요, 제가 하면 돼요."

나영은 말하자마자 이경을 떠올렸다. 어제 성과가 없다고 말했다가 불편하게 대화가 끝났다. 성산동을 돌았다는 메시지에 답장도 오지 않았다. 이런 상황에서 안 약사의 부탁을 받아들여 평택에 가느라 홍대를 못 돌면 더 사이가 서먹해지는 건 아닐까. 나영은 고민 끝에 일단 평택에 갔다가 늦게 홍대에 들르기로 마음먹었다.

평택에 가려면 차가 필요하다. 나영은 집으로 향했다. 서에서 오토바이로 10분 거리에 있는 아파트다. 아파트에 들러 옷을 갈아입고 지하 주차장으로 향했다. 차는 커버가 씌워져 있었다. 커버엔 반년 넘게 쌓인 먼지가 묻어 있었다. 커버를 벗겼다. 먼지를 터는 건 포기했다. 적당히 잘 접어 트렁크에 넣었다. 동시에 차 문을 모두 열어 환기를 시켰다. 그런데도 차 냄새가 심했다. 그 탓에 제이디의 집이 있는 평택에 도착했을 즈음엔, 나영의 온몸에 차 냄새가 푹 배어 있었다.

저녁 8시가 넘어 제이디의 집에 도착했다. 제이디의 집은 아파트 단지 사이의 허허벌판에 있는 이층집이었다. 근처에는 '토지 매매' '주택 건설' 등의 입간판이 서 있었다. 아마도 주택지역으로 개발 중인 구역인 듯했다. 제이디의 주택 역시 최근에 지은 것 같은 느낌이었다. 문제는 담이 없다는 사실이다. 나영은 허허벌판에 세운 집에 담조차 없다니 도둑 들기 딱 좋은 환경이 아닌가, 생각하며 집으로 다가갔다.

현관 벨을 눌렀다. 대답은 없었다. 집안 불이 모두 꺼져 있었다. 아무도 없는 것 같았다. 나영은 우편함을 확인했다. 이곳 역시 텅 비어 있었다. 동시에 제이디의 핸드폰으로 전화를 걸었다. 여전히 꺼져 있었다. 다음으로 집 주변을 천천히 돌며 이상이 없는가 확인했다. 뒷마당 쪽에는 작은 연못과 마루가 있었다. 그런데 마루로 이어지는 거실의 전면 창문이 조금 열려 있었다. 나영은 장갑을 꺼내 꼈다. 핸드폰의 손전등 기능을 켠 후 거실문을 열었다. 안에 들어가자 가장 먼저 보인 것은 거실 중앙에 놓인 그랜드 피아노였다. 피아노는 건반 뚜껑이 열린 채, 악보가 놓여 있었다. 그 악보의 제목 부분엔 이런 문장이 적혀 있었다.

'나를 찾아주세요.'

곡의 제목이라고 생각하기엔 좀 찝찝했다. 나영은 A3 사이즈 3장의 악보를 차례로 넘겨서 모두 확인했다. 제목 외에 다른 글자가 적힌 곳은 없었다.

어둠에 익숙해지자 거실장 위에 놓인 트로피며 상장, 사진 등이 보였다. 그곳엔 제이디로 추측되는 인물의 이름과 사진이 있었다. 그의 이름은 장진구, 아마도 피아니스트인 듯했다.

나영은 다시 그랜드 피아노로 다가갔다. 건반을 살짝 건드려봤다.

야옹.

뚜껑이 열린 피아노 안쪽에서 짐승의 눈이 번쩍였다. 고양이였다. 건반을 두드린 것에 반응한 듯했다. 나영은 고양이의 반응이 흥미로웠다. 다시 건반의 다른 부분을 몇 번 두드렸다.

야옹, 야옹.

나영의 타건에 따라 연이어 고양이 울음소리가 났다. 차례차례 나타난 고양이는 무려 여섯 마리였다. 고양이들은 좀 더 건반을 두드려 보라는 듯 다가와 나영의 다리에 머리를 비볐다. 평화로운 광경이었으나, 나영은 점점 불안해졌다. 거실문이 열려 있다. 사람이 없는 집에 고양이만 있다.

사건의 징조다.

나영은 112로 전화를 걸었다. 얼마 안 가 지구대 경찰이 출동했다. 나영은 자신의 소속과 이곳까지 온 과정을 이야기했다. 경찰은 흥미롭게 들은 후, 신원 조회 결과를 알려줬다. 예상대로 제이디의 본명은 장진구였다. 그 사이 몇 번인가 나영의 전화가 진동했다. 나영은 장진구에 대한 이야기를 나누는 게 중요하다고 생각해서 전화를 무시했다. 나영은 평택 경찰에게 뒷일을 부탁한 후 장진구의 집을 나섰다. 차에 올라타 핸드폰부터 확인했다. 무려 열 통의 부재중 전화가 찍혀 있었다. 열 통 모두 이경이었다. 나영은 의아했다. 대체 왜 이렇게 많은 전화를 걸었나 이해할 수 없었다. 나영은 이경에게 전화를 걸었다. 이경은 바로 전화를 받았다.

"자기, 왜 이렇게 전화를 안 받아."

이경이 착 가라앉은 목소리로 전화를 받았다.

"내가 너무 걱정돼서 자기 전화 위치 추적해봤다가 깜짝 놀란 거 알아? 평택? 어떻게 형사가 보고도 없이 관내를 이탈하고 그래."

"죄송합니다. 개인적인 용무가 있었습니다."

"그런 게 있으면 미리 말을 해줬어야지. 내가 우습게 보여서 그래? 아니면 여청과가 우습나? 하긴, 강력팀 팀장 맡았던 분인데. 경정이셨는데. 우스울 수도 있겠네."

"아닙니다."

"그런데 왜 홍대에 계셔야 할 분이 평택에 계셨는데? 말도 없이?"

"개인적인 용무가 있었습니다."

"그러니까 그게 뭔데?"

나영은 입을 다물었다.

"말하기 힘들구나. 알았어. 뭐 그건 그거고. 그래서 오늘은 어떻게 할 건데?"

"예?"

"자기가 홍대 돌아준다며. 그래서 그쪽엔 사람 안 갔단 말이야. 자기 때문에 오늘 그쪽에서 파파 애들 뜨기라도 하면 어쩔 거냐고."

"가는 대로 바로 돌겠습니다."

"정말 다 돌 수 있어? 홍대하고 성산동하고?"

"네."

"알았어. 그럼 다 돌고 어제처럼 메시지 보내."

"네."

"불쾌한 거 아니지? 이거 다 자기 위해선 거 알지? 나 좋자고 하는 일 아냐. 자기 공 쌓고, 영전하자고 하는 일이야. 알지?"

"네."

나영은 한참 '네'만 반복한 후 전화를 끊었다. 서울로 돌아가는 내내 나영은 이경과의 통화를 곱씹었다. 위치추적은 왜 한 거지. 아니 이게 이렇게까지 강제성을 띠어야 하는 일인가, 생각하자면 아닌 것 같았다. 무엇보다 위치추적은 이런 경우엔 경찰이라도 불법이다. 하지만 또 달리 생각하자면 얼마나 염려가 되어서 그랬을까 하는 생각도 들었다. 나영은 일단 이번엔 그냥 넘어가기로 했다.

나영은 열한 시가 넘어서야 집에 돌아왔다. 바로 옷을 갈아입고 오토바이를 타고 달려 홍대로 향했다. 한차례 '스캔'을 진행하고 새벽 두 시가 되어 성산동으로 넘어갔다. 여전히 아무 단서도 없었다. 나영은 이게 정말 의미가 있을까, 이미 '파파' 일당은 다른 지역으로 뜬 건 아닐까, 속으로 자신에게 연달아 되물으며 이경에게 메시지를 넣었다.

이경이 바로 메시지를 확인했다는 표시가 떴다. 나영은 이경의 답장을 기다렸다. 답장은 오지 않았다. 집에 돌아와 씻고 나왔어도 상황은 마찬가지였다. 이제 나영은 염려스러웠다. 어쩌면 자신과의 통화 때문에 불쾌해서 이러는 건 아닐까, 그 때문에 이경이 더 화가 난건 아닐지 신경이 쓰여 잠들 수가 없었다.

나영은 결국 다시 침대에서 일어났다. 이렇게 된 거, 아예 생각을 다른 곳으로 돌리기로 마음먹었다. 태블릿을 꺼냈다. 검색엔진에 '장진구'를 치자 작가, 제독, 축구선수 등의 연관 검색어가 떴다. '장진구 관련 이미지'에서 나영이 보았던 사진을 발견했다. '취재 파일 : 작곡가 장진구를 만나다'는 제목의 기사를 시작으로 수많은 기사가 떴다. 이중 나영이 관심을 보인 것은 가장 최근 기사인 2년 전 기사였다. 기사의 제목은 '장진구는 어디로'였다.

작곡가 장진구가 데뷔한 건 열다섯 살의 일이다. 그가 처음 맡은 음악은 컴퓨터 게임의 배경음악이었다. 지금이야 게임 음악을 유명 작곡가들이 꽤 맡는다지만 장진구가 데뷔한 1992년엔 그리 각광받는 장르가 아니었다. 장진구의 시작 역시 그랬다. 계약서조차 쓰지 않았다. 대학생 사촌 형이 사준 짜장면 한 그릇이 의뢰 보수의 전부였다.

게임은 실패했다. 제목을 말해도 기억하는 이가 한 명도 없는 수준이었다. 하지만 장진구가 만든 음악은 살아남았다. 듣는 사람에 따라 그것은 전혀 다른 음악이 됐다. 뽕짝이었지만 발라드였고, 클래식이었으며 어떤 부분에는 랩소디가 있었다. 아무렇지 않게 흥얼거릴 수 있고, 그렇게 흥얼거린다고 하더라도 누군가 이상하게 보지 않을 음악. 장진구는 그것을 본능적으로 만들어냈다. 자연스레 두 번째 의뢰가 들어왔다. 이번에도 게임 음악이었으나 보수의 단위가 달랐다. 장진구는 짜장면과 탕수육을 매 끼니 먹어도 모두 쓰지 못할 돈을 받았다.

이후 장진구는 단 한 번의 실패도 하지 않았다. 사람들은 장진구에게 더 많은 음악을 요구했다. 감각은 나이가 들면 사그라지기 마련이다. 하지만 시간이 지나도 장진구의 감각은 무뎌지지 않았다. 오히려 단단해지기만 했다. 그런 장진구가 3년 전 칩거했다. 이후 아무런 활동도 하지 않는다. 왜일까. 본지는 장진구 씨가 사는 평택시를 찾아 직접 그 까닭을 물었다.

장신구는 집에 찾아온 기자를 만나주지 않았다. 기자는 뒷마당 마루에 앉고, 장진구는 거실 그랜드 피아노 의자에 앉아 대화했다. 기자가 장진구에게 왜 집밖으로 나오지 않느냐고 묻자, 장진구는 답했다.

'일생을 건 교향곡을 작곡하기 위해서입니다. 제 뮤즈는 질투가 많습니다. 저 혼자 밖에 돌아다니면, 뮤즈가 심하게 삐칩니다. 몇 날 며칠 영감을 안 주려 들어요. 저는 자연스레 칩거할 수밖에 없게 됐습니다.'

그렇게 말하는 장진구는 나영이 아까 본 고양이 중 한 마리를 안고 있었다.

나영은 생각했다. 장진구라는 사람이 말하는 뮤즈의 의미를. 어쩌면 그가 말하는 뮤즈는 '고독'이 아닐까. 혼자 있는 순간만 느낄 수 있는 감정. 그 감정이 장진구에게 영감을 주기에 칩거를 단행했을 수도. 더불어 나영은 궁금해졌다. 그렇게까지 해서 작곡하고자 했던 교향곡은 어떤 선율인지를. 나영온 눈을 삼고 기억을 되새겼다. 스쳐 지나가듯 본 것도 나영의 머릿속에 사진의 한 장처럼 또렷하게 남아 있다. 이번에도 예외는 없었다. 나영은 장진구의 악보를 완벽하게 떠올리는 데 성공했다. 빈 오선지 악보를 검색해 찾아낸 후, 그 위에 장진구의 악보를 재현했다.

세 장의 악보가 완성됐다. 문제는 나영이 악보를 읽을 줄 모른다는 사실이었다. 나영은 이 악보가 어떤 곡일지 전혀 상상되지 않았다. 어린 시절, 나영은 피아노를 배웠다. 하지만 그건 303 연쇄살인 사건이 일어나기 전의 일이다. 그때 나영의 기억은 불완전했다. 나영이 이런 기억을 갖게 된 것은 303 연쇄살인 사건의 피해자가 된 이후니까.*

지금, 이 순간 나영이 할 수 있는 일은 딱 하나뿐이었다. 악보 연주와 관련된 책이며 정보를 습득하는 것. 그것을 통해 문제의 악보를 읽는 능력을 빨리 확보해 내는 것이었다. 갑작스레 전화 진동을 느끼지만 않았어도 나영은 그대로 실천했으리라.

새벽 네 시 반이었다. 나영은 이경이 아까의 메시지를 받은 후 뒤늦게라도 전화를 한 줄 알았다. 그런데 안 약사였다. 장진구에 대해 좀 더 많은 것을 알아낸 후 연락할 생각이었다. 바로 전화를 걸어 장진구가 사라졌다고 말하면 안 약사가 매우 놀랄 것 같았다. 그래서 일부러 전화하지 않았는데,

---

* 『붉은 소파』 참조

많이 답답했던 모양이다. 나영은 머뭇거리다가 전화를 받았다.

"이런 시각에 전화해서 죄송해요. 연락이 없으셔서."

"상황이 좀 그랬습니다."

"어떻게 됐나요? 제이디 님은?"

"안 약사님의 예감이 맞았습니다."

나영은 지금까지 알아낸 것을 이야기했다. 그런데 뜻밖의 대답이 돌아왔다.

"그 악보를 제가 좀 볼 수 있을까요?"

"약사님이요?"

"네, 저도 취미로 악기를 좀 다루긴 해서."

나영은 안 약사의 말에 바로 핸드폰으로 문제의 악보를 전송했다.

"제가 한 번 쳐볼게요."

"소음이 날 텐데 괜찮으시겠어요?"

"이어폰 끼면 됩니다."

안 약사가 전화를 끊고 얼마 후, 녹음한 음성 파일 하나가 도착했다. 나영은 문제의 파일을 확인했다. 취미라고 하기엔 상당히 유려한 솜씨였다. 그런데 뭔가 이상했다. 들으면 들을수록 기분이 안 좋아졌다. 안 약사가 악보를 잘못 본 건 아닌끼 의심할 성도였다. 나영은 안 약사에게 다시 전화해 감상을 전했다.

"듣기에 상당히 불편하네요."

"악보에 솔이 없는 탓일 겁니다. 솔이 없으면 협화음을 만들기가 힘들어지거든요. 그 탓에 대부분이 불협화음이다 보니 불쾌한 느낌이 드는 거죠."

불협화음이 가득한 악보.

처음엔 그저 악보로 보였던 음표들이 다시 보니 왠지 괴로워 보였다. 그것은 어쩌면, 솔이란 음이 부족하다는 말을 들어서일지도 몰랐다.

"일생을 건 교향곡을 짓는다는 사람이 그릴 만한 악보는 아닌 것 같군요."

"제 생각에도 그렇습니다."

그날 아침, 나영은 평소보다 훨씬 상쾌한 기분으로 일어날 수 있었다. 안 약사와 대화 후 잡생각에 시달리지 않고 짧은 시간이지만 푹 잘 수 있었다. 출근한 후로도 이 기분은 이어졌다. 중간중간 어젯밤 이경과의 대화가 떠올라 불쾌해지기도 했지만, 오늘 밤 홍대 부근을 돌면 별문제 없으리란 생각을 하자 마음이 좀 나아졌다. 그런데 이 상황에 제동이 걸렸다. 평택 경찰의 전화가 왔다. 나영에게 고양이를 돌봐줄 수 있겠냐는 부탁이었다. 장진구의 부모는 10년 전 사망했다.

최근 친하게 지내는 이도 없었다. 그렇기에 고양이들을 돌봐줄 사람이 없다. 나영은 가장 먼저 이경의 얼굴을 떠올렸다. 오늘 또 평택에 간다고 했다가 무슨 소리를 들을지 두려웠다. 나영은 한참 고민하다가 먼저 메시지를 보냈다.

　- 김나영입니다. 오늘 개인 사정이 있어 다시 한번 평택에 가야 합니다. 하지만 돌아와서 꼭 순찰하겠습니다.
　- 그래 수고~.

뜻밖에 바로 답이 왔다. 미리 이야기만 하면 괜찮은 모양이었다. 데려오는 건 어떻게 해결됐다. 다음 문제는 돌보는 일이었다. 나영은 고양이를 키워본 적이 없다. 그런 나영이 고양이를 돌보는 건 상당히 힘들 것 같았다. 가장 먼저 떠오른 건 안 약사였다. 나영은 바로 안 약사에게 전화를 걸었다. 상황을 전하자 안 약사는 어렸을 때 고양이를 키워본 적이 있다며, 자신이 돌봐주겠다며 함께 평택에 가자고 제안했다. 마음에 걸리는 건 약국의 운영시간이었다. 나영이 걱정하자, 안 약사는 두 시간 정도 봐줄 사람을 구하는 건 별로 어렵지 않다고 답했다. 더불어, 안 약사는 자신이 차를 갖고 오겠다고도 말했다.

"어떻게 여섯 마리를 다 잡아 오시려고요? 짐이 보통 많은 게 아닐 텐데요."

'잡아 오다'라니. 안 약사의 단어 선택이 묘했다. 하지만 짐이 많다는 말은 이해할 수 있었다. 역시 키워본 사람은 뭔가 다르다고 생각하며 안 약사의 제안을 받아들였다.

나영은 퇴근하자마자 붉은 약국에 갔다가, 셔터를 내리고 있는 안 약사를 발견했다.

"왜 약국 문을 닫아요?"

"아, 그게. 대신 봐줄 사람을 못 구했네요."

"그럼 저한테 말씀하시죠. 제가 혼자 가면 되는데."

"그럴 순 없죠. 약속한 건데."

안 약사의 말에 나영은 더욱 고마움을 느꼈다.

나영과 안 약사는 약국 옆 건물 지하 주차장으로 향했다. 붉은 약국 건물은 주차장이 없어서 안 약사는 옆 건물 주차장을 평소 이용하고 있었다. 안 약사의 차는 깔끔하게 꾸며져 있었다. 나영의 차처럼 오랜 시간 타지 않은 탓에 생기는 특유의 냄새도 없었다. 시동을 걸자 바로 음악이 흘러나왔다. 재즈였다.

"음악이 좋네요."

"그래요?"

안 약사는 왠지 기분이 좋아 보였다.

얼마 안 가 나영은 졸음이 쏟아졌다. 잔잔한 재즈, 스무스한 운전, 나영을 배려하는 안 약사의 마음이 오랜만에 나영에게 단잠을 불러들였다.

한 시간쯤 지나 나영이 눈을 떴다. 나영은 흐트러진 머리를 정리하며 말했다.

"운전하시는데 실례했네요."

"주무세요. 새벽에 저 때문에 못 주무셨잖아요."

"그러는 안 약사님도 못 주무셨잖습니까."

"아닌데요. 저는 퇴근하자마자 잤다가 그때 깼던 건데요."

"새벽 네 시 반에 일어나신다고요?"

"새벽 독서는 꿀맛이거든요."

나영은 안 약사의 말에 조금 웃었다.

"그럼 사양 안 하고 좀 더 자겠습니다."

"좋은 꿈 꾸세요."

나영은 눈을 감았다. 잠이 오길 기다리며 생각했다.

어떻게 이렇게 잠이 잘 올까.

생각해 보면 나영은 강력팀에서 일할 때도 보조석에서 자주 단잠이 들곤 했다. 그건 운전석을 맡은 상대가 신용할 수 있는, 결코 나영을 배신할 리 없는, 지켜주는 상대가 곁에 있다는 믿음 덕이었다.

"파트너라."

나영은 작게 중얼거린 후 이내 깊은 잠에 빠졌다.

다시 눈을 떴을 땐 장진구의 집 앞이었다. 여덟 시 반. 안 약사는 도착한 후 시동을 끄고 나영이 깨길 기다린 듯했다. 하지만 안 약사는 그런 티를 내지 않았다. 나영 역시 눈치챈 척을 하지 않았다.

나영과 안 약사는 차에서 내렸다. 미리 평택 경찰에게 받아둔 비밀번호를 눌러 장진구의 집 안으로 들어갔다. 현관에 들어서자마자 흰 고양이 한 마리가 나영과 안 약사를 반겼다. 이 흰 고양이는 어제 나영이 거실에 들어왔을 때 가장 먼저 나타난 녀석이기도 했다. 흰 고양이가 나영의 다리에 몸을 비벼댔다. 나영이 어찌할 바를 몰라 가만히 서 있자, 안 약사가 몸을 굽혀 흰 고양이를 안아주었다. 흰 고양이는 바로 안 약사의 팔을 타고 올라 어깨에 가만히 앉아서 한 번 작게 울었다. 야옹.

"개냥이네요. 사람을 좋아하는 녀석. 나머지 녀석들도 협조적이면 좋을 텐데요."

안 약사의 의뭉스러운 말은 얼마 안 가 이해할 수 있었다. 흰 고양이는 마중을 나올 정도로 친밀한 성격이었지만, 나머지는 대체 어디 있는지 알 수 없었다. 고양이 냄새와 털, 중간중간 야옹거리는 소리가 났지만, 모습은 보이지 않았다. 그제야 나영은 평택에 혼자 가겠다고 했을 때 안 약사가 한 말을 이해할 수 있었다. 고양이 여섯 마리를 '잡아 오는' 건 보통 일이 아니다.

나영과 안 약사는 집 안 구석구석을 살폈다. 장진구의 집은 1층엔 거실과 부엌, 화장실과 방 하나가 있었고 2층에도 방 3개와 화장실이 2개 더 있었다. 각 방은 얼핏 보더라도 용도별로 나뉘어 있었다. 1층 방은 방음시설이 된 작업실, 2층 방 중 상대적으로 큰 것은 서재, 나머지 둘은 각기 침실과 창고였다.

침실은 상당히 초라했다. 달랑 매트리스 하나와 한쪽에 걸린 행거가 전부였으나, 서재와 창고는 달랐다. 서재엔 지금껏 안 약사를 비롯해 다양한 경로로 구입한 듯한 책이 잔뜩 꽂혀 있었다. 창고는 갖가지 잡동사니를 비롯해 러닝머신과 운동 도구 역시 모여 있었다. 특이한 건, 벽마다 각종 고양이 사진이 걸려 있는 데다 방마다 고양이의 먹이 그릇이 놓여 있다는 사실이었다. 얼핏 봐도 먹이 그릇이 열 개는 넘는 듯했다.

장진구는 침실만큼이나 자신이 먹는 것 역시 대충 구비해 놓았으나, 고양이 먹이는 달랐다. 부엌 바로 옆에 있는 다용도실의 한쪽 벽을 다 채우다 못해 냉장고도 대부분 고양이 먹이였다. 그중 몇 개는 고양이가 뜯어 먹은 흔적도 있었다. 장진구가 돌아오지 않아 먹이를 챙겨주지 못하자, 고양이들이 알아서 챙겨 먹은 듯했다.

문제는, 이렇게 집안을 살피는 동안에도 고양이를 찾을 수 없다는 사실이다. 이렇게 감쪽같이 숨기도 쉽지 않을 것 같은데, 어떻게 된 걸까.

"먹이로 유인해 보죠."

안 약사는 냉장고며 창고에 있는 먹이 중 하나를 골랐다. 안 약사 말에 따르면 고양이들이 무척 좋아하는 먹이랬다. 나영과 안 약사는 먹이를 갖고 거실로 나왔다. 안 약사가 거실 한쪽에 놓여 있는 먹이 그릇에 먹이를 부었다.

"어떻게 고양이를 불러야 하는 거 아니에요?"

"고양이는 원래 부른다고 안 와요."

하긴, 나영과 안 약사가 지금까지 아무리 집안을 돌아다녀도 흔적조차 볼 수 없었다. 그런 고양이들이 부른다고 나올 리 없었다.

먹이를 두고 조금 지나자 곳곳에서 부스럭거리는 소리가 났다. 그중 하나는 그랜드 피아노 주변에 놓인 소파 주변이었다. 나영은 아무도 없던 소파에서 어떻게 고양이 소리가 나는가 의아했다. 얼마 안 가 소파의 등받이와 방석 사이의 틈에서 노란 얼룩무늬 고양이 한 마리가 나왔다. 액체로 된 듯 유연하게 기어 나온 고양이는 다리와 팔을 길게 뻗더니 천천히 먹이 그릇으로 다가왔다. 가볍게 꼬리를 살랑거리며 먹이를 먹었다.

"가까스로 한 마리 찾았네요."

"또 한 마리 왔네요."

안 약사가 2층으로 통하는 계단을 가리켰다. 턱시도 고양이가 계단이 아니라 난간을 타고 어슬렁거리며 내려오고 있었다. 난간에서 내려오진 않았다. 끝에 쭈그리고 앉아 감시하듯 안 약사와 나영을 노려볼 뿐이었다. 이걸로 끝이었다. 다른 고양이들은 더는 돌아오지 않았다.

"이상하네요. 어제는 잘 나타났었는데."

어제 나영이 왔을 땐 고양이들이 자연스레 다가왔었다. 그런데 대체 오늘은 왜 그 자연스러운 일이 안 되는가 의아했다. 나영은 어제와 오늘, 다른 점이 무엇인가 생각했다. 어제 나영은 거실 문틈으로 들어왔다. 그대로 거실에 와서 피아노의 건반을 쳤다. 그러자 고양이가 차례로 모습을 드러냈다.

"생각해 보니 어제 피아노 건반을 치자 여기저기서 고양이가 모습을 드러냈었어요. 어쩌면 이 고양이들, 피아노에 반응하는 건 아닐까요?"

"가능할 수도 있겠네요. 작곡가의 고양이니까."

안 약사는 나영의 말에 고개를 끄덕였다. 그랜드 피아노로 다가가며 말했다.

"그렇다면, 조금 실례해야겠군요."

안 약사가 피아노 의자에 앉았다. 양손을 건반 위에 올렸다. 두 눈을 감았다. 잠시 그대로 있다가 건반을 치기 시작했다. 안 약사가 건반을 두드리고 얼마 지나지 않아, 나영은 곡의 정체를 알았다. 조금 전 차를 타고 올 때 들은 재즈였다.

"설마 아까 그거, 안 약사님 음반이에요?"

"예, 뭐. 취미로."

"취미 수준이 아닌데요?"

나영은 순수하게 감탄했다. 그러고 보니 안 약사는 새벽에도 악보를 보자마자 연주해냈다. 그것 역시 음반을 낼 정도의 실력자이기에 가능한 일이 아니었을까.

안 약사의 연주가 시작되고 얼마 지나지 않아 고양이들이 다가왔다. 가장 먼저 아는 체를 했던 흰 고양이, 노랑 얼룩 고양이, 검은 고양이에 이어 양 눈 색이 다른 페르시안고양이와 회색 고양이가 나타났다. 마지막으로 나타난 건 상당히 덩치가 큰 검은 얼룩 고양이였다. 이 검은 얼룩 고양이는 한쪽 귀가 없고 꼬리가 반쯤 잘려져 있었다.

피아노 곳곳에 자리 잡은 고양이들은 누가 시키지도 않았는데 안 약사의 연주에 따라 야옹야옹 노래를 불렀다. 안 약사는 고양이들의 합창에 기분이 좋은 듯 흥겹게 재즈를 연주했고, 나영 역시 기분 좋게 그 광경을 즐길 수 있었다.

안 약사가 연주를 마쳤다. 나영은 작게 손뼉을 쳤다.

"훌륭한 연주예요."

연주가 끝났는데도 여전히 고양이들은 그 자리에 있었다. 아니, 연주를 마친 안 약사를 무척 반기며 살을 붙이고 앉아 떨어지지 않았다. 개중 가장 늦게 돌아온 덩치 큰 검은 얼룩 고양이는 안 약사의 무릎에 앉아 하품하기도 했다.

안 약사는 대답 대신 잠시 생각에 빠진 표정으로 고양이들을 바라보더니, 다시 건반에 손가락을 갖다 댔다. 나영도 알 수 있는 음을 차례로 눌렀다. 단순한 음계였다. 도부터 도까지 이어지는 단순한 음계. 안 약사가 건반을 칠 때마다 고양이들이 아까처럼 따라 울었다.

도 야옹

레 야옹

미 야옹

파 야옹

솔

라 야옹

시 야옹

도 야옹

"제 기분 탓일 수도 있지만 말입니다."

안 약사가 음계를 거꾸로 차례대로 쳤다.

도 야옹

시 야옹

라 야옹

솔

파 야옹

미 야옹

레 야옹

도 야옹

"실종된 건, 제이디 님만이 아닌 것 같네요."

"솔을 칠 때만 고양이가 울지 않는군요."

나영도 안 약사가 하려는 말을 눈치챘다.

"어쩌면, 이 악보에 솔이 없는 것 역시 그 이유일지도 모르겠습니다. 솔을 의미하는 고양이가 사라져서 악보에 불협화음이 가득해졌을 수도."

"안 약사님의 말은, 솔이라는 고양이가 사라져서 그 고양이를 찾으려고 장진구씨가 집을 나갔다는 말이 되나요?"

"그렇습니다. 거실의 조금 열린 문. 어쩌면 그건, 집 나간 고양이가 돌아올 수 있도록 열어놓은 문이 아니었을까요. 그 고양이는 제이디 님의 뮤즈였을지도 모릅니다. 솔을 의미하는 뮤즈, 그가 없으면 솔이 들어간 곡을 작곡하지 못할 정도로 중차대한 문제가 생겼을지도 모르죠. 아니라면 5년이나 칩거한 작곡가가 갑자기 집을 나갈 리 없지 않겠습니까."

나영은 상상했다. 지난 5년간 단 한 번도 집 밖으로 나가지 않았던 장진구가 고양이를 찾아 헤매다가 길을 잃어버리는 광경을. 그러다가 결국 어떤 사고를 당한 채 돌아올 수 없게 되는 모습을. 매우 그럴듯한 추리였다. 하지만, 한 가지 마음에 걸리는 점이 있다.

"5년간 집에서 단 한 발짝도 나가지 않던 사람이 단 한 마리의 고양이가 나갔다고 해서 나머지 여섯 마리를 두고 집 밖으로 나갈까요? 그게 정말 가능할까요?"

"저는 가능할 것 같습니다. 불협화음은 그만큼 불쾌하거든요."

나영은 안 약사의 말에 완벽하게 동의할 수 없었다. 하지만 방향은 바로 잡았다는 느낌이 들었기에 눈을 감았다. '고양이'에 집중해 지금껏 본 집안의 모든 것을 다시 훑었다. 2층의 창고 방, 서재, 허름한 침대, 그리고 집안 곳곳에 놓여 있었던 수없이 많은 고양이 액자들과 지나치게 많은 먹이 그릇들.

"일곱 마리가 아니었군요."

그러자 나영은 깨달을 수 있었다. 자신이 착각한 사실을.

"70마리. 장진구 씨가 키우던 고양이는 총 70마리였습니다."

나영이 기억을 되새겨 확인한 집 곳곳에 붙어 있었던 고양이 액자들. 다시 보니 액자마다 고양이의 생김새가 모두 달랐다. 그 숫자는 총 70마리였다.

"10음계라."

안 약사가 피아노의 건반을 내려다보았다. 가장 아래 건반부터 시작해 위 옥타브로 올라가며 말했다.

"일곱 마리가 하나의 음계, 일흔 마리라면 열 개의 음계, 그 고양이가 동시에 운다면, 그 소리를 악보로 옮길 수 있다면, 하나의 오케스트라가 되기에 충분하겠습니다. 그런데 지금 남은 고양이는 단 여섯 마리."

안 약사의 손가락이 가장 높은 음까지 도달했다. 안 약사는 다시 반대 방향으로 손가락을 움직이며 말을 이었다.

"일곱 마리 고양이가 남았을 때까지 제이디 님은 움직이지 않았습니다. 하지만 한 마리의 고양이가 더 사라져 이제는 하나의 음계조차 이루지 못하게 되자 참을 수 없게 되었습니다. 그래서 제이디 님은 집을 나갈 수밖에 없었습니다."

마지막, 가장 낮은 음까지 친 안 약사는 다시 제이디가 남긴 악보의 곡을 치기 시작했다.

"불완전한 음계로는 음악을 만들 수 없었기에 자리에서 일어나 뮤즈를 찾기 위해 집을 나갈 수밖에 없었던 거죠. 제이디 님이 악보에 적은 제목 '나를 찾아주세요', 여기서 '나'는 고양이가 아니었을까요."

불협화음과 섞인 고양이들의 울음소리는 "나를 찾아주세요"라고 말하는 고양이의 비명처럼 들렸다.

장진구의 집에서 조금 떨어진 곳엔 통복천이 흐른다. 낮이고 밤이고 평택 시민들이 애용하는 산책로다. 별명은 바람길이다. 심할 때면 맞바람이 폭풍처럼 휘몰아치는 탓이다.

나영과 안 약사는 바람길 중간에 서서 맞바람을 맞고 있었다. 그러다가 누군가 지나가면 재빠르게 잡고 핸드폰의 사진을 보여주었다.

"혹시 이런 사람 못 보셨나요?"

물론, 나영과 안 약사가 보여주는 사진 속 인물은 장진구다. 사람들은 대부분 슬쩍 보고 못 봤다고 하고는 지나쳤다. 보통 여기까지가 탐문수사의 끝이다. 이번엔 달랐다. 나영과 안 약사는 그냥 지나치려는 사람들을 붙잡고 한 가지 더, 질문을 던졌다.

"이 근처에 고양이 밥 주는 곳이라던가, 아시나요?"

"고양이 밥이요?"

"네, 캣맘이라던가."

장진구는 단순한 실종이 아니다. 사라진 고양이를 찾아 나갔다가 실종됐다. 그렇다면, 장진구가 어떤 식으로 고양이를 찾았겠는가를 생각하며 다니면 그의 발자취를 좇을 수 있다. 나영과 안 약사는 장진구가 했을 법한 일을 하고 있었다. 통행량이 많은 통복천을 따라 걸으며 만나는 시민마다 장진구와 고양이에 관해 묻는 것.

한 시간 넘게 통복천을 중심으로 탐문을 계속한 결과, 나영과 안 약사는 성과를 거둘 수 있었다. 장진구를 본 사람은 드물었으나 고양이 밥 주는 곳을 아느냐, 캣맘을 아느냐고 묻는 말엔 답이 꽤 돌아왔다. 특히 개를 산책시키는 사람들이 친절했다. 흰색 푸들과 회색 푸들을 동시에 산책시키던 부부는 "고양이를 잃어버리셨나 봐요?"라고 묻더니 말했다.

"저희도 고양이 키워서 알아요. 갑자기 집 나가면 눈앞이 다 캄캄하죠."

나영은 적당히 대꾸하며 캣맘의 전화번호를 받았다. 바로 전화를 거는 사이, 안 약사가 부부에게 맞장구를 쳐줬다.

"그렇죠, 깜짝 놀라죠."

"얼마나 놀라셨으면 부부가 같이 나와서 이러고 계실까."

"네, 많이 놀랐어요…. 부부요?"

"어서 애기 찾으심. 좋겠어요."

"아, 예."

안 약사는 얼결에 맞장구를 친 후 머쓱한 표정으로 뒷머리를 긁었다.

"근처 아파트단지에 사신다네요. 마침 고양이 밥 주러 나가실 거라고 잠깐 만나주신답니다."

그러는 사이 나영이 통화를 끝냈다.

"부부라. 부부로 보인다."

안 약사는 나영의 말에 대답 대신 혼잣말을 계속했다. 약간 얼굴이 풀어진 것도 같았다.

"안 약사님?"

"아, 예! 예!"

나영이 한 번 더 부르자 안 약사가 정신을 차렸다. 나영은 그런 안 약사가 이상하다는 듯 바라보며 어서 가자고 채근했다.

캣맘이 사는 아파트는 통복천을 따라가다 보면 나타나는 고층 아파트단지 중 한 곳이었다. 캣맘은 이런 아파트단지와 통복천 바람길 사이에 있는 작은 산책로 부근에 앉아 고양이 밥과 물을 주고 있었다.

나영과 안 약사가 도착했을 땐 벌써 고양이 두세 마리가 먹이와 물을 마시고 있었다. 나영은 고양이들의 생김새부터 확인했다. 사라진 고양이들과 전혀 다른 고양이었다. 나영은 안 약사에게 가볍게 고개를 저어 보인 후 캣맘에게 말을 걸었다.

"사람을 찾고 있는데요."

나영과 안 약사가 캣맘에게 장진구의 사진을 보였다.

"혹시 최근 이런 분 못 보셨나요?"

"기억나요."

캣맘은 바로 장진구를 떠올렸다.

"고양이를 잃어버렸다고 혹시 못 봤냐고 물어보셨어요."

"그게 언제쯤인지 기억나세요?"

"저쪽 공원 갔을 때니까…. 잠시만요. 한 번 제가 볼게요."

캣맘은 핸드폰을 꺼내더니 캘린더를 찾아 펼쳤다. 그곳에는 요일별로 다른 공원과 장소의 이름이 적혀 있었다.

"여러 곳을 다니며 밥을 주시나 봐요?"

안 약사가 살짝 말을 붙였다.

"아, 예. 저희 커뮤니티가 있어서요. 돌아가면서 당번을 해요."

"꽤 숫자가 많은가 보죠?"

"멤버는 많아요. 백 명도 넘는데, 실제로 밥 주는 봉사를 하는 사람은 얼마 안 돼요. 열 명이나 되나. 아, 여깄다. 12일 전이네요."

12일 전. 안 약사가 마지막으로 장진구와 연락이 끊겼을 때와 일치한다.

"혹시 이야기 나누신 것 중에 기억나시는 거 있을까요?"

"뭐 별다른 건 없었어요. 밥 주는 장소 알려드리려고 했는데, 이미 알고 계셨어요. 저랑 만나기 전에 다른 캣맘 만나서 공유받았다고 하더라고요."

"그 캣맘분이 누군지 알 수 있을까요?"

"글쎄요, 그것까지는…."

"알아봐 주실 수 있을까요? 혹시?"

"일단 물어보긴 할게요. 저희 모임 단톡방이 있거든요. 잠시만요."

캣맘은 핸드폰으로 한 단톡방에 접속했다. 단톡방에 장진구의 사진을 올리고 누군가 본 사람이 있느냐는 글을 올렸다. 나영과 안 약사는 초조하게 답이 오길 기다렸다.

10분이 지나도록 답이 없었다.

캣맘이 미안해했다.

"밤이 늦어서 다들 안 보나. 그렇진 않을 텐데. 제가 나중에 따로 연락드릴까요? 이만 돌아가시는 게… 어, 떴다."

단톡방 알람이 떴다. 두 명의 캣맘이 장진구를 만났다고 말했다. 나영과 안 약사는 각기 캣맘에게 전화를 걸어 혹시 잠깐 만날 수 있을지, 안 되면 장진구에 대한 이야기를 아무거나 들을 수 있을지 물었다. 그 결과, 두 캣맘에게서 장진구를 만났을 때의 상황에 대해 들을 수 있었다. 대화 내용은 별것 없었다. 두 캣맘 중 한 명에게서 밥 주는 곳 리스트를 받았다는 사실만 확인했을 뿐이었다. 나영과 안 약사는 약간 실망했다. 하지만 밥 주는 곳 리스트를 받았으니 리스트의 장소를 차례로 훑다 보면 단서를 좀 더 얻을 수 있을 것도 같았다.

"도움이 안 된 것 같아서 괜히 미안하네요."

"아닙니다. 너무 큰 도움이 됐습니다."

"그건 그렇고 애들이 너무 안 오네요."

캣맘이 남은 고양이 밥과 물을 보며 말했다.

"평소엔 열 마리쯤 오거든요. 그런데 점점 줄어서 요즘엔 세 마리가 전부예요. 대체 어떻게 된 건가 몰라."

이곳뿐만 아니라 캣맘이 밥을 주는 곳마다 고양이 수가 많이 줄었다고 한다.

"통복천 근처엔 들개가 많아요. 들개가 고양이나 오리를 잡아먹고 하기는 하는데, 그래도 이렇게 줄어든 건 처음이에요."

고양이가 줄어들고 있다.

나영은 이 말이 마음에 걸렸다. 사라진 장진구 역시 고양이가 줄어들어 집을 나가게 된 거였으니까. 나영과 안 약사가 흥미를 보이자, 캣맘이 커뮤니티 주소를 알려주었다. 나영과 안 약사는 리스트의 다음 장소로 이동하며 커뮤니티에 올라온 글들을 확인했다.

평택 캣맘 커뮤니티에는 다양한 장소에서 밥을 주는 캣맘들의 이야기와 그와 관련된 사진들이 아기자기하게 올라와 있었다. 그런 글 중에는 확실히 '고양이가 사라졌다'라는 글을 많이 발견할 수 있었다. 자주 밥 주는 고양이뿐만 아니라 집에서 키우던 고양이가 나간 후 돌아오지 않는다는 글도 꽤 보였다.

"보통 고양이가 이렇게 많이 없어지나요?"

나영이 안 약사에게 핸드폰 화면을 보여주며 물었다.

"고양이들이 외출이 잦긴 하죠. 하지만 대부분 돌아와요. 풀어놓고 키우는 고양이들은 특히 밥때가 되면 꼬박꼬박 집에 오는데, 이건 좀 심한 것 같습니다."

"장진구 씨의 고양이가 사라진 것과 연관이 있다고 봐도 될까요?"

"네, 저는 가능성이 있다고 봅니다."

나영은 안 약사의 말에 고개를 끄덕인 후 다시 커뮤니티의 글을 빠르게 읽어 내리는 데 집중했다. 그러는 사이 나영의 핸드폰으로 전화가 걸려 왔다. 이경이었다. 나영은 이경의 전화를 보고 나서야 현재 시각을 깨달았다. 자정이 가까웠다.

나영은 저도 모르게 한숨을 내쉬었다.

"싫은 상사 전화예요?"

안 약사가 핸드폰을 흘깃 보며 물었다. 나영은 어떻게 설명해야 할지 난감했다. 잠시 고민하다가 일단 전화를 받았다.

"김나영입니다."

"왜 아직도 평택이야!"

이경은 전화를 받자마자 소리를 질렀다.

"죄송합니다. 이쪽 일이 길어져서….."

"변명 필요 없고 그래서 어쩔 건데! 지금 파파 애들이 홍대에 떴다는데 이 상황 어떻게 책임질 거야!"

하아.

나영은 자기도 모르게 한숨이 나왔다.

"지금 나영 씨, 한숨 쉬었니?"

"아닙니다."

"와, 내가 아주 우습게 보였구나? 나는 나름 자기 생각해서 좋은 마음으로 이 제안한 건데, 자기는 내 말을 아주 엿으로 들었구나? 그래, 그렇게 나가. 파파 애들 놓치면 다 자기 탓이야. 나 그렇게 말할 거야. 알았어?"

"아닙니다. 제가 당장….."

"평택에서 날아올 거니? 뭘 당장 어쩌려고? 어떻게 할 거냐고!"

이경의 고함은 5분간 계속됐다. 나영은 계속해서 죄송하다, 늦게라도 가서 홍대 부근을 순찰하겠다는 말만 하다가 전화를 끊었다.

나영이 전화를 끊은 후 다시 한번 길게 한숨을 내쉬었다.

"괜찮아요?"

안 약사가 조심스레 물었다.

"상사분이 많이 화가 나신 것 같은데. 저 때문에 뭔가 문제 생긴 거 아니에요? 그럼 이만 돌아가죠. 장진구 씨 일은 제가 혼자 어떻게 해볼게요."

"아닙니다."

나영은 억지웃음을 지으며 말했다.

"하던 건 마저 해야죠. 조금이라도 더 훑어보고, 그래도 안 되면 평택 경찰에 넘기죠."

안 약사는 나영의 말에 뭔가 말하려다가 입을 다물었다. 고개를 작게 끄덕인 후 조용히 리스트의 다음 장소로 차를 몰았다.

그곳은 분지를 둘러싸고 만들어진 작은 공원이었다. 아파트 사이에 있는 공원에는 종이로 지은 고양이 집도 두 개나 있었다.

공원 벤치에 교복을 입은 남학생이 앉아 있었다. 남학생 무릎 위에는 새끼고양이가 앉아 있었다. 턱시도 고양이는 남학생의 무릎 위에서 가르릉거리다 나영과 안 약사가 다가오자 놀라 몸을 일으켜 사라졌다.

"미안하다."

안 약사가 남학생에게 말을 걸었다.

"놀라게 한 것 같네."

"아니에요, 잘하셨어요."

남학생이 뜻밖의 말을 했다.

"길고양이는 겁이 많고 경계심이 많아야 해요. 아니면 이상한 놈들이 잡아갈 수 있으니까."

그렇게 말하는 남학생의 표정은 상당히 어두웠다. 나영은 뭔가를 느꼈다.

"이상한 놈들이 잡아간다니, 꼭 그런 일을 본 것 같네?"

안 약사 역시 같은 걸 느낀 듯 조심스레 말을 붙였다.

"전에 한 번, 봤어요."

남학생의 집에서는 고양이를 키우지 않는다. 그 때문에 이곳에서 길고양이를 돌보는 게 남학생의 낙이다. 남학생 외에도 근처 스터디카페에 다니는 몇몇 학생들이 종종 이곳에서 고양이들을 돌봐준다. 그러다 보니 이곳 공원의 고양이들은 유독 사람을 잘 따르게 되었다. 이런 남학생이 문제의 고양이 납치광경을 목격한 건 두 달 전의 일이었다.

이날 남학생은 시험 전이라서 밤샘하고 있었다. 새벽 두 시까지 스터디카페에서 공부하다가 잠깐 바람을 쐴 겸 공원에 나왔다. 나온 김에 고양이들하고 조금 놀다 갈 셈이었다. 그런데 남학생보다 먼저 고양이들을 보러 온 사람이 있었다. 후드티를 입고 야구 모자를 쓴 키가 큰 남자였다. 검은 마스크를 써서 얼굴이 거의 보이지 않았다. 남자가 고양이를 부르자, 고양이는 아무 의심 없이 무릎에 냉큼 올라왔다.

남학생은 자신처럼 고양이를 돌봐주는 사람이구나 싶었다. 다가가 말이라도 붙여볼까 했다. 고양이 좋아하는 사람들은 대부분 말이 잘 통하니까. 그런데 이 남자는 고양이를 무릎에 앉히는가 싶더니 갑자기 한 손으로 꽉 쥐어 냉큼 검은 봉지에 집어넣었다. 입구를 꽉 조이고는 그대로 들고 가버렸다. 남학생은 자신이 뭘 잘못 본 건가 싶었다. 고양이를 검은 봉지에 넣다니, 숨도 못 쉬게 그대로 매듭을 지어버리다니 무슨 짓인가. 마음 같아선 당장 달려들어 고양이를 내놓으라고 하고 싶었다. 하지만 겁이 났다. 남자는 남학생보다 덩치가 훨씬 컸다. 소리를 지르거나 하면 오히려 해코지할 것 같았다.

"고양이 사냥꾼일 수도 있으니까요."

최근 여러 지역에서 고양이 사냥꾼들이 문제시되고 있다. 여러 지역에서 고양이를 잡아다 학대하고 괴롭히는 끝에 죽이는가 하면, 그러한 영상을 SNS에 공유하는 등의 행동도 거듭 일어나고 있다. 이런 사건이 일어날 때마다 청와대에 국민청원이 올라오곤 하지만, 학대 행위 자체는 멈추지 않는 실정이었다.

남학생은 바로 112에 신고했다. 경찰이 출동했다. 남학생의 이야기를 들은 후 순찰을 강화하겠다는 말은 했지만, 문제의 남자를 잡겠다는 말은 하지 않았다.

"그건 납치가 아니니까. 키우려고 데려간 걸 수도 있지 않겠냐고 하는 거예요. 저는 그럴 리 없다고 했는데 밤이라서 잘 안 보여서 그럴 수 있지 않겠냐고 오히려 묻더라고요."

이후 순찰은 강화됐다. 그 덕인지 문제의 남자가 다시 나타나는 일은 없었다. 납치된 고양이 역시 돌아오지 않았다.

"그래서 요즘엔 이 녀석들한테 사람을 무서워하라고 가르치는 중이에요. 그래야 내가 없을 때, 이상한 사람이 나타나도 도망칠 수 있으니까."

사람을 따르는 고양이. 그래서 귀여움을 받는 고양이. 그런 고양이에게 사람을 무서워하라고, 경계하라고 가르치는 일은 상당히 힘든 일이리라.

"혹시 이 이야기를 다른 사람에게 한 적이 있어?"

"네, 몇 번."

"그중에 이 사람도 있었니?"

나영은 장진구의 사진을 남학생에게 보이며 다시 한번 물었다. 남학생은 잠시 보다가 고개를 흔들었다.

"저는 친구들한테만 했어요. 이 사람이 누군데요?"

"고양이를 잃어버린 사람이야."

"많이 힘들겠네요."

남학생은 그렇게 말하며 조금 전 새끼고양이가 사라진 수풀을 바라보았다.

"고양이를 잃어버리는 건 정말, 힘든 일이에요."

만약 장진구가 64마리의 고양이를 잃어버렸다고 말한다면, 남학생은 어떤 표정을 지을까.

남학생은 장진구를 만난 적이 없다고 했지만, 이런 종류의 소문은 잘 퍼지는 법이다. 장진구가 문제의 남자 이야기를 들었을 가능성은 커 보였다.

고양이를 납치하는 남자의 이야기. 그 이야기를 들은 장진구의 머릿속엔 딱 하나밖에 떠오르지 않았으리라.

나의 뮤즈, 64마리 고양이도 어쩌면.

"제이디 님은 고양이 사냥꾼을 쫓고 있는 걸까요?"

"그런 거라면 다행이죠."

나영은 남학생이 보여준 사진 속 인물을 뚫어져라 바라본 후 몸을 벌떡 일으켰다. 한시의 망설임도 없이 근처 도로에 방치된 퀵보드를 잡아 코드를 찍고 올라탔다.

"장진구 씨가 혼자 고양이 사냥꾼을 쫓다가 그를 만났다면 무슨 일이 일어났을지 모릅니다. 지금까지 찾을 수 없는 걸 보면, 이미 그를 만나 봉변당했을 가능성이 커요."

"나영 씨, 서울 가서야 한다면서요."

안 약사가 퀵보드의 손잡이를 잡아, 막았다.

"장진구 씨는 벌써 실종된 지 12일이 지났어요."

나영은 안 약사의 손을 뿌리쳤다.

"사건에 휘말렸을 가능성이 큽니다. 그러니 한시라도 바삐 그를 찾아야 합니다. 어떻게든, 해야 해요."

나영은 바로 퀵보드를 출발시켰다. 안 약사는 어쩔 줄 몰라 하다가 결국 옆에 있던 다른 퀵보드를 타고 나영의 뒤를 쫓았다.

나영은 바로 스캔을 시작했다. 최근에는 성과가 전혀 없었기에 큰 기대는 하지 않았다. 마음이 급해서 이렇게라도 해보자, 하는 마음이었을 뿐이다. 나영은 대부분 일직선으로 난 도로를 빠르게 스쳐 지나가며 오감을 집중시켰다. 단 하나의 냄새, 소리, 무엇 하나 놓치지 않으려고 노력했다.

평택은 도로가 대부분 평지로 주택단지의 구역이 잘 나뉘어 있었다. 밤이라 쓰레기를 내놓은 집이 많았다. 아마 오늘이 이 지역의 쓰레기 수거 날인 모양이었다. 쓰레기 냄새는 대부분 비슷했다. 그런데 평택 법원 주변 주택지역에서 자꾸 이상한 냄새가 났다. 그 냄새는 빌라에서 내놓은 쓰레기가 모인 곳마다 거의 동일하게 나고 있었다.

나영은 다섯 번 연속 같은 냄새를 맡자 퀵보드를 멈췄다. 문제의 냄새가 나는 전봇대 아래 쓰레기가 모인 곳으로 다가 갔다.

안 약사는 나영이 한참 맨손으로 쓰레기를 뒤져 원인을 찾아냈을 때야 나타났다.

"뭐 찾았어요?"

나영은 대답 대신 쓰레기 봉지를 뒤적이다가 발견한 검은 봉지를 들어 보였다. 그러고 나서 검은 봉지의 내용물을 확인했다.

죽은 고양이였다.

장진구의 고양이인지 확인할 수는 없었다. 털 때문이 아니다. 생김새가 흔해 빠졌기 때문도 아니다. 본래의 생김새를 알아볼 수 없을 정도로 참혹하게 고양이를 해부한 탓이다.

안 약사가 급히 고개를 돌렸다. 연이어 오바이트하는 소리가 났다. 나영은 천천히 몸을 일으켰다. 주변을 두리번거리다 허공의 한 지점에서 시선을 고정했다.

그곳엔 CCTV가 있었다.

나영은 문제의 비닐봉지를 든 채 전화를 들었다. 112를 눌러 평택 경찰에 신고한 후, 문제의 CCTV 감식을 요청했다.

그 후로 일사천리였다.

나영의 제보를 받자마자 근처 지구대에서 제복 경찰 몇 명
이 출동했다. 현장 감식을 진행하는 것과 동시에, CCTV 영
상을 확보했다.

한 시간 전, 회색 후드티를 입은 키가 큰 남자가 문제의
쓰레기봉투를 전봇대 밑에 버렸다. 그 봉투를 발로 툭 찬 후,
몸을 돌려 돌아갔다.

나영은 출동한 경찰에게 남학생이 준 사진을 보였다. 얼핏
보기에 동일인으로 보였다.

남자가 사는 곳은 쓰레기를 버린 곳에서 얼마 떨어지지 않
은 곳의 신축 빌라였다. 나영과 안 약사는 경찰과 함께 남자
의 집으로 향했다. 본래라면 나영은 수사에 개입할 명분이
없었다. 하지만 평택 경찰은 그런 걸 따지지 않았다. 서울과
달리 지방은 그렇게까지 빡빡하지 않은 걸까, 나영은 속으로
생각했다.

새벽 두 시가 조금 넘은 시각, 남자의 집에 경찰이 들이닥
쳤다.

그 남자는 거실에 쭈그리고 앉아 있었다. 한 손에 전기드
릴을 들고 바닥에 누운 고양이를 노려보고 있었다. 그런데
그 얼굴이 기이했다.

쌍꺼풀 수술로 부족해 눈의 앞뒤를 모두 튼 탓에 눈이 지
나치게 컸다. 코도, 입도 크고 윤곽이 뚜렷했다. 보통 이런

형태라면 잘 생겼다는 인상을 받아야 한다. 하지만 그 남자의 얼굴은 이상해 보였다.

본래 그곳에 있어야 할 이목구비가 아니라 그저 잘 나고 괜찮은 것을 억지로 갖다 붙여 균형을 잃은 듯한 느낌을 하고 있었다.

표정 때문일지도 몰랐다.

남자는 고양이를 바라보며 기이한 표정을 짓고 있었다. 눈은 웃지 않았다. 하지만 입은 웃었다. 목소리는 어눌했다. 무언가 말을 하려는데 제대로 나오지 않는 듯 말을 더듬었다. 그 인상은 남자의 덩치와 어울리지 않았다.

남자는 어지간한 남자들보다 몸이 좋았다. 키도 180cm가 넘었다. 평범하다. 아니, 잘난 남자다. 그 손에 전기드릴과 고양이가 있다는 사실을 제외하고는.

잘난 남자가 고개를 돌렸다. 출동한 수많은 사람 중 하필 나영과 눈을 마주쳤다. 살짝 웃었다. 남자는 손에서 벗어나려고 발악하는 작은 고양이에게 드릴을 갖다 대며 말했다.

"잠깐만 기다려주시겠어요? 하던 업무가 있어서요."

물론, 그 업무를 계속하게 둘 수는 없었다. 경찰은 그대로 달려들어 남자를 막았다.

나영은 움직일 수 없었다. 공포로 마비된 탓이 아니다. 남자의 말투 탓이다. 조금 전까지 남자는 말을 우물거렸다. 그런데 나영과 눈을 마주친 후 고양이를 내려다보며 드릴을 움직이는 순간, 말투가 매우 정상적으로 변했다.

자신이 하는 일이 옳다고 진심으로 믿는 사람의 말투였다. 저 남자는 자신이 하는 일은 정의라고, 우리는 그 정의에 따라야 한다고 진심으로 믿고 있었다.

말도 안 되는 소리였다. 이치에 닿지 않는 이야기였다. 하지만 그의 단호함이 반드시 이것이 옳다고 생각하는 고집과 기력이 나영을 압도했다.

나영을 정신 차리게 한 건 고양이의 비명이었다.

경찰의 손에 가까스로 구출된 고양이는 그 남자가 내는 소리가 음악이 아니라고, 그것은 불협화음조차 될 수 없는 지독한 소음에 불과하다고 나영을 일깨우고 있었다.

나영과 안 약사는 관련 조서를 꾸미기 위해 평택경찰서로 이동했다. 그곳에서 만난 강력팀 형사에게 어떻게 남자에 대해 알게 되었는가, 일련의 과정을 설명하는 동안 여러 가지 정보가 들어왔다.

남자의 집 작은 방에서 수많은 숫자의 우리가 발견됐다. 대부분 잡아 온 고양이를 가두는 데 사용했던 것으로 보였으나, 그중 유독 큰 우리가 하나 있었다. 그 안에서 다량의 혈액과 살점이 발견되었다. 정밀 검사 결과는 기다려봐야 하지만, 지금까지 상황으로 보아 인간의 것일 가능성도 있었다.

"그중에 여러분이 찾으시는 분은 없으시면 좋겠네요."

나영에게 이 사실을 알린 건 강력팀 팀장 함민이었다. 함민은 새벽 시간에도 양복에 구두까지 완벽한 차림으로 나타났다.

함민은 같은 경찰에게 안 좋은 사실을 전하는 게 어지간히 거북했는지, 한손에 쥔 지포 라이터 뚜껑을 열었다 닫았다 계속 반복했다.

"그나저나 이 사건을 하룻밤 만에 해결하신 거군요?"

"운이 좋았습니다."

"그렇습니까. 소속이 서울 마포경찰서 민원봉사실이시네요?"

"네."

"형사가 될 생각은 없으십니까?"

"네?"

"지방은 늘 일손이 부족하거든요."

함민이 주머니에서 무언가 꺼냈다. 나영은 담배일 거라고 생각했다. 하지만 아니었다. 함민은 담배 대신 명함 한 장을 꺼내 나영에게 건넸다.

"한 번 진지하게 생각해 주십시오."

조사는 새벽이 되어서야 끝났다. 함민은 추가 조사 결과가 나오는 대로 연락을 주겠다며, 협조에 감사하다고 정중하게 몸을 굽혀 말했다.

안 약사는 경찰서 근처 유흥가에서 24시간 운영하는 해장 국집을 찾아냈다. 나영은 전혀 시장기가 없었다. 반년 만에 만난 현장은 생각보다 훨씬 나영의 감각을 날카롭게 세웠다. 그 때문에 나영은 평소보다 더 많이 다양한 것들을 온몸으로 빨아들이고 있었다.

나영은 이 모든 것을 또 잊지 못 하리라. 특히 악몽의 근원이 될 것은 새벽에 보았던 참혹한 현장이리라. 나영은 며칠이나 잠을 못 자야 문제의 현장에 익숙해질지, 잠들어도 악몽을 거듭하는 일에서 벗어날 수 있을지 생각하며 신경을 가라앉히려 노력했다.

해장국이 나왔다. 안 약사가 수저통의 수저를 골라 짝을 맞춰서 나영의 앞에 놓아주었다. 뜨거운 밥그릇의 뚜껑을 열어 나영의 앞에 놓더니 말했다.

"식기 전에 드세요. 많이 피곤하시죠."

숟가락을 손에 들었다. 해장국 국물을 한 숟갈 떠서 입에 갖다 댔다. 뜨거운 국물이 입안에 들어가는 순간 긴장이 함께 녹아내렸다. 급격히 식욕이 돌아왔다. 나영은 허겁지겁 해장국을 먹어 치웠다. 희한한 일이었다. 감각의 날이 서면 나영은 아무것도 먹을 수 없다. 잠을 못 잔다. 그래도 피곤함을 전혀 느끼지 않는다. 그런데 오늘은 너무 쉽게 긴장이 풀렸다.

왜일까. 어째서 이렇게 쉽게.

나영과 안 약사는 후식으로 즉석커피를 뽑아서 나왔다. 차를 세워놓은 곳까지 이번엔 택시로 이동했다. 차에 탄 후 다시 장진구의 집으로 향했다. 둘은 장진구의 집에 들러 고양이 6마리를 차에 실었다.

이제 서울로 돌아갈 시간이다. 안 약사가 다시 운전대를 잡으려고 했다. 나영이 하려고 했지만 안 약사가 단호하게 거부했다.

"나영 씨는 좀 주무셔야 해요."

나영은 일단 호의를 받아들였다.

"조금이라도 졸리는 것 같으면 바로 바꿀 거니깐요."

"네, 네."

차를 출발하고 얼마 지나지 않아 나영의 핸드폰이 울렸다. 전화를 건 상대는 이경이었다.

"아까 그 상사분이네요."

"상사 아니에요."

"하지만 나영 씨 말투는 상사를 대하는 거 같았는데요."

"제가 그랬나요?"

이 말에 나영은 잠시 생각했다. 그러고 보니 나영은 전화하는 내내 대부분 죄송합니다, 시정하겠습니다. 같은 말만 했다. 왜 그랬을까.

나영은 가만히 핸드폰 화면을 노려보다가 전화를 받지 않았다. 무음으로 돌린 후 무시했다.

"그러셔도 됩니까?"

"네, 그래도 됩니다."

이경의 전화는 끊이지 않았다. 계속해서 울렸다. 화면이 계속 밝아졌다 어두워졌다 했다. 나영이 전화를 받지 않자 메시지 폭탄을 보내왔다.

– 너 왜 전화 안 받아. 어디야.

– 내가 아주 우습게 보이지.

– 아직도 평택이네. 장난해?

– 너 때문이야. 너 때문에 파파 놓쳤어. 정보 전혀 못 찾았어.

– 어, 이제 서울 오네. 너 두고 봐. 내가 갈아 마실 거야.

메시지가 멈춘다 싶으면 전화가 왔다. 연이어 음성메시지도 새로 생겼다. 듣지 않아도 내용은 예상이 되었다.

이경의 메시지가 쌓일수록, 나영은 점점 차분해졌다. 이제 냉정하게 상황을 파악할 수 있었다. 이경이 자신에게 일거리를 주겠다고, 도와준다는 마음으로 일을 부탁한 것까진 좋았다. 하지만 그 후 이경은 어쩐지 고자세를 보였다. 게다가 연락할 때마다 윽박지르고 겁을 줬다. 처음 이경이 그랬을 때, 나영은 자신이 뭔가 잘못해서 그런가 보다 생각하고 참았다. 그 후 이경의 행동은 점점 심해졌다. 어쩌면 그때 나영이 고분고분하게 받아들인 게 나쁠 수도 있었다.

더불어, 한 가지 마음에 걸리는 것이 있었다. 나영은 단 하루 만에 장진구를 납치, 살인한 것으로 추정되는 남자를 검거하는 데 성공했다. 생각해 보면 나영은 예전부터 이 능력을 이용해서 속전속결로 많은 범인을 검거해 왔다. 그 덕에 파격적인 승진을 거듭했다. 이런 나영이 일주일 넘게 홍대 일대를 샅샅이 돌아도 파파의 흔적을 전혀 찾을 수 없었다.

뭔가 이상하다.

나영은 끊임없이 울리는 자신의 전화를 방치한 채, 안 약사의 전화를 빌렸다. 오랜 시간 연락하지 않았던 이에게 전화를 걸었다.

"마포경찰서 강력1팀 정의정."

"저예요, 선배님."

"전화 바꾸셨습니까, 팀장님?"

"이제 아니잖아요. 그냥 편하게 대하세요."

"그래서 전화를 바꾸셨습니까?"

나영은 정의정의 눈 하나 깜짝 안 하는 듯한 태도에 안도감을 느끼면서 용건을 말했다.

"한 가지 문의할 게 있는데요. 혹시 '파파'라고 들어보셨어요? 홍대 일대에서 유명하다던데."

"파파요?"

정의정은 잠시 대답이 없더니 덧붙였다.

"피자 이름 말입니까?"

나영은 정의정의 말에 이경에게서 들은 이야기를 그대로 전했다. 정의정은 한참 주의 깊게 듣더니 말했다.

"금시초문이군요. 아무리 극비리에 수사 중이라고 하더라도 이 정도 규모면 저희 귀에 안 들어올 리가 없는데."

"그럼 한 가지만 더 확인 부탁드려요. 혹시 어젯밤에 홍대 쪽 긴급 출동 요청이 나온 적이 있는지 확인 좀 해주시겠어요?"

"어렵지 않죠. 연락은 이 번호로 드리면 되죠?"

"네, 부탁드려요."

5분쯤 지나 다시 정의정의 전화가 걸려 왔다.

"그런 일은 없었다고 합니다. 혹시 몰라 밤 10시부터 새벽 2시까지 기록을 모두 살펴봤는데, 없었습니다."

"감사합니다."

"마지막으로, 팀장님."

"팀장은 아니지만, 말씀하세요."

"앞으로 연락드릴 일 있으면 이 전화번호로 드리면 되죠?"

끈질기다.

"임시 번호입니다. 예전 번호로 연락하시면 됩니다."

"네, 팀장님."

나영은 웃었다. 정의정은 역시 정의정이다. 한 번 팀장이었다고 여전히 팀장이라고 불러준다. 문제는 이런 정의정과 정반대의 인물, 노이경이다. '파파'라는 조직은 애초에 존재하지 않았다. 그런데도 노이경은 나영에게 홍대 일대를 매일 순찰해 달라고 요구했다. 게다가 나영이 안 하면 화를 내고 윽박질렀다. 심지어 핸드폰 위치추적까지 하며 달달 볶았다. 업무상의 이유가 아니었다니, 대체 왜. 왜 그렇게까지 하는 걸까.

나영과 안 약사는 오전 7시쯤 붉은 약국 앞에서 헤어졌다. 안 약사는 고양이를 집에 데려다 놓고 다시 올 거라고 말했다. 나영은 안 약사가 바로 약국 문을 열면 피곤하지 않을까 염려했다.

"나영 씨 만큼은 아니지만, 저도 체력은 자신 있습니다. 매일 춤으로 단련하고 있거든요."

"춤이요?"

"취미 중 하나예요. 언제 보러 오세요."

"취미가 참 다양하시네요."

나영은 가볍게 대꾸한 후 횡단보도 앞에 가서 섰다. 나영은 여전히 전화가 오고 있는 핸드폰의 화면을 바라보며, 슬슬 문제의 장본인과 대면해야겠다고 생각했다.

그런데 바로 그 문제의 노이경이 횡단보도 반대편에서 핸드폰을 든 채 나영을 노려보고 있었다. 나영의 핸드폰을 위치추적하고 있다가 도착한 걸 눈치채자마자 나타난 게 분명했다.

나영은 횡단보도의 신호가 파란불로 바뀌면 건널 셈이었다. 노이경은 아니었다. 무엇이 그리 급한지 빨간불인데도 주변을 살피다 횡단보도로 뛰어들었다. 차들이 경적을 울리며 경고했지만 무시하고 뛰었다. 버스전용 차로를 지날 땐 그나마 덜 위험했지만, 마지막 횡단보도를 무단횡단하기 직전엔 거의 차에 치일 뻔했다.

노이경이 무단횡단 탓에 급정거한 승용차를 바짝 뒤따라오던 택시가 박고 말았다. 흥분한 승용차 운전자와 택시 기사가 거의 동시에 문을 열고 뛰쳐나왔다. 욕설하며 노이경에게 달려들었다. 노이경은 그런 운전자에게 경찰 신분증을 보이며 말했다.

"공무 집행 중입니다. 협조 부탁드립니다."

운전자와 택시 기사는 경찰 신분증을 보고도 불만을 가라앉히지 않았다. 여전히 고함을 질러댔다.

"경찰이면 다야! 민중의 지팡이면 지팡이답게 무단횡단하지 말아야지!"

"대체 그 공무 집행이 뭔데!"

"급하게 검거해야 할 피의자가 있어서 그럽니다. 양해 부탁드립니다."

이경이 무단횡단을 한 건 나영을 보고 흥분해서다. 공무집행과는 전혀 관련이 없다. 그런데도 이경은 너무나 당당하게 거짓말을 하고 있었다. 제복 경찰들이 나타나자 더욱 기세등등하게 이러는 사이에 피의자 도망치면 누가 책임질 거냐고 고함을 질러댔다.

차선 하나가 막힌 바람에 순식간에 교통체증이 생겼다. 뒤따르던 차들이 하나같이 경적을 울려댔다. 거의 동시에 경찰서에서 제복 경찰들이 달려왔다. 이곳이 경찰서 앞인 게 그나마 다행이었다. 제복 경찰들은 바로 상황 정리에 들어갔다.

이경은 제복 경찰이 상황을 정리하는 사이 횡단보도를 마저 건넜다. 다짜고짜 손을 올렸다. 나영의 뺨을 때리려 했다. 나영은 빠르게 그런 이경의 손을 막았다. 이경이 기가 차 했다.

"이것 봐라? 막아?"

"거짓말을 하셨더군요."

"뭐?"

"어젯밤, 긴급 출동은 없었습니다."

"누가 그런 말을 해? 내가 했다잖아?"

"이미 다 확인했습니다."

"글쎄, 아니라니까? 내가 했다면 한 거지 무슨 잔말이 많아!"

"그리고 '파파'라는 조직도 존재하지 않는다던데요. 저한테 보여주신 사진과 자료들은 모두 꾸며낸 거죠?"

"아니래도? 못 믿어? 그럼 나랑 같이 서에 가자. 서에 가서, 우리 과 가서 자료를 보고 따져보자고!"

"가죠."

"뭐?"

"가서 이야기를 제대로 해봅시다. 지금까지 저와 이야기해 왔던 것들, 밤에 움직였던 이야기를 정리해 봅시다."

"와, 나 미치겠네! 대체 왜 이래, 나영 씨! 우리 잘 지내고 있던 거 아니었어? 이건 다 내가 나영 씨를 위해서 한 거라니까?"

"네, 그러니까 여청과 가서 자초지종을 따져보자고요."

갑자기 이경의 말이 끊겼다. 잠시 좌우로 눈을 굴리는가 싶더니 표정을 바꿨다. 조금 전까지 화를 내고 있던 인물이 이제는 생글생글 웃기 시작했다.

"나영 씨, 내가 전화를 좀 많이 하고 심하게 연락해서 약간 짜증이 난 것 같은데 그건 다 내가 갑갑해서 그런 거야. 눈앞에서 파파를 놓쳤다니 내가 환장하지, 안 그렇겠어? 게다가 나영 씨는 연락도 안 돼, 위치를 추적해보니 계속 평택이야. 그래서 내가 전화를 좀 많이 하고 연락하고 그런 거야."

나영은 이경의 장광설을 들으며, 오늘 새벽 검거한 고양이 납치범을 떠올리고 있었다.

장진구를 납치했을지도 모를 남자. 그 남자는 아무 이유 없이 고양이들을 납치했다. 드릴로 머리를 뚫고 해부했다. 사람을 납치했다. 우리에 가두고 괴롭힌 끝에 살해했다. 이경은 가짜 업무를 만들어내고 나영이 그 일을 하도록 만들었다. 매일 밤잠 못 자고 순찰하는 나영을 달달 볶았다.

대체 왜 그랬을까.

"내가 왜 그렇게 평택에 있는지 당신은 계속 따졌죠."

나영이 말했다.

"스토커처럼 연락을 끊임없이 해댔죠. 저는 평택에서 한 남자를 찾고 있었습니다. 12일 전 실종된 45세 장진구씨를. 오늘 새벽, 평택에서 연쇄살인범이 검거됐습니다. 최소 고양이를 50마리 이상 죽였고, 사람 역시 열 명 이상 살해하고 해부했을지도 모를 악랄한 남자입니다. 이 남자가 장진구 씨를 납치하고 살해했을 가능성이 유력합니다. 제가 이 이야기를 처음 접한 건 당신이 존재하지도 않는 조직의 이야기를 한 날입니다. 그날, 당신이 내게 '파파'를 잡으라고 말한 탓에 저는 장진구 씨의 실종 골든타임을 놓치고 말았어요. 당신 탓에 이렇게 됐다고요."

나영의 말에 이경은 서서히 표정을 바꿔 나영의 말이 끝났을 무렵엔 아무 표정도 짓지 않았다. 나영은 이경이 죄책감을 느끼리라 생각했다. 분명 미안해할 줄 알았다. 그런데 나영의 말을 끝까지 들은 이경은 "끝났어?"라고 말했다.

"자기의 그 얼어 죽을 장광설, 끝났냐고."

"끝났다면요?"

"내 입장을 이야기할 차례 맞지? 납치의 골든타임은 48시간. 내가 '파파'의 이야기를 들려준 건 열흘 전이니 이미 골든타임은 끝났을 때야. 즉 그건 내 책임이 아니지. 당신이 장진구 이야기보다 내 이야기가 훨씬 구미에 맞는다고 생각해서 그렇게 된 거니까, 나영 씨 책임이지. 안 그런가?"

나영은 기가 막혀 대답조차 하지 못했다. 그러자 이경은 더욱 의기양양해졌다.

"지금 내 약점 잡았다고 좋아하는 것 같은데, 과연 그래도 될까? 나는 나영 씨 약점을 알고 있는데?"

"제 약점이 뭔데요?"

"자기 불면증. 거의 잠 못 자잖아? 그거 상부에서도 아나? 그런 결점이 있는 사람이 다시 형사 일을 할 수 있을 거로 생각해?"

이경은 여전히 무표정하게 아무런 감정도 없는 표정으로 말을 이었다.

"이번 일 외부에 알려서 나한테 피해 오면 나, 가만 안 있어. 나영 씨 약점 다 까발릴 테니까 알아서 해. 나 죽으면 너도 죽는 거야."

나영은 가공의 사건 탓에 평택에 제때 가지 못했다. 그 탓에 장진구가 죽었을지도 모른다. 이런 이야기를 듣는다면 이경이 미안함을 느낄 줄 알았다. 사과할 줄 알았다. 최소 변명이라도 할 줄 알았다. 아니었다. 이경은 변명도, 사과도, 원인도 이야기하지 않았다. 지금껏 그래왔듯 나영을 겁줬다.

"대체 왜."

나영은 말했다.

"대체 왜 그렇게까지 하세요?"

"미친."

이경은 피식 웃었다.

"너 웃었잖아. 너 내가 말할 때 늘 웃었잖아. 좋다며. 하겠다며. 그러더니 대체 왜 이러는데. 나야말로 묻고 싶다."

그러더니 표정을 바꾸고 소리 질렀다.

"대체 내가 뭘 잘못했다고 이래! 갑자기 막 눈을 뜨고 덤비냐고! 파파는 있다고 하잖아! 분명히 있다고 내가 말하잖아! 아무튼 난 잘못한 거 없어. 그러니까 됐어. 너도 뭐 감정 많았나 본데, 됐어. 더러워. 다시는 만나지 말자."

그러고는 몸을 돌렸다. 아무 일 없었다는 듯 가까스로 정리 중인 횡단보도에 다시 아무렇지 않게 발을 들였다. 이번에도 역시, 무단횡단이었다. 접촉사고 탓에 도로 정리 중이었던 제복 경찰이 그런 이경을 불러 세웠다.

"경위님, 피의자 검거하러 안 가십니까?"

"아, 다른 팀이 검거했대."

이경은 눈 하나 깜짝하지 않고 다시 횡단보도를 무단횡단했다. 보험회사와 대화 중이던 택시 기사와 운전사가 각기 그런 이경을 보고 소리쳤다.

"저 여자! 저 여자 또! 또 무단횡단하네!"

"무슨 경찰이 저래!"

제복 경찰 역시 황당하다는 듯 그런 이경의 뒷모습을 바라보고 있었다. 하지만 이경은 신경 쓰지 않았다. 누가 뭐라고 하든 무단횡단을 해서 길을 건너, 경찰서로 들어가 버렸다.

나영은 지나치게 당당한 이경의 뒷모습에서 다시 혼란을 느꼈다. 정의정을 통해 확인했을 때, 분명 '파파'라는 조직은 존재하지 않았다. 정의정 정도의 경력을 가진 형사가 모른다는 건 확실한 정보다. 하지만 저렇게까지 당당하다는 건 어쩌면…. 나영은 한참 혼자 생각에 빠지다가 퍼뜩 놀랐다. 전에도 이런 식으로 전전긍긍하다가 정신을 차려보니 이경이 하라는 대로 하고 있었다. 그 탓에 장진구의 실종을 늦게 접해 이 지경에 이르지 않았던가.

더는 넘어가지 않겠어.

나영은 마음을 다잡았다. 손바닥으로 자기 뺨을 찰싹 소리 날 정도로 세게 때렸다. 심호흡을 크게 했다. 나영은 횡단보도 앞에 섰다. 신호는 붉은색이었다. 파란색으로 바뀌길 기다렸다가 천천히 길을 건넜다.

그 후 다시는 이경이 나영에게 연락하는 일은 없었다. 우연히 서 내에서 얼굴을 마주쳐도 무표정하게 눈을 마주치고 지나칠 뿐이었다. 나영은 이경을 마주칠 때마다 자꾸만 그가 했던 말들, 행동들을 떠올렸다. 대체 왜 그랬을까. 왜 그렇게까지 나한테 이상하게 굴었을까.

이러는 사이 평택에서 전화가 왔다. 현장에서 감식한 DNA 결과 등을 알리는 전화였다.

"피의자는 계속 묵비권을 행사하고 있습니다. 하지만 장진구 씨의 행방은 밝혀졌습니다."

전화를 걸어온 건 함민이었다. 나영은 평택에 오지 않겠냐던 그의 얼굴, 지포 라이터를 연신 만지작거리던 손을 떠올리며 언제쯤 담배를 피웠을까 궁금해졌다.

"사망했을 가능성이 크겠죠."

"왜 그랬는지는."

나영이 말했다.

"왜 그 사람이 그렇게까지 했는지는 아직 알 수 없겠죠?"

"앞으로 피의자는 조금씩 입을 열 것입니다. 그중에는 살해 동기도 있을 것입니다. 하지만 그것을 신용해도 될까요."

전화 건너편에서 딸깍, 딸깍하는 소리가 났다. 나영의 귀에는 라이터를 켜 담배에 불을 붙이는 소리로 들렸다. 아마 거의 확실할 것이다. 나영은 기억 속의 여러 정보 안에서 이 소리를 비교했으니까.

"첫 살인엔 이유가 있었을 것입니다. 나름대로 납득이 갈 만한 것일 수도 있을 것입니다. 하지만 두 번, 세 번, 대상이 바뀌는 살인, 조금씩 대담해지고 잔인해지는 연쇄살인은 어떨까요. 과연 그런 행위에 어떤 이유가 있을까요. 저는 없다고 생각합니다. 연쇄살인엔 이유가 없습니다. 한 번 하고 나니 두 번째도 하고 싶어서, 그랬을 뿐입니다. 그게 잘못되었다는 생각보다 자신의 '그저 하고 싶다'라는 욕망이 강하니까, 어느 순간에도 자기 자신이 우선이니까, 그 마음을 계속 우선했기에 살인을 쌓고, 또 쌓았을 뿐입니다."

이야기하는 도중, 함민은 낮게 콧김을 내뱉는 소리를 냈다. 나영은 그 소리를 들으며 함민이 담배 연기를 내뱉는 모습을 자연스레 연상할 수 있었다.

"이상한 이야길 늘어놓았군요. 잊어주십시오."

"아닙니다. 도움이 됐습니다. 감사합니다. 뭔가 더 알아내면 연락해 주십시오."

"다음에 연락드릴 땐, 지난번 드렸던 제안에 대한 답변도 듣고 싶군요. 경기도도 나름, 좋습니다."

나영은 짧게 웃으며 전화를 끊었다. 함민이 했던 말을 몇 번이고 되풀이했다. 어느 순간에도 자기 자신이 우선이다. 살인을 쌓고 또 쌓는다. 하고 싶으니까 그저 한다. 희한하게도 이 말들에 이경을 대입해도 그대로 들어맞았다. 어느 순간에도 자기 자신이 우선이다. 거짓말을 한다. 또 한다. 하고 싶으니까 그저 한다. 그렇다면 이경은 살인자와 같은 족속의 인간이라는 걸까.

퇴근한 나영은 붉은 약국에 들렀다. 안 약사에게 함민의 말을 전했다. 안 약사는 약간 슬픈 얼굴을 하며 고개를 살짝 끄덕여 보였다. 그러더니 뜻밖에도 이경의 일을 물었다.

"상사 일은 이제 괜찮아요?"

나영은 안 약사의 말에 잠시 머뭇거리다가 그간 있었던 일을 솔직하게 털어놓았다.

"함민 형사의 이야기를 듣고 나니 그런 생각이 들었어요. 어쩌면 노 경위는 그 살인자와 같은 과의 인간인 건 아닐까. 언제나 자기 자신이 우선이라서, 아무렇지 않게 거짓말을 한 것은 아니었을까. 하지만 완벽한 납득이 가는 건 아니에요. 여전히 저는 자꾸 되묻게 돼요. 대체 왜 그렇게까지 했을까. 나한테 왜 그랬을까."

"노 경위라는 분은 지금 어떨까요? 나영 씨가 이렇게 여전히 곱씹고 괴로워하는 것처럼, 그 사람도 괴로워하고 있을까요?"

안 약사의 말에 나영은 바로 자신을 무표정하게 스쳐 지나가던 이경의 모습을 떠올렸다.

나영이 고개를 저었다.

"나영 씨는 기억력이 좋습니다. 그 때문에 아마 남들보다 많은 것들을 계속 떠올리고 괴로워하길 반복할 겁니다. 하지만 대부분 사람들은 잘 잊어요. 특히 자신에게 불리한 것은 더 잘 잊는 편이죠. 그래서 아마 그런 말이 나온 걸 겁니다. 때린 놈은 발 뻗고 자도, 맞은 놈은 발 오그리고 잔다고."

"틀렸어요."

"네?"

"때린 놈은 다리를 못 뻗고 자도 맞은 놈은 다리를 뻗고 잔다, 예요."

"아, 그렇군요. 제가 틀렸네요."

"틀렸어요."

"네?"

"속담이 틀렸다고요. 저 속담은 반대가 되어야 맞는다고요. 수사하다 보니 알게 됐어요. 사건이 일어나면 괴로운 건 피해자예요. 가해자는 아무렇지 않아요. 예를 들어, 학교 폭력의 경우 대부분 가해자는 자신이 한 일이 얼마나 큰 죄가 되는지 이해하지 못하죠. 따돌림의 경우만 하더라도 자신은 피해자와 장난을 쳤을 뿐이라고, 늘 사이가 좋았다, 상대가 웃었다고 말하며…."

나영이 갑자기 말을 멈췄다. 깨달았다. 이경이 자신에게 한 게 무엇인지. 나영의 표정이 창백해질 정도로 얼굴이 굳어졌다.

"나영 씨?"

그렇게 5분 넘게 가만히 있자, 안 약사가 조심스레 나영을 불렀다.

"저는 따돌림을 당한 거군요."

자신이 한 일이 무슨 짓인지 모른다. 늘 사이가 좋았다. 장난을 쳤을 뿐이다. 상대가 웃었다. 그긴 이경이 나영에게 한 말이기도 했다.

"따돌림에는 이유가 없죠. 피해자가 잘못했다고, 눈에 거슬렸다고 하지만 그렇다고 따돌릴 수 있는 타당한 이유가 될 수는 없죠. 그건 가해자의 논리일 뿐이죠."

나영은 웃었다. 답을 알았다. 하지만 납득이 가지 않는 답이었다. 평생이 가도 나영은 이경의 행동을 납득하지 못할 것 같았다. 나영은 그런 부류의 인간이 아니니까. 그리고 앞으로도 그런 부류의 인간이 되고 싶지 않으니까.

"그래서 평택은 어떻게 하실 건가요? 정말 가실 건가요?"

"글쎄요."

갈 생각이 전혀 없다고 하면 거짓말이었다. 민원봉사실에서 일하는 것보다는 전혀 다른 환경에서 다시 형사 일을 하는 것도 즐거울 것 같았다. 하지만 노이경의 일이 마음에 걸렸다. 이곳에서는 노이경이 자신을 따돌렸다. 고의로 괴롭혔다. 평택에서 이런 일이 일어난다면, 그땐 어떻게 해야 할까. 또 떠나야 할까. 그렇게 여러 곳을 빙빙 도는 게 무슨 의미가 있을까. 뭣보다 마음에 걸리는 건 이 사람이다.

나영은 새삼 안 약사의 얼굴을 뚫어져라 바라보았다.

"왜, 왜 그러세요? 갑자기 왜 그렇게?"

"안 약사님."

"네."

"기혼이십니까?"

"네?"

"결혼하셨냐고요."

"아, 안 했습니다."

"그렇군요."

나영이 웃었다. 그러더니 말했다.

"평택은 안 가는 걸로 정했습니다."

"무슨 의밉니까? 그게?"

"뭐가요?"

"왜 기혼인지 묻더니 평택에 안 간다고 하냐고요."

"뭐가요?"

"뭐가요가 뭡니까."

"뭐가 뭔데요?"

"아, 진짜!"

"진짜 뭐요?"

작가의 말

일전 부산에 있는 '동주 책방'을 배경으로 한 청소년 소설을 한 편 쓴 적이 있습니다. 『취미는 악플, 특기는 막말』에 실린 단편 「하늘과 바람과 별과 복수」였는데요, 이 소식을 들은 서울 마포경찰서 반대편 푸른 약국 숍인숍 '아직 독립 못한 책방' 대표이자 약사인 박훌륭 씨가 "우리 책방을 배경으로 하나 써달라"는 제안을 해왔습니다.

저는 옳다구나, 했습니다. 안 그래도 이곳은 마포경찰서 반대편이라는 특이한 위치 덕분에 『반전이 없다』에 등장했던 주인공인 정년퇴임을 한 안면인식장애 형사 이친전 씨를 다시 등장시키기에 딱이겠네! 하고 혼자 생각하고는 상상의 나래를 펼쳐본 적이 있었거든요. 물론, 게을러서 실천으로 옮기지는 않았지만요.

그런데 아사장(아직 독립 못한 책방 사장의 줄임말)이 저런 말을 해오자, 저는 이 이야기를 좀 더 구체적으로 짜봐야겠다는 생각이 들었습니다. 이후 여러 가지 키워드를 넣어 적당한 길이의 시놉시스를 짰더랬는데요, 마침 몽실북스에서 '느와르'를 주제로 한 중편 앤솔로지 제안이 왔기에 그 전편을 적는다는 느낌으로 이야기를 그려보았습니다.

김나영은 『붉은 소파』 『혐오자살』 『반전이 없다』에 연달아 등장한 인물입니다. 저는 이 세 편의 장편소설을 마지막으로 더는 김나영이 등장할 일은 없으리라 생각해 왔는데요, 중편소설로 다시 한번 김나영의 이야기를 적게 되었습니다.

평택은 지금 제가 사는 지역입니다. 살짝 등장하는 평택경찰서 강력팀장 함민은 리디북스 우주라이크 소설 프로젝트를 통해 공개한 단편 「충동」 「소음충」에 등장하는 인물이기도 합니다.

붉은 약국, 아직 독립 못한 책방, 사장 안훈영 등은 실존하는 마포경찰서 반대편의 푸른 약국, 아직 독립 못한 책방, 사장 박훌룡을 각각 모티브로 했습니다만 실제 모습과는 아주 다릅니다. 아, 비슷한 부분도 있습니다. 다른 모습과 비슷한 부분이 궁금하신 분들은 이 책을 읽으신 후 직접 푸른 약국에 들러보시는 것도 즐거운 경험이 될 것 같습니다. 가신 김에 나영만큼은 아니너라도 책 한 권쯤은 꼭 좀 시주시면 감사합니다. (후기로 책방 광고를 하네?)

소설 속 노이경의 심리에 대해 덧붙이자면 가스라이팅, 따돌림 등 여러 가지 혐오는 보통 이유가 없습니다. 그렇기에 가스라이터가 피해자에게 절대 자신의 동기를 밝히는 법이 없죠. 왜냐하면 자기도 모르니까. 그저 그렇게 하고 싶어서, 자기 자신의 이득을 위해 했을 뿐이니까. 소설에서도 그런 부분을 드러내기 위해 결말을 모호하게 끝내 보았습니다. (왠지 노이경은 다음에 한 번 더 등장해 나영을 괴롭힐 것 같은 예감이 드는군요.)

후기를 통해 흔쾌히 이야기의 주인공이 되어주신 아 사장님께 다시 한번 감사를 드립니다.

조영주

작 열 통

정명섭

혼자 앉아서 책을 읽고 있던 도재성은 고개를 들어 타고 가던 버스 안을 살펴봤다. 띄엄띄엄 앉은 승객들은 졸거나 휴대폰으로 유튜브를 보거나 혹은 책을 읽고 있었다. 다들 정장 차림의 중년 남녀였는데 묘하게 불편한 분위기가 흘렀다. 그 이유를 너무 잘 알고 있던 도재성은 책을 덮으면서 중얼거렸다.

"하필이면."

이제 막 50대가 된 도재성은 중학교 때 미국으로 이민을 갔었다. 그 어렵다는 회계사 시험에 통과해 미국에서 일하다 몇 년 전에 귀국했다. 미국에서 번 돈에 부모님이 한국을 떠나기 전에 사둔 집과 땅값이 엄청나게 오르면서 꽤 많은 재산을 모을 수 있었다. 골칫거리는 미국에서 결혼한 재미교포 아내였다. 미국에서 태어나고 자란 탓에 한국에 전혀 적응하지 못한 것이다. 결국, 우울증에 시달리던 아내는 자살 시도를 하고는 미국으로 돌아가서 이혼 소송장을 날렸다. 위자료로 적잖은 돈을 청구받은 도재성에게 비싼 사립 고등학교에 입학시킨 아들 녀석이 또 다른 골칫거리를 안겨줬다. 그나마 관련된 다른 학부모들과 함께 무사히 수습할 수 있었다. 그 과정에서 다른 학부모들과 적잖게 다툼을 벌였고, 그 앙금은 몇 달이 지난 지금도 그대로 남아 있었다.

그런 아들 녀석이 웬일인지 서울 남부지역 영어 말하기 대회에서 본선에 진출한 것이다. 본선에 참가한 아들을 응원하러 대회장으로 가기로 했다. 그런데 개최 측에서 주차장이 없다는 이유로 단체로 이동하라는 요청을 해서 할 수 없이 학교 버스를 타고 가야만 했다. 버스를 타러 와서야 불편하기 그지없는 이들과 함께 가야 한다는 사실을 알았지만 어쩔 수 없었다. 난리를 피우다가 괜히 찍힐 것 같았기 때문이다. 다른 학부모들 역시 같은 생각이었는지 잠자코 버스를 탔다. 그리고 약속이나 한 듯 최대한 멀리 떨어져 앉았다.

그중에서도 가장 거슬리는 건 제일 뒷자리에 나란히 앉은 김예인 부부였다. 김예인이 유명한 교회 목사 딸이라서 그런지 툭하면 기도하자고 해서 분위기를 싸하게 만들었다. 남편은 할 줄 아는 게 같이 기도합시다란 말밖에 없어서 학부모들 사이에서 완벽한 병풍 취급을 당했다. 진짜로 우습고 무서웠던 것은 그들이 가장 잔혹하게 사건을 처리하는 데 앞장 섰다는 것이다. 끝난 후에는 당연히 기도하자고 해서 사람들을 질리게 했다. 지금도 두 사람은 성경을 무릎에 올려놓고 읽는 중이었다.

정말 질릴 정도였지만 고검장 출신 변호사인 이낙현은 다소 엉뚱한 얘기를 했다. 그들이 완벽하게 연기 중이라는 것이었다. 그 말에 갸우뚱한 도재성의 표정을 본 이낙현이 덧붙였었다.

"범죄자 중에 저런 유형 많아요. 법정에 나와서는 잘못했다고 찔찔 짜다가 감방에 돌아가서는 내가 뭘 잘못했느냐고 투덜거리는 거죠. 아마 그런 식으로 자신의 죄의식을 감추기 위해 남들 앞에서 연기를 하는 게 분명합니다."

그렇게 인간과 죄에 관해서 얘기한 이낙현은 몇 좌석 앞에 앉아있었다. 반백의 머리가 불쑥 튀어나온 게 보였다. 그 옆에는 17살이나 어린 부인이 앉아있었지만, 키가 작아서 그런지 보이지 않았다. 이낙현이 변호사 사무실 비서였던 지금의 부인과 결혼하는 과정에서 벌어졌던 일은 자유분방한 미국에서 지냈던 도재성으로서도 낯 뜨거운 일이었다.

사법고시에 합격한 직후 결혼한 부인이 사무실에 왔다가 비서와 관계를 맺고 있는 남편을 목격하고는 놀라서 자동차를 몰고 가다가 차선을 넘어서 마주 오던 트럭을 들이받고 사망했다는 것이다. 빌딩의 창문을 통해 아내가 몰던 차가 박살이 나는 걸 내려다보면서도 관계를 멈추지 않았다는 소문도 들렸다. 처음에는 그럴 리가 없다는 생각이 들었지만, 사건을 처리하는 과정에서 본 모습을 생각하면 그게 사실일 수도 있겠다고 생각했다.

김예인과 그 남편이 겉으로 멀쩡한 척한다면 이낙현은 뼛속 깊이 자신의 이익을 위해서 물불을 가리지 않는 악당의 모습 그 자체였다. 저런 작자가 고검장까지 하고 하마터면 더 올라갈 뻔했다는 사실에 도재성은 속으로 혀를 내둘렀다. 이낙현은 자신을 바라보는 주변의 시선을 아는지 모르는지 늘 점잖은 척을 했다. 사고를 친 것도 아내의 사망 이후 재혼한 아내가 낳은 늦둥이 아들이었다.

이낙현의 뒤통수를 바라보고 있던 도재성은 옆쪽에서 들리는 헛기침 소리에 고개를 돌렸다. 통로 건너편 좌석에서 이해철이 팔짱을 낀 채 바라보고 있었다. 키가 크고 호리호리한 이해철은 환갑에 가까운 나이에 머리를 은발로 염색해서 오히려 나이가 더 들어 보였다. 그는 이름만 대면 누구나 아는 매니지먼트사를 운영하고 있었다. 덕분에 작년 고등학교 축제 때 유명 아이돌 그룹이 찾아와서 공연한 적이 있었다. 그도 아내와 예전에 이혼했는데 전직 아이돌 출신 여성과 동거 중이라는 소문이 돌았다. 물론 공식적으로 같이 다니지 않아서 어느 정도 선은 지켰다. 학부모 중에서 그나마 멀쩡하다고 할 수 있지만 도재성은 짙고 가지런한 눈썹과 그 아래 있는 다소 흐릿한 이해철의 눈빛이 마음에 안 들었다. 거기다 웃을 때도 그 눈빛은 전혀 변하지 않았다. 그래서 학부모들 사이에서는 '조커'라는 별명으로 불렸다.

호기심에 몇 번 얘기를 나눠봤지만 엉뚱한 얘기들을 하는 것도 더 가까이 다가가지 못하게 만들었다. 얼마 전에는 파충류 외계인인 렙틸리언 얘기를 해서 기겁하게 했다. 그래도 아들 성우가 이해철의 딸과 가깝게 지내는 편이라서 마냥 외면할 수는 없었다. 도재성이 돌아보자 이해철이 냉큼 옆에 앉았다. 괜히 돌아봤다는 후회가 들었지만, 최대한 드러내지 않고 물었다.

"왜요?"

"뭔가 이상하지 않습니까? 재성 씨."

보통은 회계사님이나 사장님이라고 부르지만, 이해철만큼은 꼬박꼬박 재성 씨라고 불렀다. 직책이야말로 인간관계를 가로막는 장벽이자 신분제도의 잔재라는 이유를 달고 말이다. 정작 웃긴 건, 남들이 해철 씨라고 하면 자기는 신해철을 싫어한다며 그렇게 부르지 말라고 한다는 것이다. 그래서 언젠가 한 번은 이 씨라고 부르고 싶었지만, 아직 실행에 옮기

지는 못했다. 일단 대답은 해야 했기 때문에 도재성이 다시
물었다.

"뭐가요?"

이해철은 기다렸다는 듯 앞쪽을 가리켰다. 이낙현 부부보
다 약간 앞쪽에 나종규 부부가 앉아 있었다. 사이가 좋지 않
다는 것을 방증이라도 하듯 같은 줄이었지만 통로를 사이에
두고 떨어져서 앉았다. 수십 년 전, 일산에서 대대로 농사를
짓다가 부동산으로 대박이 났다는 소문의 주인공답게 거칠고
투박한 외모를 자랑했다. 흥분하면 걸걸한 목소리가 튀어나
왔고, 욕설도 종종 내뱉었다. 아들내미도 말썽꾸러기에 성적
도 개판이라서 학교에 막대한 기부금을 내고 들어왔다는 소
문이 학부모들 사이에서 돌았다.

반면, 음악을 전공했다는 부인은 IMF로 집안이 몰락했다.
교양 넘치고 외국어를 잘해서 드라마에 나오는 전형적인 상
류층처럼 보였다. 그래서인지 종종 자기 집안만 망하지 않았
으면 남편과 결혼하지 않았을 것이라는 얘기를 하고 다녔다.
돈밖에 없는 사람과 돈 빼고는 다 있는 사람이 만났으니 사
이가 좋을 리 없었다. 아들이 고등학교만 졸업하면 헤어지기
로 했다느니, 사실 지금도 따로 살고 있다는 소문이 돌았다.
그럴만한 게 공식적인 자리에서조차 서로를 무시하고 냉랭했
기 때문이다.

나종규의 뒷모습을 지그시 바라보던 이해철이 말했다.

"그리고 저 앞에 앉아 있는."

출입문 바로 뒤에 있는 자리, 보통 관광버스에서 안내인이 타는 그곳에는 학교 보안관 김태경이 앉아있었다. 땅딸막한 체구에 짧은 머리를 하고 있어서 학생들 사이에서는 '조폭'이라는 별명으로 불린다고 아들 녀석이 귀띔한 적이 있었다. 당연히 조폭은 아니고, 형사 출신이었다. 사립학교라서 은퇴한 노인을 데려다 쓸 수 없었기 때문이다. 가끔 학교에 가면 카우보이모자에 스쿨 폴리스라는 영어가 적힌 파란색 조끼를 입고 바쁘게 돌아다니는 그를 볼 수 있었다. 미국에서 살다온 도재성은 공식 명칭은 학교 보안관이면서 왜 경찰이라는 뜻의 폴리스를 썼냐고 비웃은 적이 있었다.

겉으로 보기에는 엄격하고 무서워 보이지만 사실 학생들이 부탁한 술과 담배를 사다 주는 심부름으로 용돈벌이하고 있었다. 그게 문제가 되어서 몇 번 해고할까 하는 논의가 있었지만, 지난번 사건으로 인해 묻혔다. 괜히 긁어 부스럼을 만들 수 있다는 암묵적인 믿음 때문이었다. 키가 작은 편이라 짧게 깎은 머리만 좌석 위로 살짝 튀어나온 김태경을 바라보던 도재성이 이해철을 바라봤다. 이해철이 상황에 맞지 않는 제스처인 어깨를 으쓱거렸다.

"다들 관계자라 이 말입니다."

"관계자요?"

버스에 탄 사람들은 학교 관련 모임에서나 만날 뿐 사적으로 친한 사이는 아니었다. 그래서 무슨 관계자냐고 물으려던 도재성은 움찔했다. 지난번 사건으로 자식들이 엮이면서 종종 만났다는 사실이 뒤늦게 떠올랐기 때문이다. 도재성의 표정을 본 이해철이 조커처럼 웃었다. 도재성이 아무 대답 없이 바라보자 이해철이 웃음을 그치고 낮은 목소리로 말했다.

"우연의 일치치고는 굉장한 우연 아닙니까? 예전에 제가 슈퍼보이라는 아이돌 그룹을 만든 적이 있었는데요. 네 녀석이 한 번씩 돌아가면서 사고를 친 적이 있었죠. 술 마시고 운전대를 잡거나 사생팬을 두들겨 패서 신문에 대문짝만하게 이름이 박혔어요."

뜬금없는 이야기로 이어졌지만, 또 렙틸리언 이야기가 나오지 않을까 걱정스러워서 차마 입을 열지 못했다.

"결국 엄청 돈을 썼는데 1년도 못 하고 접어야 했죠. 마지막에 녀석들 데리고 술 마시면서 어떻게 사고를 칠 놈들만 모아놔서 이 꼴이 난 건지 모르겠다고 했더니 리더 녀석이 뭐라고 대답했는지 아십니까?"

"뭐라고 했는데요?"

"그게 사장님 실력이자 운이라고요. 듣는 순간 맥주병으로 한 대 치고 싶었지만 참았습니다. 그 말이 맞았으니까요."

이해철은 얘기를 마치고 또 조커처럼 웃었다. 도재성은 따라서 웃을 수가 없었다. 그 말이 무슨 뜻인지 깨달았기 때문이다.

"관계자들만 탔다는 얘기로군요."

"그렇죠. 거기에 학교 관계자로 동승한 김태경도 이번 일과 연관이 있지 않습니까?"

이해철의 얘기에 도재성은 침묵으로 대답할 수밖에 없었다. 몇 달 전 벌어진 악몽 같은 일에 대한 기억들이 뒷머리를 타고 스멀스멀 기어 나왔기 때문이다.

처음 사건에 대한 소식을 들었을 때는 어이가 없었다. 겉으로는 멀쩡해 보이던 아들 녀석이 엄청난 사고를 쳤기 때문이었다. 그런데 학부모들의 반응은 더 어이가 없었다. 우리 자식은 잘못이 없다는 맹목적이고 광신적인 믿음을 보여줬고, 그걸 바탕으로 해서 일을 무마했다. 다들 제각각에 서로를 깔보고 무시했지만, 자식들이라는 사슬에 엮이자 서로 손을 잡은 것이다. 조금 전에 책을 읽다가 그 생각을 했던 도재성은 속으로 뜨끔했다. 그렇게 머리가 복잡해진 도재성에게 이해철이 속삭였다.

"거기다 우리를 배웅한 장 선생 말이야."

"장진웅 영어 선생님이요?"

"맞아요. 우리가 버스를 타고 출발하는데 손을 흔들고 인사를 하는 거 봤죠?"

"그럼요."

"평소에는 목에 깁스한 것처럼 뻣뻣했는데 말이야 오늘은 아주 살살 기더라고. 버스에도 몇 번이나 올라와서 살펴보고."

"그게 뭐 이상한가요?"

도재성의 반문에 이해철이 답답하다는 표정을 지었다.

"내가 예전에 자식 놈이 사고를 쳐서 학교에 가서 그 선생한테 봐달라고 한 적이 있었는데. 사실 따지고 보면 우리 애는 착하잖아. 주변에 나쁜 애들이 많아서 휩쓸린 거고."

사실은 아니었지만 따지고 싶지 않았던 도재성은 고개를 끄덕거렸다. 그러자 이해철이 살짝 흥분한 말투로 얘기했다.

"그래서 사정을 얘기했더니 그 새끼가 뭐라고 했는지 알아요?"

"뭐라고 했는데요?"

"내 딸이 글쎄, 그 나쁜 애 중 하나라잖아. 어이가 없어서."

콧방귀를 낀 이해철이 습관인 팔짱을 끼었다.

"그런 얘기를 했군요. 우리 아이 담임인 적은 없어서 저는 잘 몰랐습니다."

"아니, 전교조 출신에 성격이 괴팍하다는 소문이 돌았는데 그게 사실일 줄은 몰랐다니까. 내가 먹살이라도 잡고 호통을 치고 싶었는데 어쩌겠어요. 자식 가진 죄인이 고개를 숙여야지."

"잘하셨습니다. 이제 1년만 더 다니면 끝이잖아요. 생기부도 있고."

"그렇죠. 그거 때문에 꾹 참고 잘못했다고 했었지. 그런데 오늘은 좀 다르더라고."

"갑자기 친절했다는 말씀이시죠?"

도재성의 물음에 이해철이 고개를 끄덕거렸다.

"그러게. 원래 그런 놈이 아닌데. 오늘은 엄청나게 웃고 다니더라고."

"학교에서 학부모한테 친절하게 대하라고 했겠죠. 너무 신경 쓰지 마세요."

이러다 음모론 얘기로 넘어갈까 봐 겁이 난 도재성이 서둘러 대답했다. 그리고 올 때는 버스 말고 아들 녀석이랑 택시를 타고 돌아와야겠다고 속으로 마음먹었다.

그 순간, 잘 달리던 버스가 갑자기 급정거했다. 끼익하는 소리와 함께 버스가 앞으로 쏠리자 안전벨트를 하고 있지 않던 도재성과 이해철은 앞좌석 등받이에 머리를 찧고 말았다. 다른 사람들도 마찬가지였는지 비명을 질렀다. 특히, 제일 뒷좌석에 앉아 있던 김예인은 성경을 떨어뜨렸다며 울부짖었다. 다들 이마와 코를 쓰다듬으며 자리에서 일어나서 앞쪽을 바라봤다. 버스 운전기사가 자리에서 일어나 난감한 표정을 지었다.

"죄송합니다. 앞에서 갑자기 차가 급정거해버리는 바람에 멈췄습니다."

다친 곳은 없느냐는 다음 물음은 승객들의 욕설에 묻혀버리고 말았다. 이낙현은 삿대질까지 하며 화를 냈는데 부인이 크게 다친 것 같았다. 그러자 앞에 앉아 있던 학교 보안관 김태경이 나섰다.

"제가 가서 따끔하게 혼내고 오겠습니다."

그러고는 기사에게 문을 열라고 했다. 버스 기사는 괜찮겠느냐고 했지만, 김태경은 승객들이 들으라는 듯 혼쭐을 내고 오겠다고 기세등등하게 얘기했다. 기사가 앞문을 열어주자 김태경이 밖으로 나갔다. 도재성은 옆머리를 쓰다듬고 있는 이해철을 바라봤다.

"괜찮습니까?"

"머리가 띵하네. 그나저나 여긴 어디야?"

은근슬쩍 반말하는 이해철을 보면서 확 짜증을 낼까 하다가 문득 궁금해져서 주변을 돌아봤다. 좁은 2차선 도로를 달리는 중이었고 주변은 가로수가 심어진 외딴곳이었다. 집이

나 건물 같은 것은 보이지 않았고 오가는 차도 없었다.

"샛길인가 봅니다."

도재성의 말에 이해철이 고개를 갸웃거렸다.

"샛길로 간다는 얘기는 없었는데?"

그때, 요란한 고함과 함께 김태경이 버스 안으로 들어왔다. 거의 굴러들어오다시피 했는데 예상 밖의 모습에 다들 바라만 봤다. 그 뒤로 발라클라바를 뒤집어쓰고 검정색 가죽점퍼를 입은 괴한이 들어올 때까지는 말이다. 두 명이 들어왔는데 둘 다 손에 짧은 산탄총 같은 걸 들고 있었다. 그걸 보자마자 이해철이 중얼거렸다.

"장난감 총 아니야?"

그 얘기를 듣기라도 한 건지 앞에 선 괴한이 버스 바닥에 대고 방아쇠를 당겼다.

요란한 총성과 함께 매캐한 화약 연기가 퍼지자 승객들은 다들 비명을 지르며 고개를 숙였다. 처음에는 무슨 일인지 몰랐다가 비로소 정신이 든 것이다. 총소리를 듣고 얼른 고개를 숙인 도재성이 두 손으로 머리를 감싼 채 부들부들 떨고 있는 이해철에게 말했다.

"진짜 총이네요."

"정말?"

"미국에서 들은 거랑 같은 총소리예요."

둘이 그렇게 말을 주고받는 사이, 발라클라바를 쓴 괴한이 통로를 다니면서 외쳤다.

"고개 쳐들면 대가리 날려버린다!"

"꼼짝 말고 있어. 움직이지 말라고!"

삽시간에 버스 안은 괴한이 지르는 고함과 승객들의 비명으로 가득 찼다. 괴한 중의 한 명이 뒤쪽까지 와서 부들부들 떨고 있는 김예인 부부에게 총구를 들이댔다. 그 와중에도 김예인은 두 손을 꼭 쥔 채 기도하고 있었고, 남편은 그런 아내와 괴한의 눈치를 번갈아 가면서 살폈다. 김예인 부부에게 괴한이 검은색 비닐봉지를 내밀었다.

"휴대폰이랑 지갑 여기다 넣어."

남편이 여전히 기도하는 김예인과 자신의 휴대폰을 넣고, 지갑까지 떨리는 손으로 비닐봉지 안에 넣었다. 괴한 한 명이 그런 식으로 버스 안 모든 승객의 휴대폰과 지갑을 걷어 갔다. 미국에서 몇 번 권총 강도를 당한 적이 있던 도재성도 얌전히 지갑과 휴대폰을 건넸다. 그걸 본 이해철 역시 따라서 지갑과 휴대폰을 넘겨줬다. 한 명이 그런 식으로 지갑과 휴대폰을 걷어가는 사이, 남은 한 명은 버스 운전기사와 김태경에게 산탄총을 겨누고 있었다. 고개를 살짝 든 이해철이 도재성에게 말했다.

"이거 몰래카메라 아닐까?"

"놈들이랑 눈 마주치지 마세요."

"왜?"

"머리에 뭘 쓴 건 자기 얼굴을 안 보이려고 한 거잖아요. 그런데 자꾸 얼굴 쳐다보면 총 맞아요."

"진짜?"

"그래서 복면강도가 복면을 벗는 게 가장 위험하다는 얘기가 있어요. 미국에서는."

도재성의 얘기를 들은 이해철이 얼른 고개를 숙였다.

"그렇긴 하네. 이게 갑자기 웬일이야?"

"저도 모르겠습니다."

"대낮에 총을 든 강도라니, 여기가 미국도 아니고 말이야."

조잘거리는 이해철을 보면서 도재성은 한숨을 쉬었다. 총이라는 걸 군대에서나 만져 본 한국 사람들은 실제로 그게 얼마나 무서운 건지 알지 못했다. 총에 맞아서 사람들이 죽는 게 일상인 미국에서 지냈던 도재성은 묵묵히 입을 다물고 있었다. 총을 든 사람은 자연스럽게 흥분하기 마련이고, 뭔가 걸리적거리면 방아쇠를 당기기 일쑤였기 때문이다.

잠시 후, 다시 괴한이 버스 뒤쪽으로 다가왔다. 그러면서 손에 든 걸 버스의 지붕과 창문에 붙였다. 검은색의 조그마한 사각형 쇳덩어리 같은 거였는데 붉은색 빛이 번쩍거렸다.

그리고 계속 기도하고 있던 김예인 부부에게 다가가서 검은색 비닐을 던졌다. 나풀거리며 떨어지는 검은색 비닐을 내려다보던 김예인의 남편에게 괴한이 말했다.

"머리에 써."

"네? 뭐라고요?"

무심코 고개를 든 김예인의 남편에게 괴한이 산탄총의 개머리판으로 내리쳤다. 머리를 감싼 남편이 비명을 지르며 쓰러지자 기도하던 김예인이 눈을 뜨며 비명을 질렀다. 그러자 괴한이 김예인의 이마에 총구를 겨눴다.

"뒤지고 싶지 않으면 입 다물고 비닐봉지 써."

김예인이 주섬주섬 바닥에 떨어진 비닐봉지를 두 손으로 집어서 머리에 썼다. 두 손을 더듬거리며 머리를 감싸 쥔 채 신음을 내고 있던 남편의 머리에도 씌웠다. 괴한은 뒷걸음질로 버스의 통로를 다니면서 승객들에게 비닐봉지를 던져주고 머리에 쓰라고 윽박질렀다. 도재성은 괴한이 건넨 비닐봉지를 얌전히 썼다. 옆에서 조잘거리던 이해철 역시 부스럭거리며 머리에 썼다. 그리고는 바로 짜증을 냈다.

"어우, 냄새."

도재성 역시 흙냄새와 알 수 없는 악취에 몸부림을 쳤다. 하지만 이걸 쓰라고 한 이유는 벗으면 쏘겠다는 것이라서 잠자코 견딜 수밖에 없었다. 대신 귀로는 상황을 충분히 들을 수 있었다. 괴한들이 버스 기사를 윽박지르면서 오른쪽으로 가라고 외쳤다.

잠시 후, 버스가 천천히 오른쪽으로 돌았고 그대로 직진했다. 얼마 가지 않아서 버스가 멈췄는데, 괴한이 그대로 직진하라는 얘기를 했다. 버스 기사가 진짜로 가야 하느냐고 묻자 괴한이 폭탄을 설치했다면서 시키는 대로 하라고 외쳤다. 문이 열린 다음 닫히는 소리가 들렸다. 옆 좌석에 앉아 있던 이해철이 속삭였다.

"뭐가 어떻게 돌아가는 거야?"

모르겠다고 대답하려는 찰나, 버스가 앞으로 확 기울었다. 뒷좌석에 있던 김예인의 남편이 숨넘어가는 비명을 냈다. 도재성 역시 어딘가로 떨어지는 줄 알고 손잡이를 꽉 움켜잡았다. 버스는 요란한 소리를 내며 기울어진 채 앞으로 움직였다. 그러고는 뭔가에 부딪히면서 멈춰버렸다. 들썩거리는 버스 안에서 이리저리 튕기면서 부딪친 도재성은 비명을 참은 채 고개를 숙이고 있었다. 요동치던 버스가 멈추자 여기저기서 신음이 들렸다. 잠시 후, 변조된 기계음 같은 게 들렸다.

― 이제 비닐을 벗으셔도 됩니다.

그 말을 들은 승객들이 하나둘씩 비닐봉지를 벗는 소리가 들렸다. 잠시 기다리고 있던 도재성은 다른 승객들이 별다른 문제가 없는 걸 확인하고는 따라서 비닐봉지를 벗었다. 도재성이 벗는 소리를 들은 이해철 역시 따라서 벗었는데 그 짧은 순간에 머리가 헝클어지고 콧물로 범벅이 되었다. 도재성의 표정을 본 이해철은 손등으로 얼른 콧물을 훔쳤다. 그리고 고개를 들어서 창밖을 바라봤다.

"여긴 어디지?"

이해철을 따라 창밖을 바라본 도재성 역시 얼떨떨했다. 전혀 예상 밖의 풍경과 마주쳤기 때문이다.

"이건."

사방이 황토색 벽 같은 걸로 막혀있었다. 벽에는 일정한 흔적이 남아있었는데 마치 포크레인으로 땅을 파면서 생긴 흔적 같았다. 가까이 다가가서 살펴보자 정말 황토색 흙에 군데군데 자갈이 박혀있는 게 보였다.

"아까 앞으로 쓰러질 것처럼 기울어졌잖아."

이해철의 애기에 도재성은 가슴이 무거워졌다. 뭐가 어떻게 돌아가는지 이해하려고 노력하는 찰나, 이낙현의 거칠고 탁한 목소리가 들렸다.

"기사! 여기 어디야? 대체."

"따, 땅속입니다."

"뭐라고? 땅속이라니!"

이낙현의 거듭된 물음에 앞좌석에 쭈그리고 있던 버스 기사가 대답했다.

"그게 아까 괴한들이 구덩이 안으로 버스를 몰고 가라고 했습니다."

"아니, 가라고 한다고 진짜 가면 어떡해!"

이낙현이 목소리를 높이자 버스 운전사와 학교 보안관 김태경이 굽실거리며 미안하다고 했다. 그걸 본 이해철이 어이가 없는지 콧방귀를 뀌었다.

"아니, 이 와중에도 갑질이야."

초반의 충격에서 벗어났는지 버스에 탄 사람들이 제각각 떠들어댔다. 입을 다물고 있던 나종규와 부인이 어서 버스를 빼라고 소리치자 버스 운전사가 굽실거리며 자리에 앉았다.

도재성은 괴한들이 버스의 지붕과 벽에 붙이고 간 검은색 쇳덩어리 중 하나를 살펴봤다. 검은색 테이프로 둘둘 감아놨는데 작은 카메라 구멍 같은 게 보였고, 전파 수신용 안테나가 달려 있었다. 붉은빛은 카메라 구멍 옆에서 번쩍거리는 중이었다. 그걸 들여다보던 도재성이 이해철에게 말했다.

"이걸 왜 붙여놓은 거죠?"

"포, 폭탄 아니야?"

잔뜩 겁먹은 이해철의 말에 도재성이 설마라고 대답하려는 순간, 버스 지붕에서 천둥소리 같은 게 들렸다. 버스 운전사를 바라보던 승객들의 시선이 다들 위로 몰렸다. 몸을 낮춰서 창밖을 바라보던 이해철이 중얼거렸다.

"마른하늘에 이게 무슨 날벼락이야?"

같은 소리가 연거푸 들리는 가운데 버스 뒤쪽에서 김예인이 비명을 외쳤다.

"흙이 밀려와요."

도재성은 이해철과 함께 버스 뒤쪽으로 갔다. 뒤쪽 창문으로 경사로가 보였는데 흙더미가 파도처럼 밀려오는 게 보였다. 그걸 본 이해철이 기겁했다.

"무, 무슨 일이야!"

도재성은 흙더미 너머에서 보이는 매연을 보고 상황을 파악했다.

"불도저에요."

"뭐라고?"

정신 못 차리는 이해철에게 도재성이 버럭 소리를 질렀다.

"불도저가 흙을 이쪽으로 밀고 있다고요."

떠드는 와중에 흙더미가 버스의 뒤쪽 창문으로 밀어닥쳤다. 4D 영화 같은 느낌이었지만 냄새와 소리는 차원이 달랐다. 순식간에 유리는 흙으로 막혀버렸다. 위쪽의 빈틈으로 불도저의 블레이드가 언뜻 보였다. 승객들이 우왕좌왕했지만 빠져나갈 곳은 없었다. 사방이 막혀있는 구덩이 속이었고, 뒤쪽은 흙으로 막혀버렸기 때문이다. 설상가상으로 위쪽에서도 흙이 쏟아졌다. 포크레인으로 흙을 붓는 것 같다고 도재성은 창문 너머로 비처럼 쏟아지는 흙을 보면서 중얼거렸다.

"생매장이군."

지붕을 쉴 새 없이 두드리는 소리에 다들 미쳐가는 것 같았다. 나종규와 부인은 지붕이 무너질 것 같다면서 두 손으로 떠받치는 중이었다. 이낙현은 버스의 문을 열라고 김태경에게 소리를 치는 중이었다. 김예인 부부는 서로 끌어안고 기도를 올리는 중이었다. 이해철 역시 두 손으로 머리를 감싼 채 부들부들 떠는 중이었다. 도재성은 망연자실한 표정으로 흙으로 점점 채워지는 버스의 창문을 바라봤다.

괴성과 울부짖음, 기도로 채워졌던 버스 안은 순식간에 어둠이 자리 잡았다. 버스 창문을 흙이 가려버리자 더 이상 햇빛이 들어오지 못한 것이다. 지붕에 흙이 쏟아지는 소리도 차츰 사라졌다. 그러면서 버스 안은 고요해졌다. 옆자리에 앉은 이해철이 떨리는 목소리로 말하는 게 들렸다.

"대체 어떻게 돌아가는 거야."

흙으로 가득 찬 창밖을 본 도재성이 대답했다.

"구덩이에 매몰된 겁니다."

"그게 진짜야? 지금."

이해철의 물음에 도재성이 탁한 목소리로 말했다.

"아까 괴한들이 구덩이 속으로 버스를 몰고 가라고 했잖아요. 뒤쪽 경사로는 불도저로 막아버렸고, 포크레인으로 위쪽에 흙을 부은 겁니다."

도재성의 얘기를 들은 이해철이 찢어지는 비명 같은 소리로 외쳤다.

"우리가 땅속에 갇혔다는 얘기야!"

그 말은 어둠 속에서 침묵에 잠겨있던 버스 안을 다시 술렁거리게 했다. 다들 제멋대로 떠드는 와중에 도재성은 넥타이를 느슨하게 하고는 버스 앞쪽으로 향했다. 운전석에 앉아있던 버스 운전사에게 물었다.

"우리가 들어온 구덩이 깊이가 얼마나 됩니까?"

"대, 대충 버스 높이의 두 배 정도는 된 거 같습니다."

"주변에 뭐가 있었죠?"

"어, 그러니까 넓은 공터였고, 멀리 단층 건물이 계단 위에 있었습니다. 그리고 차가 몇 대 있었고, 불도저랑 포크레인도 보였습니다. 포크레인 옆에 흙더미가 있었고요."

"건물은 어떤 거였습니까?"

"그러니까…"

버스 운전사가 대답을 제대로 못 하자 김태경이 끼어들었다.

"그러니까 어떤 거였는지 생각 좀 해 보라고요."

"아, 그게 국기 게양대랑 단상 같은 게 있는 걸 보면 학교 같았습니다. 옛날 학교."

둘의 얘기를 들은 도재성은 단숨에 알아차렸다.

"아이들이 다니는 학교일 리는 없으니 버려진 폐교겠네요."

도재성이 둘과 얘기를 나누는 사이 나종규가 끼어들었다. 두꺼비라는 별명답게 아랫입술과 아래턱이 축 늘어져서 한눈에 봐도 무식하고 심술궂게 보였다.

"휴대폰, 휴대폰 없어? 전화로 신고해서 우리 좀 꺼내달라고 해."

나종규가 거듭 재촉하자 김태경이 얼굴을 찌푸리며 대답했다.

"그게, 저랑 김 기사 휴대폰도 가져가 버렸습니다."

"버스 안에 다른 휴대폰 없어?"

김태경이 대답 대신 버스 운전사를 바라봤다. 김 기사라고 불린 운전사가 고개를 저었다. 그러자 나종규가 소리를 질렀다.

"아니, 버스 안에 비상용 전화기 같은 것도 없단 말이야! 나 참."

나종규의 짜증이 이어지자 부인이 다가와서 그만 좀 하라고 하면서 끌고 갔다. 부인에게 짜증이 옮겨가자 그나마 조용해졌다. 도재성은 연신 짧은 머리를 쓰다듬고 있던 김태경에게 물었다.

"아까 어땠습니까?"

"아까라니요?"

김태경의 반문에 도재성은 총을 쏘는 시늉을 했다. 그러자
바로 알아들은 김태경이 얼굴을 찌푸리며 대답했다.

"흰색 SUV가 도로를 가로막는 형태로 서 있었습니다. 그
래서 밖으로 나가서 얼른 차를 빼라고 소리를 쳤지요. 그런
데 조수석에서 나온 놈이 복면을 한 걸 봤습니다. 잘못 걸렸
다 싶어서 버스로 도망치려고 했는데 운전석에 있던 놈이 튀
어나와서 제 가슴팍에 총을 겨누고는 버스로 끌고 왔습니다."

"처음부터 발라클라바를 쓰고 있었습니까? 복면이요."

이번에도 머리에 뭔가를 쓰는 손짓을 하자 김태경이 고개
를 끄덕거렸다.

"네. 두 놈 다 그걸 쓰고 있었습니다."

그리고 버스에 탄 다음에 지붕에 대고 공포탄을 쏘고, 승
객들의 휴대폰과 지갑을 걷어갔다.

처음에는 휴대폰이나 지갑을 훔치려는 줄 알았지만 그게
아니었다. 버스를 통째로 땅속에 묻어버린 다음에 어디에도
연락하지 못하게 한 것이다. 돌아가는 상황을 파악한 도재성
의 눈에 제일 앞좌석 미니 냉장고 위에 있는 낯선 모니터와
워키토키가 보였다. 그걸 본 도재성이 버스 기사에게 물었다.

"이건 뭡니까? 아까는 없었던 것 같았는데?"

"놈들이 설치해놓고 간 겁니다. 건드리지 말라고 해서 그냥 놔둔 겁니다."

모니터를 살펴보던 도재성은 연결된 선이 문밖으로 이어진 걸 봤다.

"그러니까 이 선은 밖으로 연결되어 있네."

선을 살펴보는데 갑자기 화면이 켜졌다. 화면에는 회색 벽을 배경으로 아까 버스를 납치한 두 괴한들이 서 있었다. 거의 동시에 그들이 버스에 붙여뒀던 검은색 물체에서도 조명 같은 빛이 나왔다. 덕분에 어두컴컴하던 버스 안이 환해졌다. 다들 술렁거리며 자연스럽게 모니터 앞에 모였다. 괴한 중에 가죽점퍼를 입은 놈이 허리에 손을 짚은 채 말했다.

"다들 멀쩡한 거 같군요."

모니터 속 괴한의 애기는 모니터에 부착된 스피커를 통해 들렸다. 용의주도하게도 변조한 목소리여서 도재성은 저도 모르게 눈살을 찌푸렸다.

"완전 프로네."

다들 멍한 눈으로 바라보는 와중에 허리에 손을 짚은 괴한이 입을 열었다.

"여러분은 지금 약 6.5미터 정도 되는 땅속에 묻혀있습니다. 버스 높이를 감안하면 대략 3미터 정도 파묻혀있다고 보시면 됩니다. 휴대폰은 모두 우리가 가져갔으니까 여러분이 애기를 나눌 수 있는 상대는 우리뿐입니다. 혹시나 숨겨둔 휴대폰이나 다른 걸로 경찰에 연락할 생각을 하신다면 포기 하십시오."

그러면서 주머니에서 리모컨 같은 걸 꺼냈다.

"우리가 버스에 설치한 건 감시용 카메라 겸 폭탄입니다. 위력은 크지 않지만 터지면 여러분이 타고 있는 버스의 지붕 정도는 날려버릴 수 있습니다."

괴한의 애기에 승객들의 시선은 자연스럽게 지붕과 벽에 붙은 카메라 겸 폭탄으로 향했다. 승객들의 불안하고 초조한 시선을 충분히 만끽한 괴한이 말했다.

"그러니까 섣불리 모험은 하지 않는 게 좋습니다. 지붕이 무너지고 위쪽의 흙이 쏟아지면 그대로 생매장을 당하는 겁 니다. 상상만 해도 끔찍하지 않습니까?"

놀리는 것 같은 말투로 애기한 괴한 옆에 얌전히 서 있던 또 다른 괴한이 입을 열었다. 파란색 윈드점퍼를 입고 있어 서 자연스럽게 구분이 되었다.

"지금쯤이면 이런 고민을 하고 계시겠죠? 아니, 우리를 왜 버스 채 생매장했지? 뭘 바라고 이러는 거야 하고 말입니다."

도재성은 버스 승객들을 가지고 노는 듯한 괴한들의 애기 에 짜증이 났지만, 꾹 참고 들었다. 파란색 윈드점퍼를 입은 괴한이 팔을 벌리는 제스처를 취했다.

"우리가 원하는 건 딱 한 가지입니다. 그걸 들어주시면 우리는 여러분을 그곳에서 꺼내드리겠습니다. 포크레인이랑 불도저가 있어서 30분이면 가능합니다. 30분."

손가락 세 개를 편 괴한이 허리를 굽혀서 바닥에 있던 뭔가를 들어 올렸다. 커다란 보드에 사진을 붙였는데 너무 멀어서 잘 보이지 않았다. 그러자 가죽점퍼를 입은 괴한이 화면 밖으로 나갔다. 잠시 후, 화면이 확대되면서 보드에 붙은 사진이 크게 비쳤다. 도재성을 비롯한 승객들은 숨이 멎는 것 같은 충격에 빠졌다.

다시 화면 안으로 들어온 가죽점퍼를 입은 괴한이 말했다.

"설마 모른다고 하지는 않겠죠? 몇 달 전에 여러분의 자식들이 다니는 사립 고등학교의 옥상에서 죽은 유준혁이라는 학생입니다. 대외적으로는 자살로 처리되었죠. 여러분이 힘쓴 덕분에 말입니다."

마지막 얘기를 들은 도재성은 저도 모르게 이해철을 바라봤다. 마른침을 삼킨 이해철 역시 도재성을 바라봤다. 어둡고 끔찍한 비밀을 공유한 사람끼리의 눈빛을 주고받는 와중에 괴한의 변조된 목소리가 도재성의 귀를 파고들었다.

"저는 여러분이 어떤 식으로 유순혁의 죽음을 사살로 뒤바꿨는지 잘 알고 있습니다. 이제 여러분에게 갱생하고 반성할 기회를 드리겠습니다. 화면에 대고 죄를 자백하고 진심으로 용서를 빌면 여러분을 그곳에서 꺼내드리겠습니다. 만약, 거짓말을 하고 버티기로 들어간다면 안에 장착된 폭탄을 터트릴 겁니다. 마음을 정하면 워키토키로 우리에게 연락하시고, 모니터 앞에 앉아서 여러분의 죄를 자백하십시오. 시간은."

손목에 찬 시계를 본 괴한이 말을 이었다.

"여러분의 편이 아닙니다. 물론, 실종되었다는 걸 알면 경찰이 수색에 나서겠지만 이곳은 예상하기 어려운 장소입니다. 거기다 땅속에 묻혀있으리라 생각하기에는 경찰의 상상력이 너무 부족한 편이죠."

변조된 목소리로 껄껄 웃은 괴한이 팔짱을 낀 채 화면을 바라봤다. 어깨를 한쪽으로 기울인 채 덧붙였다.

"이제 반성의 시간이 돌아왔습니다. 여러분."

그걸 마지막으로 모니터가 꺼졌다.

모니터를 통해 괴한의 얘기를 들은 승객들은 약속이나 한 듯 제일 뒤쪽으로 몰려갔다. 원래부터 그곳에 있던 김예인 부부는 불편함을 감추지 않았지만 다들 개의치 않고 심각한 표정을 지었다. 가장 먼저 입을 연 건 이낙현이었다. 겁먹은 표정으로 지붕을 올려다본 이낙현이 입을 열었다.

"녀석들의 정체가 뭘까?"

이낙현의 물음에 다들 생각에 잠기는 척을 했다. 사실 답은 화면을 보는 순간 나왔지만, 이 상황에서 잘못 얘기했다가 무슨 대꾸가 나올지 몰랐기 때문이다. 이낙현이 답답하다는 표정으로 도재성을 바라봤다. 어쩔 수 없이 어깨를 으쓱거린 도재성이 대답했다.

"유준혁과 아는 사이겠죠. 당연히."

"시발, 돈을 얼마나 쳐 먹였는데."

이낙현의 말에 김예인이 끼어들었다.

"혹시 돈을 충분히 안 줘서 그런 거 아닐까요?"

항상 하나님을 찾거나 기도만 하던 그녀의 말에 다들 뜨악해하는 가운데 나종규가 걸걸한 목소리로 대답했다.

"돈은 둘째치고 저렇게 나설 사람이 없어. 그 집안에서는 말이야."

이낙현의 옆에 있던 젊은 아내가 물었다.

"집안이 어떤데요?"

"부모가 이혼했는데 아비는 십 년 전에 딴 년이랑 놀러 가다가 차가 강으로 다이빙해서 뒤졌고, 어미랑 할머니가 키웠잖아. 어미는 약골이고 할머니도 정신이 오락가락해서 이런 짓을 못 해. 외가 쪽도 별로 없었고 말이야."

소위 말하는 협상을 할 때 앞에 나섰던 게 바로 나종규라서 다들 그 말을 그대로 믿었다. 뒤에서 듣고 있던 이해철이 끼어들었다.

"혹시 돈을 주고 시킨 거 아닐까요? 영화나 드라마에서 많이 나오잖아요. 아니면 어릴 때 연락이 끊겼던 외삼촌이 알고 보니 특수부대 출신이거나."

"이보쇼. 지금이 장난할 상황으로 보여?"

나종규가 삿대질하면서 말하자 이해철 역시 목소리를 높였다.

"장난이 아니라 가능성을 생각해보자 이거죠. 하는 짓을 보면 진짜 오랫동안 철저하게 준비한 놈들이잖아요. 총도 가지고 있었고, 포크레인에 불도저까지 준비했다고요."

"가짜 총 아닐까?"

듣고 있던 이낙현의 말에 나종규가 대번에 고개를 저었다.

"총소리를 들어봤는데 확실해."

"요즘 가짜 총 같은 게 얼마나 잘 나오는데."

둘이 티격태격하는 걸 본 도재성은 아까 납치범이 바닥에 대고 총을 쏜 곳으로 걸어갔다. 움푹 파인 곳을 내려다본 도재성이 외쳤다.

"진짜 총이 맞는 거 같아요. 구멍이 확실히 뚫려있네요."

도재성의 말은 시끌벅적한 이낙현과 나종규의 말다툼을 끝내게 했다. 일행이 있는 곳으로 돌아온 도재성은 어깨를 으쓱거렸다.

"총도 진짜고, 우리가 갇혀있는 것도 진짜입니다. 그러니까 문제를 해결할 방법을 찾아야 합니다."

도재성의 말이 끝나기가 무섭게 김예인의 남편이 머리를 감싸 쥔 채 말했다.

"우리가 다 털어놔도 죽일 게 분명해요. 버튼만 누르면 우리를 진짜 생매장할 수 있는 거 아닙니까?"

도재성은 이름도 모르는 김예인 남편의 말에 딱 잘라 대답했다.

"그렇지는 않을 겁니다. 뭔가를 자백해도 그게 증거로 인정받으려면 우리가 살아있어야 하니까요. 만약 복수하고 싶었다면 아까 버스로 들어왔을 때 다 쏴버리면 간단하게 끝낼 수 있었습니다."

다들 도재성의 말에 수긍했다. 잠깐의 침묵이 흐르고 코를 가볍게 쿵쿵거린 나종규가 말했다.

"그렇다면 방법은 하나뿐이지. 그냥 시키는 대로 하고, 살려달라고 하자고."

이낙현이 나종규에게 목소리를 높이며 물었다.

"우릴 살려준대?"

"아니, 그럼 다른 방법이 있으십니까? 고검장님?"

누가 들어도 비꼬는 듯한 말투에 이낙현이 눈을 부라렸다.

"시골에서 농사나 짓던 놈이 지금 어디서 눈알을 치켜떠!"

"눈알 좀 치켜뜨면 어때서? 파버리기라도 할 거야?"

둘의 말싸움이 길어지자 양쪽의 부인이 뜯어말렸다. 그걸 본 이해철이 한심하다는 표정으로 중얼거리는 게 도재성의 귀에 들렸다.

"어이가 없네. 진짜."

둘이 멱살을 잡고 싸우려는 찰나, 조용히 있던 버스 운전사가 벌떡 일어나서 소리를 쳤다.

"그만들 싸우고 방법을 좀 찾아봐요. 이러다 질식사할지도 모른다고요."

그 얘기를 들은 김예인의 남편이 눈을 껌뻑거렸다.

"그렇지. 여긴 막혀있어서 공기가 안 통할 거야."

버스 운전사는 억울한 표정으로 말을 이어갔다.

"아니, 다들 무슨 일에 연루된 거 같은데 나는 아무 상관이 없다고요. 그냥 버스 운전하라고 해서 온 것뿐인데 이게 무슨 난리야. 집에 손자가 있단 말입니다."

발을 동동 구른 버스 운전사의 하소연에 분위기는 다시 누그러졌다. 다들 자연스럽게 도재성을 바라봤다. 이 와중에 그나마 냉철하게 분석한 모습을 보여줬다. 거기에 김예인이 거들었다.

"회계사 출신이라 그런지 분석을 잘하시더라고요. 일단 살 방법을 찾아야죠."

평소에 김예인을 고깝게 여겼던 이해철이 한마디 했다.

"기도만 하실 줄 알았더니 아니네요."

"그건 제가 알아서 할게요. 신경 쓰지 마시죠."

톡 쏘는 것 같은 김예인의 대답에 이해철은 아무 대꾸도 하지 못했다. 그 와중에 빈자리에 앉은 도재성은 머리를 감싼 채 생각에 잠겼다. 아까 이해철이 얘기한 대로 유준혁의 죽음을 둘러싼 비밀을 폭로하기 위해 누군가 벌인 계획이었다.

"굉장히 치밀하고 예상 밖이었어."

한 명씩 따로 협박하거나 납치했다면 다른 사람들이 금방 눈치챘을 것이다. 그런데 한 번에 모여서 타고 가는 버스를 납치해서 땅속에 묻어버린다는 듣도 보도 못한 방법을 썼다. 거기다 휴대폰을 가져가 버려서 서로 연락하거나 경찰에 신고하는 걸 막았고, 땅속에 묻어버렸다는 공포감을 이용해서 자백을 받아내려고 한 것이다.

한창 생각에 잠겨있는데 지붕이 우그러지는 소리가 들렸다. 지금은 잘 버티고 있지만 무너져버릴 수도 있었다. 거기다 밀폐된 공간이라 공기가 없어질 수도 있었고, 지지부진하다 싶으면 그냥 내부에 있는 폭탄들을 터트려서 생매장해버릴 가능성도 컸다. 범인이 누군지 알아내기도 어려웠고, 설사 알아낸다고 해도 땅속에 갇혀있는 상황에서 할 수 있는 게 없었다. 뒤쪽에 모여 있던 승객들이 짜증을 내고 신경질을 부리고 있었지만, 도재성은 최대한 생각에 집중했다. 말다툼하던 승객들 사이에 있던 이해철이 다가와서 복도 건너편 자리에 앉았다.

"아씨, 다음 주에 걸그룹 데뷔시켜야 하는데 이게 무슨 꼴이람. 빨리 방법을 좀 찾아봐."

이해철의 징징거리는 소리를 들으며 아까 발라클라바를 쓴 범인들의 얘기를 곰곰이 떠올리던 도재성은 한 가지가 생각났다. 고개를 든 도재성이 울상을 하고 있던 이해철에게 물었다.

"유준혁의 죽음을 자살로 바꿨다고 했죠?"

"그, 그런 거 같던데?"

"준혁이는 학교 옥상에서 자기 스스로 뛰어내린 거 아니었습니까?"

도재성의 물음에 이해철이 이리저리 생각하다가 고개를 끄덕거렸다.

"그, 그런 걸로 알고 있어."

"저도 아들 녀석에게 그렇다고 들었습니다. 그런데 죽음을 자살로 바꿨다는 게 무슨 뜻일까요?"

질문을 받은 이해철의 시선은 여전히 버스 뒤쪽에서 말다툼하는 승객들에게 향했다. 도재성 역시 그쪽을 바라봤다. 몇 달 전, 가입은 했지만 잘 쓰지 않는 아들의 동아리 학부모 단톡방을 통해 이해철에게서 연락이 왔다. 텔레그램으로 연락을 해야 할 거 같은데 계정이 있느냐는 물음이었다.

"그게 말이야."

떠벌리기 좋아하는 이해철 답지 않게 주눅이 든 모습을 보면서 도재성의 눈빛이 날카로워졌다. 버스 뒤쪽을 살펴보던 이해철이 거의 울상을 지으며 말했다.

"자기가 뛰어내린 게 아니라는 얘기가 있어."

"뭐라고요?"

예상 밖의 대답에 도재성의 목소리가 살짝 높아졌다. 그러자 말다툼하던 뒤쪽의 승객들이 일제히 고개를 돌려 두 사람을 바라봤다. 이해철이 얼른 딴청을 피워 그들의 시선을 피했다. 잠시 후, 이해철이 아까보다 훨씬 낮은 목소리로 얘기했다.

"나도 입을 다무는 딸을 족쳐서 겨우 알아낸 거야."

"저한테는 분명 사고사라고 했잖아요."

"사고나 다름없었지. 설마 죽일 생각으로 떠밀었겠어?"

이해철의 표정이 어두워지는 걸 본 도재성은 눈앞이 깜깜해졌다.

"정확히 어떻게 된 겁니까?"

도재성의 말에 이해철이 더듬거리며 말했다.

"그러니까 말이야. 준혁이랑 아이들이 옥상에 모여서 얘기를 나눴데."

"무슨 얘기요?"

"나도 모르지. 이런저런 얘기를 하다가 시비가 붙었는데 옥신각신하다가 떠밀렸나 봐."

"준혁이가요?"

"그렇지. 다들 어쩔 줄 몰라 하다가 아빠 엄마한테 전화한 거지."

"그래서 회의를 한 거군요."

이해철은 도재성의 말에 맞는다고 고개를 끄덕거리면서 한숨을 쉬었다. 텔레그램으로 온 내용은 옥상에서 아이들이 놀다가 한 명이 떨어졌다는 것으로 시작했다. 그리고 자칫하면 생활기록부에 안 좋은 기록이 남아서 대학 진학에 어려움을 겪을 수 있다는 것으로 넘어갔다. 아내와 이혼 후 아들 성우를 잘 키우는 일에 온 신경을 곤두세웠던 도재성으로서는 무슨 일이 있어도 막아야만 하는 상황에 부닥친 것이다. 그렇게 모인 학부모들은 각자의 권력과 재력을 이용해서 사건을 무마해나가기 시작했다. 일단 죽은 아이를 나쁜 아이로 만들어야만 했다. 온갖 사고를 치고 다니다 아이들에게 손가락질을 받게 되었고 그래서 친구들을 모아 억울함을 호소하다가 갑자기 분을 못 이겨서 옥상에서 뛰어내린 것으로 정리되었다. 특히, 전직 고검장인 이낙현과 돈이 많았던 나종규가 주도적인 역할을 했다. 그 얘기는 두 사람의 자식들이 결정적인 역할을 했다는 뜻이었다.

도재성은 뭔가 미심쩍었지만, 아들 녀석이 제대로 얘기도 못 하고 울기만 해서 더 이상 다그칠 수 없었다. 가뜩이나 헤어진 아내가 플로리다인지 마이애미인지 새로 사귄 백인 남자친구와 비키니 차림으로 나란히 서서 찍은 사진을 SNS에서 보고 더없이 심란했던 참이었다. 결국, 관련된 학생들 학부모의 힘으로 사건은 덮어지고 말았다.

지붕에서 다시 우르릉거리는 소리가 들렸다. 흙먼지가 부스스 떨어졌다. 이낙현의 부인이 머리에 묻은 흙을 신경질적으로 털었다. 도재성은 흙밖에 보이지 않는 창문과 당장이라도 찌그러질 것 같은 지붕을 번갈아 봤다.

그런 도재성을 눈여겨보던 이낙현이 통로를 걸어서 다가왔다. 천천히 몸을 일으킨 도재성이 의자 등받이에 한 손을 올린 채 이낙현에게 물었다.

"그날 옥상에서 무슨 일이 있었던 겁니까?"

"사고였었어. 그냥 사고."

마치 불이 꺼지는 것 같은 목소리였다. 뭔가 감추는 게 있다고 느낀 도재성이 거칠게 물었다.

"빼지 말고 제대로 얘기해주세요. 어영부영 넘어가 버린 덕분에 지금 땅속에 파묻혀버린 거잖아요."

"그냥 사고라고 했잖아."

이낙현이 목소리를 높여서 대꾸하자 버스 안에 있던 사람들의 시선이 일제히 그들에게 모였다. 도재성은 이낙현이 불끈 쥔 주먹을 벌벌 떠는 걸 봤다. 일단 진정시켜야겠다고 생각한 도재성이 이낙현에게 자리에 앉으라는 손짓을 했다. 옆쪽의 이해철과 뒤쪽의 다른 승객들을 번갈아 바라보다가 말했다.

"우릴 납치해서 땅속에 파묻어 버린 놈들이 원하는 걸 들려줘야 합니다. 안 그러면 우리 모두 여기서 쥐도 새도 모르게 죽을 겁니다. 깔려 죽든, 숨 막혀 죽든 말이죠."

도재성의 얘기에 이낙현이 한숨을 내쉬며 고개를 떨궜다. 도재성은 팔짱을 낀 채 바라보면서 상대방이 입을 열기를 기다렸다. 한 손을 이마에 짚은 이낙현이 버스의 바닥을 내려다보며 입을 열었다.

"원래는 준혁이를 불러서 따끔하게 혼을 내려고 했었다고 하더군."

"누가요?"

도재성의 물음에 고개를 든 이낙현이 뒤쪽에 무리 지어진 승객들을 바라봤다.

"저기, 나종규 아들 녀석이랑 다른 동아리 애들이랑. 원래

준혁이도 거기 동아리였다고 하더군."

"같은 동아리가 사고를 치니까, 불러서 혼을 내주려고 했던 거군요."

"맞아. 그런데 손을 봐주다가 문제가 생겼었나 봐."

이낙현의 대답에 도재성은 정신이 번쩍 들었다.

"문제라면?"

"처음부터 그럴 건 아니었는데 두들겨 맞던 준혁이가 난간 쪽으로 도망쳐서 떨어진다고 협박했나 봐. 그러니까 빡친 나종규 아들이 가서 확 떠밀어버린 거지. 내 아들 녀석은 말리러 갔다가 휩쓸린 거고."

애기를 듣던 도재성은 나종규가 씩씩거리며 다가오는 걸 발견하고는 황급히 일어났다. 가까이 다가온 나종규는 이낙현에게 손을 뻗으려다 도재성에게 막혔다. 나종규는 도재성이 말리는 와중에 이낙현에게 삿대질했다.

"이 새끼가 또 거짓말을 하려고 해?"

"아니, 진정하세요."

"내가 진정하게 생겼어? 저놈의 아들 새끼가 사고를 치는 바람에 내가 수습하느라 얼마나 힘들었는데!"

"흥분 가라앉히고 저한테 말로 얘기해주세요. 이렇게 싸울 시간이 없잖아요."

도재성의 설득에 넘어갔는지 나종규가 씩씩거리며 뒤로 물러났다. 눈치 빠른 이해철이 이낙현에게 다가가서 다독거리는 걸 본 도재성이 양쪽 무리의 중간쯤에 서서 나종규에게 물었다.

"그럼 뭐가 진짜입니까?"

"준혁이를 떠민 건 내 아들이 아니라 낙현이 아들이었어."

나종규의 얘기를 들은 도재성은 머리가 어지러웠다. 아들 성우에게 들은 얘기와 완전히 달랐기 때문이다.

"전 성우 말만 듣고 그냥 준혁이가 뛰어내린 걸로 알고 있었는데요."

"그런 셈이지. 그렇다고 떠밀어버린 걸 그냥 넘어갈 수는 없잖아. 본 아이들도 많았고."

"그럼 두 분 아드님이 제 아들이랑 다른 친구들에게 입단속을 시킨 겁니까?"

가슴 속에서 분노가 확 치솟아 오른 도재성의 반박에 나종규가 우물쭈물하다가 대답했다.

"거기 있던 애들이 나랑 낙현이 아들한테 뒤집어씌울까 봐 그런 거였어."

"다들 손에 피를 묻혀서 배신을 못 하게 만든 거군요."

"그런 위험천만한 용어는 쓰지 말자고, 우리."

이낙현에 이어 나종규의 얘기까지 들은 도재성은 엄지손톱을 깨물면서 초조함을 멀리하려고 애썼다. 반면, 진실에 어느 정도 접근했다. 범인들이 굳이 버스가 들어갈 만한 구덩이를 파고, 총과 각종 전자장비까지 준비했던 이유를 어렴풋하게 파악한 것이다.

"우릴 납치한 괴한들은 모두를 해칠 생각은 아니었던 거네요."

도재성의 얘기를 들은 나종규가 불안한 말투로 물었다.

"그럼?"

"우리 중에서 진짜 범인을 찾으려고 한 겁니다. 준혁이를 죽음에 이르도록 한 공범 중에서 말이죠."

착 가라앉은 도재성의 얘기를 들은 나종규가 떨리는 눈빛으로 바라봤다.

"나랑 낙현이 아들?"

"그러니까 범인은 우리 아이들이 용의자라는 것까지만 알고 있었던 겁니다. 그중에서 진범을 골라낼 수 없었기 때문에 이런 방법을 쓴 거죠."

"우릴 모두 가둬놓고 진범이 자백하기를 기다리고 있다는 건가?"

도재성은 나종규의 물음에 대답 대신 고개를 끄덕거렸다. 나종규가 마른침을 꿀꺽 삼켰다.

"미친놈이군."

"우리 모두 미친 거죠. 남의 자식 죽여 놓고 자기 자식만 지키겠다는 셈이니까요."

"그건 다 나름의 사정이 있어서 그런 거고."

"사정이라고요?"

짜증이 확 난 도재성의 말투가 거칠어지자 나종규의 표정도 굳어졌다.

"준혁이 녀석이 겁도 없이 날뛴 게 컸단 말이야. 다른 학교 아이들을 괴롭히고 우리 애들 이름을 팔아서 문제를 일으켰거든."

"그건 또 무슨 얘깁니까?"

"전혀 모르고 있었군. 준혁이가 말이야."

그때 이해철과 얘기를 나누던 이낙현이 갑자기 다가왔다. 다짜고짜 나종규의 머리를 주먹으로 내리쳤다. 퍽 하는 소리와 함께 고개가 돌아간 나종규가 울부짖었다.

"미쳤어? 어디서 주먹질이야!"

"거짓말로 내 아들한테 누명 씌우려는 거 다 알아!"

"누명이 아니라 네 새끼가 범인 맞잖아."

"아니야! 아니라고!"

괴성을 지르며 나종규를 때려눕힌 이낙현이 도재성을 노려봤다.

초점 잃은 눈에 입술은 크게 뒤틀려 있었다. 이낙현은 도재성을 밀치고 버스 뒤쪽으로 비틀거리며 걸어갔다. 그러면서 외쳤다.

"다들 속지 마! 이거 다, 이거 다."

뒤쪽에 모여서 웅성거리던 승객들이 다가오는 이낙현을 보고는 질색하며 이동했다. 심지어 이낙현의 젊은 부인조차 눈살을 찌푸렸다. 순식간에 홀로 된 이낙현은 버스 앞쪽에서 자기를 쳐다보는 승객들에게 외쳤다.

"이건 몰래카메라야. 우린 땅속에 갇힌 게 아니라고. 우릴 속여서 자백하게 만들려는 수작이야. 속지 마! 속지 말라고!"

두 팔을 벌린 이낙현은 눈을 부릅뜬 채 속지 말라는 말을 반복했다. 도재성이 진정하라고 말하려는 순간, 이낙현이 머리 위쪽 지붕에 붙어 있던 검은색 상자에 손을 뻗었다.

"이것도 폭탄일 리 없다고, 장난감이야. 장난감."

"안 돼요. 손대지 마십시오."

놀란 도재성이 하지 말라고 했지만 흥분한 이낙현은 지붕에 붙은 검은색 상자를 떼어내려고 했다. 그 순간, 검은색 상자가 새빨간 불꽃을 토해내면서 폭발해버렸다. 짧은 폭음과 함께 이낙현이 비명을 질렀다. 지붕이 터지면서 쏟아진 흙이 삽시간에 그를 집어삼켰다. 승객들은 비명을 지르며 빈 공간으로 물러났다. 버스 안이 순식간에 자욱한 흙먼지로 채워졌다. 다들 좌석 여기저기 흩어져서 손으로, 옷으로 입을 막았다. 흙먼지는 한참이 지나서야 가라앉았다. 정신없이 기침하는 와중에 도재성은 천천히 고개를 들었다. 뒤쪽 좌석의 지붕이 무너지고 흙이 쏟아져서 마치 피라미드처럼 쌓였다. 제일 아래에는 이낙현의 불끈 쥔 주먹이 살짝 튀어나와 있었다. 그걸 본 이해철이 넥타이로 입을 가린 채 물었다.

"빼내야 하는 거 아니야?"

도재성은 고개를 저었다.

"폭탄이 바로 머리 위에서 터졌습니다. 끝났어요."

"그래도…."

"머리가 부서졌을 겁니다."

도재성의 거듭된 만류에 이해철은 결국 고개를 돌리고 말았다. 김예인 부부는 서로 끌어안은 채 정신없이 기도하는 중이었고, 이낙현의 젊은 부인은 망연자실한 표정으로 흙더미 아래 깔린 남편을 바라보다 그대로 쓰러지고 말았다. 나종규의 부인이 좌석의 등받이를 최대한 뒤로 젖힌 다음 그녀를 눕혔다.

아직도 충격이 가시지 않은 도재성이 멍한 표정으로 이해철에게 말했다.

"폭탄은 진짜였네요."

"우린 이제 독 안에 든 쥐네. 마음만 먹으면 우리도 저렇게 되는 거잖아."

충격이 고스란히 담긴 듯한 이해철의 말에 도재성이 고개를 저었다.

"아니요. 아까 폭탄이 터진 건 이낙현이 손을 대서 그런 겁니다. 우릴 죽일 생각이었으면 진즉에 폭탄을 터트렸겠죠."

도재성의 말이 끝나기 무섭게 모니터가 켜졌다. 승객들이 자연스럽게 주변에 모여들었다. 아까 봤던 두 명의 괴한이 나란히 서 있었는데 파란 윈드점퍼를 입은 괴한이 손가락을 까닥거렸다.

"위험한 장난을 치셨군요. 우리가 분명 경고했을 텐데 말입니다."

다들 침묵하는 가운데 도재성이 모니터 옆에 있던 워키토키를 집어 들었다.

"사, 사고였어. 땅속에 묻혀있다는 생각에 흥분해서 손을 댄 거였어. 카메라로 봤으면 알았을 거잖아."

워키토키를 들고 있던 가죽점퍼를 입은 괴한이 모니터를 바라보며 말했다.

"어쨌든 규칙을 어기면 안 됩니다. 혹시나 구출을 바라고 시간을 끄시는 거라면 포기하시는 게 좋을 겁니다. 대회는 오후 5시에 끝이 날 거고, 그때까지는 누구도 신고할 생각을 안 할 테니까요."

"한두 명도 아니고 여덟 명이나 되는 학부모가 나타나지 않는데 아무도 신고를 안 한다고?"

"대회에 방해된다고 생각해서 하지 않을 겁니다. 어쩌면 자식들의 멘탈을 흔들 수 있을 거로 생각할지도 모르고."

둘 다 가능성 있는 얘기라 도재성은 딱히 대꾸하지 못했다. 가죽점퍼를 입은 괴한이 덧붙였다.

"이제 몇 시간 남지 않았습니다. 자꾸 진실을 감추려고 하면 모두 그곳에서 생매장되고 말 겁니다."

"이봐. 자백한 영상만 가져가고 우린 그냥 생매장하려고 하는 거 아니야?"

"그럴 거였으면 아까 폭탄을 터트렸든지 총으로 머리를 날려버렸을 겁니다. 그러니 더 이상 우리를 시험하지 말고, 세 시간 안에 진실을 밝히십시오. 안 그러면 폭탄을 터트릴 겁니다."

뒤에서 듣고 있던 이해철이 뛰쳐나와 워키토키를 낚아챘다.

"이 새끼야! 너는 생매장당하는 게 얼마나 고통스러운 일인지 몰라! 악마 같은 자식들!"

놀란 도재성이 황급히 워키토키를 낚아챘다. 하지만 가죽점퍼를 입은 괴한이 사뭇 다른 톤의 목소리로 물었다.

"작열통이라고 알아?"

"아니."

"몸이 불타는 통증을 작열통이라고 하지. 사람이 느끼는 고통 중에 가장 심한 고통이라고 알려져 있어. 그런 작열통도 자식을 잃은 부모의 고통에 비하면 아무것도 아니야. 그러니까 더 이상 나를 건드리지 말라고."

그 얘기를 끝으로 모니터의 화면이 꺼졌다. 검게 변한 화면을 본 도재성이 중얼거렸다.

"작열통이라."

다시 침묵이 흘렀다. 그때, 갑자기 김태경이 손을 번쩍 들었다.

"제가 봤습니다. 봤다고요."

지친 표정으로 앉아 있던 나종규가 물었다.

"뭘 봤는데?"

"준혁이를 떠미는걸요."

김태경의 얘기에 다들 얼어붙었다. 도재성이 얼른 다가가서 물었다.

"떠밀었다는 게 무슨 얘깁니까?"

"그러니까, 나헨리랑 이준호가 유준혁 학생을 난간에서 떠밀어버리는 걸 봤다고요."

도재성은 뒤쪽에 서 있는 나종규를 힐끔 보면서 물었다.

"자세히 얘기해보세요."

"아이들이 옥상에 올라간다는 얘기를 듣고 따라 올라갔습니다. 올라가자마자 유준혁 학생이 떠밀려서 떨어지는 걸 봤죠."

"두 아이가 떠미는 걸 봤습니까?"

도재성의 물음에 김태경이 겁에 질린 표정으로 고개를 끄덕거리며 대답했다.

"김예인 전도사님 따님인 한옥경 학생이 밀어버리라고 외치는 소리도 들었습니다."

그 얘기를 들은 김예인이 앙칼진 목소리로 말했다.

"그 입 닥쳐요. 내가 입 다물고 있으라는 조건으로 얼마나 많은 돈을 줬는데!"

김태경이 흥분한 표정으로 대꾸했다.

"아무리 돈을 많이 받아도 무슨 소용입니까? 까딱하면 여기서 생매장당하게 생겼는데요. 저는 살고 싶습니다."

그러면서 도재성을 바라봤다.

"위에 있는 놈들에게 말씀해 주십시오. 다 증언할 테니까 제발 살려달라고요."

김태경의 얘기를 들은 승객들은 다시 흥분해서 떠들기 시작했다. 도재성은 눈물을 글썽거리는 김태경을 바라보다가 시선을 옆으로 돌렸다. 운전석에 앉아서 얘기를 듣던 버스 운전사와 눈이 마주쳤다. 유니폼의 왼쪽 가슴에는 김용환이라는 이름이 적혀 있었다. 도재성은 60대 정도로 보이는 김용환을 똑바로 바라봤다.

"여기 갇힌 사람은 모두 유준혁 학생의 죽음과 연관이 있습니다."

"그런 거 같군요."

아까와는 달리 차분한 목소리로 대꾸하는 김용환을 본 도재성이 물었다.

"그러니까 당신도 이번 일에 어떤 식으로든 연관이 있다고 봐도 틀린 생각은 아니겠죠?"

"저는 평범한 버스 기사일 뿐입니다."

"그런데 이 길로는 어떻게 오신 겁니까? 신호등도 없고, 표지판도 잘 안 보이는 지방 국도던데 말이죠."

"지름길이라고 내비게이션이 알려줘서 온 것뿐입니다."

"범인들이 모든 준비를 마치고 있는 이곳으로 말입니까?"

도재성이 연거푸 묻자 김용환은 차갑게 웃었다. 옆에 있던 김태경이 흥분한 목소리로 말했다.

"그, 그러고 보니 좀 이상했어요. 길이 이상해서 제대로 가는 거냐고 몇 번을 물어봤는데 맞는다고 했어요. 거기다."

마른침을 삼킨 김태경이 계속 말을 이어갔다.

"제가 범인에게 잡혀서 끌려갈 때 손짓으로 차를 뒤로 빼라고 했거든요. 그런데 오히려 문을 열어서 괴한들이 들어올 수 있게 했었습니다."

김태경의 얘기를 듣던 나종규가 가까이 다가와서 김용환에게 삿대질했다.

"너도 한패지!"

김용환이 어처구니없다는 표정을 지었다.

"제가 한패면 여기 왜 있겠습니까? 폭탄이 터지면 저만 산답니까?"

그 말에 버스 안은 찬물을 끼얹은 것처럼 조용해졌다. 틀린 얘기는 아니었기 때문에 다그치던 도재성조차 입을 다물고 있어야만 했다. 도재성이 자그마한 목소리로 미안하다고 말하고, 돌아섰다.

그 후, 자포자기한 승객들은 남의 말에 귀를 닫고 자기 할 얘기만 했다. 김예인 부부는 기도하자는 말만 되풀이했고, 이낙현의 부인은 정신을 차렸다가 여전히 흙더미 아래 깔린 남편을 보고는 다시 기절해버렸다. 나종규 부부도 싸움을 벌였는데 자식 교육을 어떻게 했냐는 얘기부터 험악한 말들이 오갔다. 이해철은 낙담한 도재성의 옆에 앉아서 다음 달에 데뷔시킬 걸그룹 얘기를 되풀이했다. 김태경은 나는 잘못한 게 없다고 말하면서 제발 자백하고 살아서 나가자고 얘기했다.

혼돈의 도가니 속에 앉아있던 도재성은 옆에 앉은 이해철에게 물었다.

"유준혁이라는 학생이 무슨 사고를 친 거였죠?"

"그게 근처 다른 고등학교 여학생을 건드렸나 봐."

"다른 학교 여학생을요?"

도재성의 물음에 이해철이 고개를 끄덕거렸다.

"잘 나가는 사립이라 주변의 다른 학교 학생들이 부러워했나 봐. 그래서 이런저런 명목으로 어울려 다녔는데 준혁이가 사고를 친 거지."

"그래서 같이 다니는 학생들이 준혁이를 불러서 혼을 내려고 한 거군요."

"맞아. 딸내미가 그러는 데 문제가 좀 심각했나 봐. 그 아이 부모도 학교에 찾아왔었는데. 그런데 잘 알다시피 같은 동아리로 묶여 있잖아. 여기 버스에 탄 우리 아이들이 말이야."

"그렇죠."

"그래서 동아리에서 쫓아내기로 하고 그걸 통보하려고 불렀데. 그런데 거기서 사고가 난 거지."

"젠장, 저는 아무것도 몰랐습니다."

분개한 도재성의 말에 이해철이 피식 웃었다.

"알려고 하지도 않았잖아."

틀린 얘기는 아니라서 도재성은 망연자실한 표정으로 버스의 지붕을 올려다봤다. 그 순간에도 무게에 못 이긴 나머지 우그러지는 소리가 들렸다. 잠깐 생각하던 도재성이 벌떡 일어났다. 그리고 모니터 앞으로 가서 워키토키를 들었다. 말싸움하던 승객들이 일제히 도재성을 바라봤다. 크게 심호흡한 도재성이 워키토키에 대고 말했다.

"내 목소리 들려?"

모니터가 다시 켜지면서 두 괴한이 보였다. 가죽점퍼를 입은 괴한이 워키토키를 입에 댔다.

"잘 들린다."

"진실을 말해주면 살려준다는 약속을 믿어도 되나?"

"물론이지."

대화를 듣던 승객들이 술렁거리며 모니터 곁으로 다가왔다. 그런 그들을 곁눈질로 바라본 도재성이 말했다.

"유준혁이 사고를 쳐서 같은 동아리 학생들은 그를 옥상으로 불러서 추궁하려고 했었어."

잠깐 침묵을 지키던 가죽점퍼를 입은 괴한이 계속하라는 손짓을 했다.

"그런데 말다툼을 하던 중 유준혁이 가지고 온 흉기로 다른 학생들을 위협했어. 그러다가 미끄러지면서 가지고 온 흉기에 자기가 찔린 거지."

도재성이 엉뚱한 얘기를 하자 듣고 있던 이해철의 눈이 커졌다. 도재성은 슬쩍 쳐다보고는 워키토키에 대고 말을 이어 갔다.

"겁이 난 아이들이 유준혁을 아래로 던져버리고 투신자살 한 것으로 꾸몄어."

"거짓말."

지직거리는 잡음과 함께 괴한의 차가운 목소리가 들렸다. 도재성은 잠깐 틈을 주고 말했다.

"학교 옥상에 CCTV가 설치되어 있어서 당시 모습들이 다 찍혀 있어. 그 영상을 빼돌리느라고 학부모들이 돈과 빽을 썼고 말이야."

도재성의 애기를 들은 괴한들은 침묵을 지켰다. 그러다가 차가운 목소리가 들렸다.

"그 증거는 지금 어디 있지?"

"따로 보관해놨어. 우릴 꺼내주면 그 영상을 넘겨주지."

"그런 얄팍한 거짓말로 빠져나올 생각은 하지 마."

"증거를 찾으려고 이 난리를 친 거 아니었어? 우리가 죽으면 증거도 없어. 네 아이는 옥상에서 떨어져 죽은 걸로 끝나."

"그게 왜 내 아이라고 생각하지?"

가죽점퍼를 입은 괴한은 예상 밖의 대답을 하고는 화면을 꺼버렸다. 검게 변한 화면을 본 김예인이 우린 끝이라면서 남편과 함께 다시 기도했다. 워키토키를 조용히 내려놓은 도재성이 김용환을 바라봤다.

"평온하시군요."

"무슨 뜻인가?"

김용환의 반문에 도재성은 다시 광란에 빠진 승객들과 낙담한 김태경, 그리고 멍한 눈으로 자신을 바라보는 이해철을 차례대로 보다가 다시 김용환을 바라봤다.

"다들 낙담하거나 미쳐 가는데 가장 냉정하고 침착하시잖아요. 어떻게 보면 가장 날벼락을 맞은 사람인데 말이죠."

도재성의 말에 김용환이 코웃음을 쳤다. 그리고 버스 앞에 서서 말했다.

"김윤영이라고 알아? 금달래 고등학교 3학년 1반에 다녔지."

그리고 덧붙였다.

"내 손녀이기도 하고 말이야. 눈에 넣어도 아프지 않다는 게 무슨 뜻인지 알아?"

도재성은 천천히 고개를 끄덕거렸다.

"대충은요."

"그 금쪽같은 손녀가 어느 날, 싸늘한 시체가 되고 말았어. 자살을 한 거지. 그 어린 것이 얼마나 살았다고 말이야. 혹시나 하고 부검했더니 임신을 했다는 거야. 글쎄."

김용환의 얘기가 이어지자 승객들은 말다툼과 기도를 멈추고 바라봤다. 시선이 쌓이자 김용환은 쓴웃음을 지었다.

"알고 보니까 근처 사립 고등학교에 다니는 어떤 놈이 걔를 그렇게 만든 거였어. 그리고 외면하고 말았지. 손녀는 누구한테도 말하지 못하고 스스로 목숨을 끊었어. 너무 억울했는데 이번에는 손녀를 그렇게 만든 애가 죽었다는 거야. 알고 보니 패거리들이 더 있었고, 걔한테 다 뒤집어씌운 거라는 걸 알았지."

김용환의 얘기를 듣던 이해철이 '맙소사'라고 나지막한 목소리로 말했다. 김용환이 이마에 흐르는 땀을 손등으로 훔치며 말했다.

"그래서 복수하기로 했지. 자식을 잘못 기른 부모들에게 말이야."

"왜 우리한테!"

듣고 있던 나종규의 부인이 소리쳤다. 김용환은 싸늘하게 웃었다.

"나는 자식을 잃었으니, 네 자식은 부모를 잃게 만들고 싶었어."

김예인과 남편이 기도하는 목소리가 더 커졌다. 잠깐 귀를 기울이던 김용환이 승객들을 한 명씩 바라봤다.

"그리고 너희들이 고통받고 좌절하면서 실낱같은 희망의

끈을 어떻게든 잡고 싶어 하는 걸 보려고 했어. 그래야만 내 가슴 속의 작열통을 식힐 수 있을 거 같았거든."

김용환의 애기를 들은 도재성이 씁쓸한 표정을 지었다.

"그래서 함정을 만들어놓고, 우리와 함께 땅속에 묻힌 거 군요."

"너희들이 내민 돈이랑 평생 모은 돈을 긁어모았지. 학교 선생에게 뇌물을 써서 너희들만 따로 모으는 게 가장 어려웠 지만 말이야."

껄껄 웃던 김용환은 주머니에서 작은 리모컨 같은 걸 꺼냈 다. 그리고 도재성을 바라보며 말했다.

"자네가 추리하는 걸 옆에서 듣는 건 재미있었어. 시간이 더 있었다면 사실을 밝혀낼 수도 있었을 거야."

칭찬 아닌 칭찬에 도재성이 지친 표정으로 어깨를 으쓱거 렸다.

"그래봤자 바뀌는 게 뭐가 있겠습니까? 독 안에 든 쥐 신 세인걸요."

"자식 교육을 잘못시킨 죄라고 생각하게."

김용환은 그 말을 끝으로 리모컨의 버튼을 눌렀다. 버스의 지붕과 벽에 설치된 폭탄들이 한꺼번에 터졌다. 유리창과 금 속 파편이 폭풍처럼 쏟아져서 승객들을 휩쓸어버렸다. 뒤이 어 엄청난 양의 흙이 웃고 있는 김용환과 그를 무표정하게 바라보던 도재성을 삽시간에 묻어버렸다.

　폭음과 함께 버스가 묻혀있던 땅이 움푹 들어갔다. 그러자 발라클라바를 쓰고 있던 괴한들은 각각 불도저와 포크레인으로 파인 땅을 메웠다. 포크레인의 캐터필러로 버스의 바퀴 자국까지 꼼꼼하게 지웠다. 포크레인과 불도저에 올라탄 그대로 바로 옆 공사 현장으로 이동했다. 그리고 그들은 아까 버스를 납치할 때 사용한 SUV를 타고 사라졌다.

작가의 말

사람은 여러 가지 통증을 느낍니다. 그중 가장 고통스러운 아픔은 바로 몸이 불에 타는 작열통입니다. 중세에 마녀와 이단자들을 심판할 때 불에 태워 죽인 것도 바로 그런 이유 때문입니다. 하지만 자식을 잃은 부모의 고통은 작열통보다 더 심할 것입니다. 원래대로라면 부모는 자식보다 먼저 죽습니다. 그러나 안타까운 사고나 여러 가지 이유로 자식이 먼저 부모 곁을 떠나는 때도 있습니다. <작열통>은 그런 부모의 이야기입니다.

자식의 죽음이 억울하게 감춰지고 가해자들이 아무 반성도 하지 않게 되면 부모는 두 번 죽게 됩니다. 동서고금을 막론하고 '복수'라는 타이틀은 이야기의 가장 강력한 서사이며, 모두를 매혹하는 이야기입니다. 법으로 사회의 안전이 보장되고 모두가 평등하다고 얘기하는 현대에도 복수의 서사는 남아 있습니다. 우리는 법이 모두에게 공평하게 적용되지 않으며, 사회구성원이 평등하지 않다는 걸 잘 알고 있기 때문이죠. 그래서 우리는 다양한 복수의 서사를 맛보고 있습니다.

　<작열통>은 자식을 잃은 부모의 잔혹한 복수를 다루고 있습니다. 범죄가 타이틀이기 때문에 느와르로 분류될 수 있습니다. 중요한 건 자식을 잃은 부모의 심정을 얼마나 잘 묘사하는지, 그리고 그 복수가 얼마나 처절하고 통쾌한지 보여주는 것이니까요. 그래서 좁고 밀폐된 공간에서 서로의 마음을 감추고 속이려는 사람들의 이야기를 다뤄봤습니다.

　사실, 영상과 달리 소설에서 좁고 밀폐된 공간을 다루는 건 위험합니다. 영상으로 묘사할 수 있는 것처럼 밀폐된 공간을 설명하기가 쉽지 않기 때문입니다. 설명을 너무 길게 하면 오히려 이야기가 진행되는 데 방해가 되기 때문이죠. 하지만 이번 이야기는 밀폐된 공간, 그것도 땅속이라는 장소를 다뤄야 했습니다. 분위기를 잘 살리려고 노력했지만 어떤 느낌일지는 독자들의 판단에 맡길 수밖에 없을 거 같습니다. 부디 재미있게 읽어주시길 바랍니다.

정명섭

기획 후기

−"느와르 앤솔로지"(Noir Anthology)−

느와르는 프랑스어로 '검다'라는 뜻이다. 영국에서 시작된 추리 문학이 프랑스를 거쳐 미국으로 건너가면서 생겨난 장르이자 용어라고 할 수 있다. 대체적으로는 검다는 느낌처럼 어둡고 무거운 분위기의 문학 혹은 영화를 통틀어서 느와르라고 부른다. 느와르는 장르를 지칭하는 용어이면서도 특정 장르로 꼬집어서 얘기할 수 없기도 하다. 왜냐하면 느와르는 주로 현실적인 허무함과 비정함을 표방하므로 범죄물과 미스터리라는 장르와 뗄 수 없지만, 하드보일드와 호러, 멜로, 좀비 나아가 SF와도 결합 될 수 있기 때문이다.

본 기획은 그러한 느와르의 다양성과 확정성을 살려, 영상화를 전제로 한 스토리 구조를 갖춘

단편집을 출간하자는 것에서 출발했다. 현재, 영화 드라마 제작사들이 기존에 출간된 소설이나 웹콘텐츠 중에서 대중들에게 호평받은 작품의 영상화를 기획하는 방식과는 달리, 제작사와 출판사가 영상화를 전제로 한 소설을 함께 기획하고 출판하자는 것이었다. 그리고, 단편집을 구상한 것은 많은 단편소설이 장편영화 분량의 서사구조를 가지고 있기 때문이다.

그러한 면에서, K 미스터리 시리즈를 통해 열정적인 출판 활동을 하는 몽실북스의 주연지 대표와 다양한 추리소설을 왕성하게 집필하고 있는 정명섭 작가가 뜻을 같이하게 되었고, 본 기획에 적합한 작가를 선정하기 위해 많은 시간을 할애했다.

이제 출판을 앞둔 "느와르 앤솔로지" 기획은 여러 장르 속의 범죄물들을 다루고, 매력적인 캐릭터들이 이야기를 끌고 갈 것이며, 이런 다양성은 이야기의 완성도를 높일 뿐만 아니라 영상화에 한발 더 나아가는 중요한 지점이 될 수 있다는 기획자들의 신념의 결과물이다.

우리의 새로운 도전에 독자들의 응원을 부탁드리고,

나아가 본 소설의 영상화에 아이디어 및 작가로서의 참여를 희망하는 분들 및 제작 관계사 분들과의 협업을 기대한다.

본 소설이 더 독창적이고 매력적인 영상 콘텐츠로서 기획 개발되어 국내외 관객 및 시청자들과 만나게 되기를 기대하며, 본 기획의 출판을 위해 의기투합한 몽실북스 주연지 대표와 유영식 영화감독 그리고 강지영, 윤자영, 전건우, 정명섭, 조영주 작가에게 감사를 표한다.

㈜자유로픽쳐스 대표 천재원

프리랜서에게 자비는 없다

1판 1쇄 인쇄　2022년　8월　8일
1판 1쇄 발행　2022년　8월　15일

지은이 · 강지영 윤자영 전건우 정명섭 조영주
발행인 · 주연지
기 획 · 천재원 유영식 몽실북스

편집인 · 석창진　편집 · 박영심
디자인 · 김지영　일러스트 · 백진연 이찬영
마케팅 · 허은정

펴낸곳 · 몽실북스　출판등록 · 2015년 5월 20일(제2015 - 000025호)
주소 · 서울 관악구 난향7길52
전화 · 02-592-8969 팩스 · 02-6008-8970
이메일 · mongsilbooks@naver.com
네이버 포스트 · post.naver.com/mongsilbooks_kr
인스타그램 · instagram.com/mongsilbooks

ISBN 979-11-89178-64-2 (03810)

이 책은 몽실북스와 자유로픽처스 그리고, 천재원, 유영식이 함께 기획하여 만든 도서입니다.